그게 내 꿈이야
푸른 날개를 펼치는 새
언젠가 하늘을 높게 거침없이 나는
그렇지만 나에게도 꿈이 있어
그건 평범하게 사는 것
너희들과 같은 꿈

김서원 장편소설

푸른 날개

청어

푸른

날개

저는 몇 달 전까지만 해도 캐디를 했던 사람입니다. 저는 캐디라는 직업 외에 별다른 이력이 없습니다. 다른 분들이 보시기에 정말 별 볼일 없이 살아가고 있는 사람일지 모릅니다. 그러나 저는 소설을 쓰는 내내 스스로 바뀌어가고 있음을 깨달았습니다. 앞으로도 열심히 글을 쓰려고 합니다.

제가 처음 캐디를 시작했을 때, 언젠가는 이 소재로 글을 써야겠다고 다짐했습니다. 그런데 다짐했던 시간이 벌써 10년이 넘게 흘러가 버렸습니다.

이 이야기는 소극적이고 말수고 별로 없는 평범한 여성이 주인공입니다. 이 여성은 캐디가 되어 훗날 최고의 자리까지 오르게 됩니다. 캐디는 쉽게 성공할 수 있는 직업이 아닙니다. 하지만 저는 이 평범한 여성 캐디의 성공기를 통해 캐디라는 직업에 대한 편견을 완화시키고 누구든 노력하면 최고가 될 수 있다는 것을 보여주고 싶었습니다.

김서원

차 례

프롤로그

딩 동 댕 동!

"너희들, 오늘처럼 이렇게 과제물 안 해오면 정말 혼날 거야 각오해."

이마에 주름이 가득한 선생님이 출석부로 교탁을 치면서 말했다.

"전체 차렷! 선생님께 대하여 경례!"

"수고하셨습니다."

반장이 구령을 하자 학생들은 고개를 숙이며 기어들어가는 목소리로 인사를 했다.

선생님이 나가자마자 미란은 재빨리 소미의 자리로 뛰어 갔다.

"야아, 그거 빨리 줘봐. 궁금하단 말이야."

소미는 이마를 찌푸리며 귀찮다는 듯 책상에 손을 집어넣어 화려한 그림이 들어간 책을 꺼냈다. 책을 꺼내자 노란 봉투도 같이 떨어졌다. 만화잡지가 손에 쥐어지자 미란을 뛸 듯이 좋아했다. 미란이 자리로 돌아가려고 하는데 문득 노란색 봉투가 궁금해졌다. 마침 소미가 그것을 주우려고 손을 뻗는 순간이었다.

"오호, 이게 뭐지?"

미란이 봉투를 낚아채면서 말했다. 미란은 장난기가 발동했는지 하던 것을 멈추지 않았다.

"야아, 내 놔!"

소미가 화를 내도 미란은 들은 척도 안 하고 봉투를 뜯었다.

"뭐야, 널 좋아한다고? 생일 축하해. 하트를 그린 거니까 사랑한다는 뜻인가. 너 남자 있니? 완전 남자처럼 느껴지네."

"여긴 여학교야. 얘가 뭔 소리 하는지 모르겠네."

"아니면 널 짝사랑하는 여자애라도 있나 보지."

"지어내기도 잘 한다 잘 해. 다 봤으면 이제 좀 줄래?"

소미는 당황하고, 미란은 그것이 즐겁다는 듯이 편지를 던지면서 자리로 돌아갔다. 소미는 고개를 누가 보냈을까 갸우뚱하며 편지를 서랍 속에 넣었다. 이 모습을 보고 자리에 앉으면서 미란은 또 말했다.

"집으로 안 가져가? 누가 보낸 지도 모르는 데 집에 가져가야지. 그리고 엄마한테도 얘기해."

"자꾸 그럴래?"

소미는 고개를 돌려서 미란을 째려보다가 화가 나서 책을 날카롭게 쏘아봤다. 그리고 편지를 꺼내 가방에 아무렇게 던져 넣었다. 모든 광경을 지켜보고 있던 소미의 대각선 쪽에서 앉아있던 여자애는 갑자기 자리에서 일어나 밖으로 나갔다. 그녀는 기분 나쁜 일이 있었는지 시무룩한 표정으로 복도의 창문에 기대고 있었다.

"지아야, 뭐 해? 화장실 안 가?"

검은 테두리 안경을 쓴 여자애가 지나가면서 물었다. 여자애는 지아가 대답하기도 전에 쏜살같이 화장실로 가버렸다. 그러고 나서 지아도 힘없이 천천히 화장실 쪽으로 걸어갔다.

수업이 끝나고 학교버스를 타고 집으로 갔다. 집에는 아무도 없었다. 엄마는 작은 식당을 운영하며 밤늦게야 들어오고, 아빠는 먼 지방에서 일을 한다. 언니는 대학생인데 늘 아르바이트를 해서 자신이 잠들고 나면 들어온다. 늦은 저녁이 돼야 돌아오는 식구들 때문에 늘 혼자 있지만 많이 익숙해져 있다.

방문을 열고 들어가자 바닥에 이불이 뒹굴고 있는 작은 방에는 책상과 의자 그리고 반듯하게 개켜진 이불이 얹어져 있는 서랍장이 있다. 중간 벽에 작은 문이 있어서 그 문을 열면 다시 방이 나온다. 거기엔 온갖 살림살이가 어지럽게 있다. 쓰다 버린 것을 주워 온 것 같은 전축과 책장, 책장 속에 몇 권의 책과 잡동사니, 방바닥에는 텔레비전과 때가 잔뜩 낀 전기밥통이 있다.

책상에 책가방을 올려놓고 노란 편지봉투를 꺼냈다. 소미를 좋아했지만 말 한 번 해보지 못했다. 망설이다가 최종적으로 마무리해서 편지를 책상에 넣었다. 편지를 넣기 위해서 체육시간에 운동장으로 갈 때 맨 마지막에 나갔다. 편지는 잘 전달됐는데 미란이 때문에 일이 난처하게 됐다. 의자에 앉아서 멍하니 생각에 잠겼다.

'이름을 쓸 걸 그랬나. 사실 쓸까 말까 많이 망설이다가 친하지도 않는데 편지 받고 싫어하면 어쩌나 걱정이 됐어. 왜 이렇게 바보 같지? 그 친구를 좋아하지만 진지하게 얘기해 본 적이 없어. 사귀고 싶지만 늘 자신감이 넘치고 친구가 많은 소미에게 다가갈 수가 없어. 미란이 오해를 하는데 어쩌지? 미란이가 그 애를 놀리고 있을 때 가서 말할까 말까 고민만 했어.

소미에게 정말 미안하다. 난 오래전부터 그 애의 생일을 알았지만 선물을 준비할 수가 없었어. 왜냐고? 돈이 없기 때문이야. 돈은 우리를 싫어하는 것 같아. 돈이 우리 집에서 단 하룻밤이라도 머물다 가면 좋겠다. 그러면 소미의 선물도 사고 엄마 약도 사고 언니는 아르바이트를 그만두고 나랑 오징어튀김 먹으러 갈 수 있을 텐데… 아참 아빠도 올 수 있고… 대체 아빠를 본 지 언제야? 이렇게 하룻밤에 모든 것을 다 할 수 있으니까 제발 돈이 방으로 들어오길 바라.'

기대에 부푼 공상을 하다가 잠이 들었다.

한참을 자고 있는데 시끄러운 소리에 잠이 깨서 시계를 봤다. 어둠 속에서 희미했지만 시계의 시침이 11을 가리키는 게 보였다. 방에서는 여자들의 가느다랗게 숨 쉬는 소리가 들리고 그들의 얼굴을 보다가 문 쪽으로 기어갔다. 여자들이 반복해서 숨을 쉴 때마다 그들을 한 번씩 쳐다보며 문에 귀를 갖다 댔다. 피곤한지 세상모르게 자고 있는 여자들이 부럽다는 표정을 지으면서 갑자기 커진 소리에 방문을 살짝 열었다. 마당에서는 소리가 들리지 않았고 소리는 좀 더 멀리서 커졌다, 작아졌다 반복했다. 참다못해 맨발로 대문 쪽으로 걸어갔다. 시멘트의 차가운 감촉과 어둠이 살을 돋게 만들었다. 낡은 대문에 난 구멍 사이로 누가 있는지 확인하려고 눈을 댔다. 그 순간 소리가 들렸다. 바로 자신의 집 담벼락 맞은편에서 남자인지 여자인지 모를 사람들이 벽에 기대고 얘기를 하고 있었다. 지아는 정말 참을 수 없어 굳은 표정을 하고 한마디 해주리라 다짐했다.

"거, 좀 조용히 하고 삽시다!"

용기를 내어 어른처럼 굵고 크게 말했다. 그러고는 냅다 방으로 뛰어 들어왔다.

소리는 아까보다 줄었지만 여전히 뭔가를 얘기하고 있었다. 그들이 잠깐 조용했던 것은 떠들지 않아서가 아니라 어쩌면 자신의 심장 뛰는 소리가 너무 컸기 때문일지도 모른다고 생각했다.

푸른 날개

나에게도 꿈이 있어
너희들과 같은 꿈
그건 평범하게 사는 것
하지만 난 다르지
너희들은 나에 대해서 몰라
내가 얼마나 가난한지
얼마나 쓸쓸한지
그렇지만 나에게도 꿈이 있어
언젠가 하늘을 높게, 거침없이 나는
푸른 날개를 펼치는 새
그게 내 꿈이야

1부. 내일의 태양

*

정사각형의 사무실 안으로 흰머리가 듬성듬성한 남자가 요란스러운 발걸음으로 들어왔다.

"박세리 선수 너무 멋있지 않아? 신문 좀 봐봐."

남자는 흥분을 한 얼굴로 테이블에 신문을 던지듯이 놓으면서 말했다.

1998년 7월 7일 US 여자오픈 박세리 선수 세계 골프여왕에 드디어 올랐다.

'신은 한국의 장한 딸 박세리를 선택했다. 위기를 거듭하면서도 결코 굽히지 않고 박세리는 세계 골프 최고의 대회인 US오픈에서 연장 끝에 우승했다. 박세리의 경기는 IMF 경제 위기에 시달리고 있는 국민들에게 환한 웃음을 주며 희망을 가져다줬다.'

　남자는 테이블을 가득 채운 신문 속 주인공 박세리의 모습을 보면서 감탄을 그칠 줄 몰랐다.

　"카, 어떻게 이렇게 멋있을 수가 있어? 나도 한 번 물속에서 쳐볼까. 의지도 강하고 승부욕도 얼마나 강한지 몰라. 어이, 김 과장. 이리로 좀 와 봐."

　남자는 자신의 나이와 비슷한 남자를 불렀다. 김 과장은 사장이 부르자 하던 일도 멈추고 냉큼 달려왔다.

　"자네가 아직 이 골프에 대해서 모르겠지만 여기 좀 보게. 자자 이것 봐, 물속에 발이 잠긴 것 좀 봐봐."

　"네, 사장님 정말 멋있는 것 같습니다. 여자가 어떻게 저렇게 할 수 있는지 모르겠다니까요."

　"아, 나도 우리 딸 골프나 시킬 걸 그랬나 봐."

　굽실거리는 부하직원 앞에서 사장은 거만하게 앉으면서 말했다.

　"사장님 따님은 외국에서 공부 잘하고 있는데 뭘 걱정하세요."

　"그렇지 그럼, 암. 우리 딸 아주 잘하고 있지. 그래도 조금 아쉽기는 해. 그냥 공부만하기 아까우니까 골프나 배워보라고 할까."

　"그럼요. 취미로 배워두시면 좋죠."

과장이 그렇게 말하자 사장은 느닷없이 자리에서 일어나 한쪽에 있는 커다란 가방에서 긴 막대기를 꺼내왔다.

"자, 보게. 이게 웨지라고 하는 건데 이것은 주로 그린 주변에서 쓰는 거야."

사장은 막대를 조심스럽게 만지면서 말했다.

"아, 네…"

"내가 그래서 진즉에 골프 배우라고 하지 않았나. 자, 다시 한 번 이것을 이렇게 휘두르면 공이 앞으로 나가는 거야."

사장은 공을 휘두르는 시늉을 하며 말을 했다.

"신기합니다. 어쩌면 이렇게 작은 공이 멀리까지 가는지."

"그건 말이지 이렇게 자세를 잡고, 탁!"

사장이 본격적인 자세를 잡고 칠 것처럼 채를 흔들자 과장은 놀란 듯 뒤로 물러나 있었다. 그래도 과장의 표정은 전혀 지루해 보이지 않았고 사장이 원하는 제스처를 취하고 있었다.

"김 과장! 어때? 이것 보니까 골프 배우고 싶지 않나?"

"저는 나중에요. 아직 여유가 안 됩니다."

"어허, 언제 한번 같이 라운드 나가야 되는데 직원들과 치면서 친목도 다지면 좋잖아."

사장은 클럽을 정리하면서 말했다.

"네, 그럼 한번 배우도록 하겠습니다. 커피 갖다 드릴까요?"

김 과장은 억지웃음을 지으며 말했다.

"아냐, 됐네. 이 사진이 너무 맘에 들어서 보지 않을 수가 없다니까."

사장은 사장실에도 들어가지 않고 신문을 계속 보고 있었다.

"이런, 이런 자꾸 보면 안 된다니까. 이것 보고 있으니까 몸이 근질근질한데."

혼잣말을 마치자마자 어디론가 전화를 걸었다.

"어, 미스 김. 박 사장 좀 바꿔 봐. 김 과장, 오늘도 수고하라고!"

사장은 전화기를 귀에 바짝 댄 채 김 과장에게 눈을 찡긋하며 나가버렸다.

사장이 나가고 난 뒤 모두들 신문을 접고 일을 시작했는데, 한 여직원은 신문에 빠져 있었다.

'박세리, 물 속 투혼'

여직원은 박세리가 검정 모자를 쓰고 카키색 셔츠에 검정 반바지를 입고서 한쪽 발은 종아리가 반쯤이 잠겼고, 다른 발은 발목까지 물이 차있는 사진을 보고 있었다. 3분의 1쯤 기울어진 몸은 은색 막대로 친 공이 어디로 가고 있는지 보고 있다. 다른 사진은 박세리가 자신의 얼굴보다 큰 우승컵에 키스를 하고 있는 장면이다. 많은 사진들이 있었지만 여직원의 눈은 유독 물속에 잠긴 발에 집중되어 있었다. 여직원은 아예 넋이 나간 듯 표정을 짓고 있었다.

'아, 시원하겠다.'

"지아 씨!"

과장이 여직원을 불렀다. 깜짝 놀란 그녀는 신문을 정신없이 덮고 고개를 들었다.

"오늘까지 입출금 내역서 작성하라는 것 했어?"

"아, 네… 그게… 아직…"

"뭐야, 지금 사진이나 들여다볼 때야?"

"죄송합니다. 지금 할게요."

그녀는 고개를 제대로 들지 못하고 말을 했다. 곧바로 과장은 그녀가 있는 곳을 보면서 화를 내면서 말했다.

"자, 다들 이제 딴 생각 말고 일들 합시다. 일!"

과장의 목소리가 커지자 한 직원이 과장을 손으로 찌르면서 기어들어가는 목소리로 말했다.

"과장님, 저기 지아 씨는 사장님이 데려왔어요."

"그래? 능력은 쥐뿔도 없으면서 잘나가는 친척이 있어서 부럽네, 부러워."

과장은 떨떠름한 표정을 짓더니 나가버렸다. 그녀는 자신의 귀에 들려오는 소리를 듣고도 참을 수밖에 없었다. 자신이 능력이 부족하다는 것을 잘 알기에 아무 말도 할 수가 없었다.

사장과 그녀는 나이 차이가 나는 먼 친척 관계이다.

그녀의 엄마는 처지가 어려워지자 친척들 중 하나가 과거에 자신에게 신세를 진 적이 있다는 사실을 생각해냈다. 그런 것을 빌미 삼아 하소연하고 싶지 않았지만 워낙 사정이 급해서 외사촌에게 전화를 걸었다.

"저예요, 지수 엄마."

"아, 자넨가? 어쩐 일로 이렇게 오래간만에 전화했는가?"

"제가 너무 전화를 못 드렸죠? 먹고사는 게 바빠서요. 형님은 건강하시죠?"

"나야 뭐… 자네는 어떻게 지내는가. 아, 맞다. 지수 아빠 소식 아직도 인가?"

"아무 소식도 없네요. 그래서 말인데요. 형님…"

지아 엄마는 망설이면서 말했다.

"현수 요새 사업 잘 되죠?"

"우리 현수는 괜찮아 IMF여도 아무 문제없나 봐. 그전에 조치를 잘 취했겠지. 그래, 자네 딸들은 잘 있고?"

"네, 덕분에요. 큰 딸은 취직해서 회사 다니고, 작은 딸은 대학 다녀요. 근데 지수 아빠는 소식도 없고. 돈도 없고. 학비를 감당하기가 어렵네요. 저도 이번에 몸이 안 좋아서 식당을 쉬는데 학비 때문에 걱정이 이만저만 아니에요."

지아 엄마는 땅이 꺼져라 한숨을 쉬면서 말했다.

"아이고, 이를 어쩌나 일보다 건강이 우선이지."

"그래서 둘째 딸이 학교를 안 다니기로 했어요. 아르바이트해서는 어림도 없으니까 지도 마음이 안 좋았나 봐요. 1년 반만 참으면 되는데 오죽했으면 학교를 그만둔다고 그러겠어요. 그래서 말인데요, 형님…"

"그래 말해보게."

"우리 지아 취직자리 좀 알아봐 주시면 안 될까요? 왜 현수 있잖아요."

"취직? 일단 내가 현수한테 얘기해 보겠네. 그런데 장담은 못 해. 그래도 자네가 예전에 우리 집에 하는 걸 봐서 해주는 거야."

"그럼요 형님. 고마워요."

"자네가 예전에 오죽 잘했나. 나도 요새 너무 기력이 약해져서 힘들어. 애들도 내 말을 잘 안 듣고, 손주 녀석이 보고 싶은데 그것도 맘대로 안 되고, 요즘 애들은 왜 그렇게 기가 센지 모르겠네."

"그래도 형님한테 잘 하겠죠. 아무튼 형님 꼭 부탁드려요."

지아 엄마는 전화를 한 것을 잘했다고 생각했다. 어려울 때는 그저 한 발 물러나 자신을 낮출 수도 있어야 한다고 생각했기 때문이다. 그렇게 해서 딸이 취직한 것을 보고 흐뭇해 했다. 그녀는 썩 내키지 않았지만 다른 방법이 없다는 것을 알고 엄마 말에 따르기로 했다.

그녀는 일주일 전 사장과 이 회사에서 생전 처음 대면했다.

"당숙은 아직 소식 없니?"

"아직 소식이 없어요."

"학교를 중퇴했다고. 그럼 사회생활은 처음이겠네?"

"네."

"이름이 뭐랬더라."

그녀는 서류를 훑어보면서 말하는 사장에게 아무런 대꾸

없이 고개를 숙이고 있었다.

"지아야, 고개를 좀 들어볼래? 얼굴이 잘 안 보여. 고개를 너무 빳빳하게 들어도 거만해 보이지만 너무 숙이고 있어도 보기 안 좋아. 사람은 말이지 자신감이 있어야 돼. 자신감."

자신감을 강조하는 사장의 말에 수줍게 고개를 들었다.

"그리고 참, 숙모는 좀 어떠시니?"

"조금 괜찮아지는 것 같아요."

"당숙도 참, 왜 그러신다니? 숙모가 그렇게 아픈 이유가 있다니까."

그녀는 아버지 얘기가 나오자 다시 고개를 숙여 버렸다.

"허, 험. 내가 괜한 말을 했지?"

"아니에요. 뭐 다 아는데요."

"그리고 네가 초짜니까 처음에는 월급을 많이 못 줘. 삼 개월 후에는 자동으로 올라가긴 하는데, 그 전까지는 만족스럽지 못할 수도 있어. 회사 사정이 예전보다 좋지 않아서 직원들에게도 잘 못해주고 있으니까 그런 점은 네가 많이 이해해 줬으면 해."

사장은 한숨을 쉬면서 그녀를 위로하려는 듯 어깨를 주물렀다. 그녀는 사장이기 이전에 친척이기에 아무렇지 않게 받아들였다. 그보다 자신이 이 회사에서 사람들과 어울려서 일을 잘 할 수 있을지가 걱정이었다.

처음 입사하고 한 달은 회사가 어떻게 돌아가는지 모르고 있다가 시간이 지나니까 조금씩 상황이 보이기 시작했다. IMF의 여파로 경기는 얼어붙고 도산하는 회사가 속출했지만, 회사는 아무 일 없다는 듯 겉으로는 잘 돌아가는 것처럼 보였다. 그녀가 맡은 부서는 경리부 말단이긴 해도 금전 상황은 알 수 있었다.

사장은 골프라면 사족을 못 썼다. 어떤 핑계를 만들어서라도 골프를 꼭 치려고 했다. 내기 골프에 맛이 들린 사장은 하루라도 골프를 치지 않으면 미칠 것 같이 행동했다. 직원들은 사장의 방탕한 생활에 불안했지만 월급은 제때에 들어오니까 신경 쓰지 않았다.

그러던 어느 날, 지아가 회사에 들어온 지 석 달이 안 돼서 일이 터지고 말았다. 곪았던 고름은 지독한 냄새를 터뜨리며 터졌다. 속이 이 지경이 될 때까지도 사장은 일박 이일 골프 라운드를 가고 없었다.

그녀는 여느 때처럼 제일 먼저 출근해서 창문을 열고 커피를 타려고 준비를 했다. 라디오를 켜고 창문에서 불어오는 바람의 냄새를 맡으면서 자연스럽게 입에서 노래가 흘러나왔다. 커피 물이 끓고, 커피를 마실 사이도 없이 광풍처럼 빚쟁이들이 들이닥쳤다.

"사장 어디에 있어! 니가 사장이야?"

그녀는 잔뜩 화가 난 얼굴로 소리를 지르면서 들어오는 남자를 보며 놀랐다.

"전 사장이 아닌데요. 왜 그러세요?"

"사장이 아니면 비키고, 사장 자리가 어디야?"

그녀는 비켜서며 손가락으로 사장실을 가리켰다. 말이 끝나기 무섭게 남자는 사장실의 문을 열었다. 남자는 아무도 없는 것을 보고 소리를 질렀다.

"뭐야? 텅 비었잖아! 지금 당장 사장 오라고 전화해!"

남자가 험상궂은 표정을 지으면서 그녀에게 물었다.

"너, 사장하고 한통속 아니야?"

남자는 그녀의 멱살을 잡았다. 남자에게 대꾸를 하려고 해도 숨이 막혀서 할 수가 없었다. 가까스로 남자를 밀친 다음 말했다.

"전, 잘 몰라요. 모른단 말이에요!"

그녀가 한숨을 돌리려 하고 있을 때, 중년의 여성이 들이닥쳐 바닥에 앉으며 울부짖었다.

"아이고 아이고, 이거 우리 전 재산인데 남편이 알면 날 죽일 텐데 어떻게 하냐고."

시간이 갈수록 사람들이 더 몰려들어와 사무실은 엉망이 되었다. 그녀가 할 수 있는 일은 아무것도 없었다. 전화를 걸어도 사장은 전화를 받지 않고 부장이나 간부급 사람들도 전화가 다 꺼져 있었다. 그녀가 사람들 사이에서 지쳐있을 때, 창문 밖으로 어떤 사람이 사무실을 기웃거리다 자신과 눈이 마주치자 잽싸게 도망가 버렸다. 그녀는 그 사람이 누구인지 알았지만 모른 체했다.

울며불며 화내고 소리치던 사람들이 떠나고 멍하니 의자

에 앉아 있었다. 직장을 잃었다는 생각에 한참을 멍하니 있
는데 전화벨이 울렸다. 그녀는 아주 천천히 전화를 받으려
고 몸을 일으켰다.

*

따르릉 따르릉…

한여름 매미처럼 시끄럽게 울리는 전화벨 소리에도 방에서
는 아무런 기척이 없다. 전화벨의 숨이 끊어지기 일보 직전
에야 한 여자가 이불을 들쳐 내고 잠시 멍청하게 있다가 전화
기를 향해 천천히, 아주 천천히 기어갔다. 얼굴이 온통 머리
카락으로 뒤덮여 있던 여자는 그대로 전화를 받았다.
"지아야."
"네, 누구세요?"
지아는 입을 반쯤 벌리고 아직 무언가에 홀린 듯 대답했다.
"잤니? 오호, 이제 일을 안 하지. 그것도 모르고 왜 전화를
안 받는지 혼자 투덜거렸지 뭐야."
지아는 그제야 카랑카랑한 목소리가 누구인지 알았다. 현
주의 목소리는 언제나 활기가 넘치고 시끄러웠다.
"너 전화번호 바꿨구나. 네 전화번호 알아내느라 혼났네."

"근데 언니 어쩐 일이야?"

"내가 꼭 무슨 일 있어야 전화 하니? 전에는 전화통화도 자주 했는데, 이제는 무슨 일 있어야 전화하는 사이가 됐어버렸네. 그래도 할 수 없지 뭐. 너 혹시 오늘 시간되니?"

지아는 현주의 폭풍 같은 말에 잠이 싹 달아나버렸다. 이제 막 이제 일어나서 어디를 간다는 것은 무리라고 생각했다. 씻는 것도 귀찮고, 이 몰골로는 나가기가 찝찝했다. 벽에 걸려있는 시계를 보니 벌써 2시가 넘어가고 있었다. 입가에 묻은 침을 닦으며 거절을 했다.

"그럼 언제가 괜찮을까?"

"오늘만 빼면 아무 때나 괜찮은데… 혹시 전화번호는 어떻게 알았어?"

"다 아는 수가 있어. 너 집 나가서 혼자 살고 있다는 것도 알아."

그제야 현주가 자신의 집에 전화를 했을 거라고 짐작했다. 현주 언니가 사람들에게 서슴없이 대하고 뭐든 적극적으로 하는 것을 보고 부럽다고 생각했다. 자신은 누구에게 쉽게 말도 못 붙이고 어떤 일고 먼저 적극적으로 나서서 해본 적이 없기 때문이다.

"근데 지아야, 너 취직자리는 알아보고 있니?"

"아니, 생각보다 잘 안 돼."

지아는 한숨을 쉬면서 헝클어진 머리를 뒤로 넘기며 말했다.

"그럼 잘 됐네. 내일 만나서 너의 취직 문제를 풀어보자고…"

"좋은 취직자리 있어? 근데 애는 어쩌고 만나?"

"큰애는 놀이방에 있고, 작은애만 시어머니 집에 잠깐 맡기면 돼."

이때 전화기 너머에게 아이들의 소리가 들렸다.

"지아야, 애가 보채기 시작했어. 내일 11까지 시내에 있는 옷가게 앞에서 만나자. 우리가 예전에 항상 만났던 곳, 거기에 서 있어. 알았지? 아휴, 애들은 잠시 잠깐을 못 참고 이렇게 칭얼거린다니까."

현주는 정신없이 말을 하고 끊었다.

신호 끊기는 소리가 나고 그제야 전화기를 내려놨다. 사촌 언니의 느닷없는 전화에 정신이 없었지만, 취직이라는 말에 갑자기 정신이 번쩍 들었다.

회사가 망하고 나서 독립을 선언하고 집을 나왔다. 마침 엄마의 병세도 호전되고 있었고 언니가 있어서 혼자 살아야겠다고 결심을 했다. 그녀에게는 어떤 계획이나 목적이 없었다. 그냥 강렬하게 혼자 있어야겠다고 생각을 했을 뿐이었다. 모든 것이 귀찮아 늘어지게 잠만 잔 지 며칠이 지나서야 취직자리를 알아보려고 벼룩시장을 뒤지고 다녔었다. 지갑은 팔월에 늘어진 파초 잎사귀처럼 혓바닥을 늘어뜨리고, 냉장고는 코끼리도 들어갈 만큼 텅 비어 있었다.

지아는 취직을 하려고 나름 발버둥을 쳤지만 이력서의 '대학 중퇴'와 '경력 없음'이 발목을 잡고 있었다. 이제 겨우 두 군데를 넣어 떨어진 것뿐인데 낙심이 컸다. 그래서 아르바이트라도 해야겠다고 생각했다. 마침 길거리를 돌아다니다가 유리문에 붙어있는 구인광고가 생각났다. 떨리는 마음으로 전화번호를 눌렀다.

"여보세요? 저기… 구인광고 보고 전화 드렸어요."

"구했어요."

바로 수화기를 놓았는지 신호음이 신경질적으로 울렸다. 한 번이지만 거절의 전화를 받고 나면 마음이 무너져 내리는 기분이 들었다. 용기를 내서 다른 곳에 전화를 걸려면 다시 한참의 시간이 걸린다. 그냥 아무 생각 없이 걸면 되는데 이런 것이 좀처럼 쉽지가 않다는 것을 느낄 뿐이었다.

의류점의 통유리 앞에는 많은 사람들이 서 있다. 옷가게 앞에 버스가 서고 사람들은 그것을 타려고 유리벽을 뒤로하고 걸어 나왔다. 버스를 타지 않는 사람들 중에는 문고판 책을 읽고 있는 사람, 고개를 숙이고 땅만 보고 있는 사람, 유리문 안쪽의 옷을 구경하는 사람들이 있다. 그중에 특이하게 서 있는 한 사람이 있다. 그 사람은 버스를 기다리는 것인지 사람을 기다리는 것인지 모르게 어정쩡하게 보도블록 가운데에서 서서 지나가는 행인과 어깨를 부딪치고 있었다. 그 사람은 부딪친 사람들 앞에서 당황해하면서 '죄송합니다.'를 연발하고 있었다. 그러기를 여러 번 했음에도 불구하고 길 중앙에 서 있었다.

"어, 지아 벌써 왔어?"

현주는 지아의 몸을 보도블록으로부터 멀리 떼어놓고 말을 했다.

"여기에 이렇게 있으니까 사람들하고 잘 부딪치잖아."

"여긴 왜 이렇게 사람이 많아?"

"원래 그랬잖아. 예전보다 좀 많아지긴 했지만."

"버스정류장도 이렇게 쭉 이어져 있었나."

"예전에도 그랬는데 어째 더 커지고 화려해진 것 같아."

"언니가 더 예쁘고 화려해진 것 같은데…"

"지아 너도 많이 달라졌는걸."

골목을 지나 안으로 들어오니 낡은 건물들이 줄지어 있었고 사람들도 거의 없어서 한산했다.

"애기들은 잘 커?"

"애들을 잘 컸는데 문제는 나지 뭐. 내 친구들 중에는 아직 결혼 안 한 미스들이 많아. 근데 친구들 보기가 하늘의 별따기 만큼 힘드니 원. 오늘만 해도 그래 내가 다른 사람도 아니고 친척동생 취직문제로 외출해야 한다고 하니까 벌써부터 신경질을 부리지 뭐니?"

"내가 미안해서 어떡해 언니. 점심만 먹고 빨리 들어가."

"실컷 자기가 봐주겠다고 해놓고선 내가 막상 나가려고 하니까 귀찮아졌나봐. 아, 미안. 너한테 부담 주려고 말한 것은 아니야. 그냥 하소연 한다고 하는 것이 그만."

"괜찮아 언니, 근데 어떤 일자리야?"

"돈 많이 버는 일자리. 우선 뭐 좀 먹고 얘기하자."

현주는 주위를 두리번거리더니 좁을 골목길을 가리켰다. 길을 따라 걸어 들어가니 김밥, 어묵, 떡볶이, 순대, 잡채라고 쓰여 있는 작은 글씨들 사이로 여자가 떡볶이 통에 고추장을 붓고 있었다. 작은 포장마차의 어묵 통에서는 김이 모락모락 나고 삶은 순대 냄새와 기름 냄새가 두 사람의 코를 자극했다.

"와, 예전하고 똑같은데… 주황색 포장마차 천에 등받이 없는 의자, 낡은 메뉴판 좀 봐. 아줌마, 저희 튀김하고 떡볶이 1인분씩 주세요."

현주는 혼자서 중얼거리면서 음식을 시켰다.

"우리 예전에 여기서 떡볶이랑 튀김 자주 먹었었는데, 그때가 생각난다, 얘."

떡볶이가 부글부글 끓은 소리를 내면 주인이 저어주기를 반복하고, 튀김이 유쾌한 소리를 내면서 튀겨지고 있었다.

"근데 일자리가 진짜 있긴 있어?"

"있지. 돈도 많이 벌 수 있는 곳이야."

"에이 언니, 능력도 없는데 돈 많이 주는 곳이 어디 있어?"

"그곳은 능력보다는 체력과 끈기만 있으면 돼."

"체력이면, 어디 막노동이야?"

"아니, 골프장에서 일하는 거야."

"골프장? 아하 현수 오빠네… 아니 망한 회사의 전직 사장님이라고 해야 되나."

"현수 오빠가 골프 엄청 좋아했지. 나도 들었어."

"사장님으로 본 것은 입사하고 딱 두 번이었어. 면접 때 하고 박세리 선수가 우승할 때였어."

"그 오빠, 정말 빠졌나 보네."

"그래서 아이엠에프와 상관없이 망한 거지 뭐."

"근데 그 오빠 사업하기 전에는 꽤 성실했다고 그랬는데 골프 알게 된 후부터 그렇게 된 건가?"

"아마도. 우리는 알 수 없지 뭐."

"떡볶이랑 튀김 나왔어요."

주인아주머니가 김이 모락모락 나는 접시를 내밀었다.

둘은 한동안 말없이 먹기만 했다. 현주는 쩝쩝거리며 며칠을 굶은 사람처럼 먹고, 지아는 깨작깨작 젓가락질을 했다. 접시가 비워져갈 무렵, 그녀는 현주에게 물었다.

"근데 골프장에서 무슨 일해?"

"사실 내 친구가 그거 하고 있는데, 여기는 아니고 지방에서 부모님 모르게 하고 있어. 근데 벌이가 꽤 괜찮나 봐."

"골프장에서 무슨 일을 하는데 부모님이 몰라?"

"이상한 일은 아니고 손님들 공 찾아주고 운전해주고 그런 일을 하나 봐."

"운전하고 공 찾는 것? 나 운전 못하는데 배워야 하나?"

"자동차 운전하고 다른가 봐. 운전 못해도 다 알려주니까 상관없대."

"그럼 취직은 어떻게 하는 거야?"

"내 친구가 그러는데 직업소개소 같은 곳에 찾아가면 알선해주나 봐. 소개비를 좀 받는데 얼마 내는지는 모르는데 돈 내고 접수하면 거기서 취직시켜 준다는데."

현주는 떡볶이에 튀김을 찍어 먹으면서 열심히 말을 했다.

"그래? 무슨 말인지 잘 모르겠지만 어쨌든 골프장에 소개를 시켜준다는 얘기네."

그녀는 잘 모르겠다는 표정을 지으면서 말했다.

"직업소개소에 직접 전화를 해 보면 어떨까? 아님 네가 이 일에 관심 있으면 친구한테 연락해서 알아봐 줄게."

현주는 말하는 내내 음식을 계속 먹었다.

"근데 사실 나 공부하고 싶어. 능력은 없지만 이렇게 졸업 못한 것이 너무 아쉬워 언니."

"그랬구나. 나는 네가 학교 그만둔 것도 엊그제 고모랑 통화하면서 알았다니까."

"엄마는 나에 대해서 잘 몰라."

"뭐 부모 자식 간이 가까운 것 같아도 모르는 것이 많을 수도 있어. 나 봐 내가 이렇게 일찍 결혼해서 애도 둘씩이나 낳고 살 줄 누가 알았겠니? 결혼할 때 엄마가 얼마나 울었는지 몰라. 그때 엄마가 말한 게 있는데 나한테 배신감 느꼈다나 어쨌다나."

"그런 일도 있었어? 우리가 너무 오래간만에 만났구나."

"앞으로 자주 만나면 되지 뭐."

현주는 입술에 묻은 고추장을 닦으면서 말했다.

"언니, 그럼 일단 알아봐 줘."

"그래 잘 생각했어. 뭐라도 해야지. 공부는 나중에 돈 벌어서 하면 되고 우리 어묵도 좀 먹을까?"

현주는 말이 끝나자 무섭게 어묵꼬치를 들고 쩝쩝거리면서 맛있게 먹었다. 현주의 식탐은 그칠 줄 몰랐다. 그동안 지아는 먹는 것보다도 취직을 해야 한다는 강박관념에 음식을 넘기는 게 힘이 들었다. 오늘 취직할 수 있다는 희망과 현주의 먹는 모습을 보면서 음식이 맛있어 보였다. 사람들이 점점 많아지고 있는 좁은 골목길을 보며 답답했는데 현주의 말을 들으니 인생이 변할 수 있을 거라는 생각했다.

*

해살이 내리쬐는 창문 사이로 비치는 방 안의 풍경이 보인다. 앉은뱅이책상과 작은 텔레비전 그리고 서랍이 두 개 있는 작은 옷장과 그 옆에는 3단 서랍장이 놓여있다. 그 둘레의 중앙에는 동그랗게 말린 이불과 벽으로 밀쳐진 베개가 있다. 이불을 자세히 들여다보면 어떤 움직임이 느껴진다. 자세히 보니 속에 뭐가 있는 듯 숨소리가 리듬에 맞춰 이불이 들썩였다. 순간 알람이 미친 듯이 울어대자 이불을 걷어차는 발이 보인다. 발은 알람을 멈추게 하고 다시 이불 속으로 들어갔다. 10분만 더 자자 생각하고 알람을 다시 맞췄다. 알람이 다시 울리자 끄고 다시 맞추고 그러기를 몇 번을 하자 질렸다는 듯 이불을 걷어찼다.

'아, 맞다. 오늘은 꼭 전화해야지.'

취직 생각이 미치자 전화기를 들고 목소리를 가다듬었다.

"여보세요?"

"네, 국제직업소개소입니다."

지아는 며칠 전 사촌 언니가 말해준 대로 직업소개소에 전화를 해보기로 마음먹었다. 집에 잔뜩 쌓여 있는 생활 정보지에도 사촌 언니가 말한 직업소개소가 있었다. 직업소개소는 몇 군데가 있었는데 그중 집에서 가까운 곳에 전화를 했다.

"실례지만 나이가 어떻게 되세요?"

남자는 나이를 제일 먼저 물어봤다. 나이 제한이 있다는 얘기를 못 들어서 그런지 의문이 들었지만 곧 이유가 밝혀졌다.

"나이가 어려서 좋네요. 나이가 어리면 취직하기가 더 쉽거든요."

"아, 네. 그래요."

"캐디에 대해서 어떻게 아시고 전화했어요?"

"저는 잘 모르는데 아는 사람이 지금 하고 있는데 돈 많이 번다고 해서 해보려고요."

"마침 잘 됐네요. 요즘 한참 구하고 있으니까 시간 날 때 한번 방문하시겠어요?"

"내일 가도 되나요?"

"네, 그러면 자세한 설명은 내일 해드릴게요. 바로 등록하실 거면 회비는 17만 원 준비하시면 되세요, 내일 뵙겠습니다."

다음날, 지아는 버스를 타고 30분 거리에 있는 소개소를 찾아갔다. 작은 건물로 들어가자 낮은 계단의 바닥에 국제직업소개소라는 글자가 걸을 때마다 밟혔다. 한걸음 내디딜 때마다 발자국 소리가 공간에 울려 퍼졌다. 계단을 올라가 도착한 곳에는 주택의 가정집 대문처럼 생긴 두 개의 문이 있었다. 한쪽에는 대우상사, 다른 한쪽에는 국제직업소개소라고 쓰여 있었다. 직업소개소의 문을 두드리고 문을 열었다. 지아가 앉아 있는 사람들에게 어색하게 인사를 하자 그중 한 남자가 앞으로 다가왔다.

"어서 오세요. 어제 전화하신 분 맞죠? 거기 자리에 앉으세요."

남자는 보통보다는 작은 키에 유난히 둥근 이마를 가졌고, 그 이마 위에는 머리카락 몇 가닥이 갈 곳을 잃은 것처럼 얼굴로 흘러내리고 있었다.

"혹시 저희 소개소는 어떻게 알고 오셨어요?"

"사촌 언니 얘기 듣고 구인광고를 봤어요."

"사촌 언니분이 지금 캐디를 하시나요?"

"언니의 친구가 캐디를 해요."

"아, 그러셨구나. 그럼 이력서 좀 보여주시겠어요?"

지아는 넓고 큰 가방에서 이력서를 꺼내줬다.

"음. 사회경험이 거의 없으시네요."

"전자회사에 들어갔었는데 금방 망해서 나왔어요."

"그래요. 요즘 사회가 너무 시끄럽고 나라가 망하게 생겼어요. 골프장도 요즘 힘들다고 그러지만 사실 골프장이라는 것이 쉽게 망할 수가 없어요. 설사 망한다 해도 다른 골프장들이 많으니 얼마나 좋은지 몰라요. 여자들에게는 이만한 직업이 없다니까요."

남자는 짐짓 심각한 표정을 지으면서 말했다.

"제 주변에도 망한 사람이 하도 많아서… 아무튼 지아 씨가 하는 일은 회사가 망해서 일을 못 하는 경우는 없어요."

"근데 궁금한 게 있는데요. 이 일을 하면 돈을 얼마씩 받는 거예요?"

지아는 조심스럽게 물었다.

"돈요? 돈은 월급으로 나오지 않고 일이 끝나면 바로 나와요. 이것도 캐디라는 직업의 매력이죠. 다른 일처럼 월급으로 받지 않고 매일 나오니까 돈 버는 재미가 있어요. 그리고 잘하면 팁도 많이 나오니까 더 좋죠. 이 일을 해서 집도 사고 차도 사고 그런 사람들이 엄청 많아요."

"그렇다면 정말 좋겠네요. 그럼 여기에 등록을 하면 취직이 될 때까지 계속 도와주는 건가요?"

"웬만해선 한두 번 만에 취직이 됩니다. 그 부분은 걱정을 안 하셔도 되고요. 만약 안 되더라도 저희가 끝까지 책임져 드립니다."

남자는 진지하면서 단호하게 말했다. 그제야 그녀도 안심한다는 표정을 지었다.

"지금 등록하실 건가요? 혹시 등록을 하시고 오늘 괜찮으시면 면접 한 번 보고 와도 돼요."

"오늘요? 오늘은 마음의 준비가 안 됐는데."

"그럼 할 수 없죠. 온다던 분이 안 오신다고 해서 그런 거였는데… 그러면 일단 오늘은 등록만 하시고 몇 가지 설명 듣고 가세요."

남자는 종이 몇 장과 펜을 들고 왔다.

"여기 성함과 주소 그리고 전화번호도 쓰시고 사인도 해주세요. 그리고 회비는 17만 원이고 선불이에요."

남자는 종이를 내밀면서 말했다.

조심스럽게 서류를 작성하고 반지갑에서 돈을 꺼내 몇 번을 센 후에 남자에게 줬다.

"걱정 안 하셔도 돼요. 저희는 확실히 취직까지 시켜드립니다."

"네. 빨리 취직이 되면 좋죠."

"그럼 오늘은 간단하게 골프에 대해서 설명을 좀 해드릴게요. 하루라도 빨리 돈 버셔야죠. 이쪽으로 오세요."

남자는 그녀를 다른 곳으로 안내했다. 그곳에는 벽에는 골퍼가 스윙을 하고 있는 사진과 골프코스의 사진들이 걸려 있고 꼿꼿하게 서 있는 가방에는 골프채가 있었다. 남자는 복사기에서 자료를 출력해서 줬다. 그녀는 생소한 글과 그림을 빤히 쳐다보았다.

"저희는 골프에 관해서 자세하게 가르쳐 주진 않아요. 어차피 골프장에 가면 다시 배워야 하니까 기본적인 것 몇 가지 간단하게 가르쳐드릴게요. 저희가 주로 하는 것은 골프장을 안내하고 같이 면접을 보러 가서 취직을 시켜 드리는 일을 하고 있어요."

"그럼 골프에 대해 자세하게 몰라도 되나요?"

"아는 게 좋죠. 그렇지만 여기서 모두 다 알고 갈 순 없어요."

"그렇군요."

"그럼 제가 준 자료들을 한번 보실까요?"

다음날, 지아는 늦잠을 자서 부랴부랴 직업소개소에 갔다. 어제는 간단한 이론을 배웠고, 오늘은 면접에 관해서 배울 예정이었다. 새로운 사람을 포함해서 5명이 모두 자리에 앉아서 자료들을 열심히 보고 있었다. 그녀는 왠지 떨리는 마음을 간신히 붙잡고 자리에 앉았다.

"여러분, 안녕하세요!"

남자는 어제보다 밝게 큰 목소리로 인사했다. 남자가 인사를 하는데 그 누구도 인사하는 사람이 없었다.

"모두들 성격이 차분하고 조용하시군요. 좋아요. 처음에는 누구나 그렇죠. 저를 어제 처음 본 사람도 있고, 그전에 보신 분도 계시고, 저기 뒷자리에 계신 분은 이제 막 오셨죠."

남자는 맨 뒷자리 빨간 재킷을 입은 남자를 가리키며 말했다. 사람들은 고개를 돌려 뒷자리 남성을 봤다. 이제 막 고등학교를 졸업한 듯 앳된 얼굴이었다.

"그만 보시고요. 이제 저를 좀 봐주시고요. 오늘은 여러분께 면접을 어떻게 보는지에 대해 알려드리겠습니다. 골프장에서 일을 하려면 다른 것은 제치고 일단 면접에서 합격해야 합니다. 서류심사는 뭐 거의 의미가 없다고 봅니다. 서류는 거의 통과가 되니까요. 일을 시작하려면 면접에 꼭 합격해야 됩니다. 경쟁률도 어마어마합니다.

지난번 이 근방에서 좋다는 회원제 모 골프장으로 면접을 보러 갔었는데 20명 뽑는데 50명이 왔더라고요. 돈을 많이 번다는 소문이 퍼지기 시작해서 경쟁률이 세졌습니다. 그러나 여러분은 걱정 안 하셔도 돼요. 저희는 취업률 100%를 자랑합니다. 저만 믿고 따라오시면 곧 취직이 되십니다. 그럼 제가 면접 잘 보는 방법을 말씀드릴 텐데요. 우선 제일 필요한 것은 자신감입니다…"

지아는 남자의 설명을 잘 새겨듣고 열심히 적으면서 어떤 말투와 어떤 내용으로 면접을 볼 건지에 대한 자료를 들고 집으로 돌아왔다. 면접을 어떻게 볼 것인지, 어떤 옷을 입고 갈 것인지 걱정만 했지 골프 이론 따위는 안중에도 없었다. 꼬박 이틀을 그렇게 아무것도 못하고 시간을 보내고 있었는데 면접 날이 잡혔다고 연락이 왔다.

지아는 다 같이 모여 골프장으로 출발한다고 해서 소개소로 갔다. 소개소에 도착했을 때는 몇 명이 깔끔한 옷차림으로 면접을 보기 위해 기다리고 있었다. 모두 자신감 있는 표정이었고 자신만 긴장하고 있다는 생각을 하니 더 떨렸다.

직원의 차를 타고 골프장에 도착하니 이미 많은 사람들이 대기실에서 기다리고 있었다.

"생각보다 사람들이 많이 왔네요. 제가 접수하고 올 테니까 호명하면 저기 면접장 안으로 들어가시면 돼요. 자, 잘하세요."

남자는 주먹을 불끈 쥐고 말하고 나갔다.

"휴, 어떡하죠?"

"그러게요 너무 떨려요. 그리고 남자가 저 하나뿐인 것 같아요."

같이 온 남녀가 조용히 얘기를 하고 있었다. 지아는 주변을 둘러보며 사람들이 뭘 하는지 보고 있었다. 어떤 사람은 무언가를 골똘히 생각하는 듯 벽에 기댄 채 눈을 감고 있었고, 다른 사람들은 천장을 바라보거나 다리를 떨고 있었다. 행동은 다르지만 조금씩 긴장하는 모습이 보였다. 그녀는 사람들을 흘깃 쳐다보면서 잡생각을 했다. 그러는 사이 직원이 이름을 부르기 시작했다. 면접이 시작되자 갑자기 분위기는 조용해지고 긴장감이 감돌았다.

"이지아, 김수정, 한연희 씨 들어오세요."

직원이 사람들을 향해서 이름을 부르자 셋은 조용히 면접장 안으로 들어갔다. 들어갈 때 그녀의 주먹 쥔 손이 부르르 떨고 있었다. 웨이브를 넣은 단정한 단발머리 여자와 왁스를 바른 듯 윤기 있는 머리칼이 돋보이는 남자, 그리고 지나칠 정도로 까만 머리카락의 남자가 그들을 기다리고 있었다.

"자 이지아 씨, 김수정 씨, 한연희 씨 순서대로 앉아 주세요."

여자 면접관이 말했다.

"이지아 씨는 서비스란 무엇이라고 생각하세요?"

여자 면접관이 딱딱한 목소리로 말했다.

"아, 그러니까 서비스란… 음, 친절한 말투와 밝은 표정으로 손님을 대하는 것이라고 생각합니다. 네 그리고… 빠르게 해야 된다고 생각합니다."

그녀는 눈을 이리저리 굴리며 떨리는 녹소리로 말했다.

"다음 김수정 씨는 서비스란 무엇인지 얘기해 보시겠어요?"

면접관은 바로 가운데 앉아 있는 여자에게 물었다.

"서비스란 진심이 있어야 한다고 생각합니다. 고객에게 많은 것을 바라지 않고 고객을 향한 나만의 사랑을 보여주는 것이라고 생각합니다."

여자의 목소리가 당당하고 또랑또랑하게 면접장에 울려 퍼졌다.

"그럼 한연희 씨는 서비스란 무엇이라고 보나요?"

"밝은 목소리와 표정과 함께 고객님들의 스타일에 맞춰 원하는 것을 해주는 것을 서비스라고 생각합니다."

"네, 세 분 얘기 잘 들었고요 이번에는 제가 질문하겠습니다. 먼저 이지아 씨, 먼저 자기소개 좀 해보시죠."

남자 면접관이 딱딱하게 묻자 그녀의 목소리가 기어들어
갔다.

"네, 저는 고향이 안성이구요. 형제는 언니와 단둘이고 부
모님은… 부모님은 잘 계시고요. 저는 bk고등학교를 나오고
집안 사정상 대학교를 졸업하지 못했습니다. 저의 성격은 내
성적이면서 적극적이지 않지만 일은 열심히 하는 편입니다.
앞으로… 성격을… 외향적인 성격으로 바꾸도록 노력하고
있습니다. 그리고 저는…"

지아는 머릿속이 하얘져서 무슨 말을 어떻게 이어갈지 잘
몰랐다. 자기소개는 면접 연습 중에 가장 많이 한 것임에도
불구하고 말 잇기가 제대로 되지 않았다.

"아, 이제 됐어요. 그만하셔도 돼요. 다음은 김수정 씨가
말해보세요."

남자 면접관은 손을 들며 지아의 말을 자르고 다른 사람에
게 질문을 했다. 면접관이 단호하게 말을 자르자 무안했다.
그리고 다른 사람들이 잘하는 모습을 보니 마음이 심란하고
저 사람은 왜 저렇게 말을 잘할까라는 생각을 했다. 지아의
표정은 갈수록 어두워졌고 다른 사람들에게는 질문을 계속
하는데 자신에게는 어떤 질문도 하지 않아서 답답했다. 손
바닥에 땀이 나고 숨이 막혀 미칠 것 같았다. 면접에서 떨어
진 것은 당연했고 슬퍼할 겨를도 없이 다음 면접을 보기 위
해 준비를 했다.

'머릿속이 하얘져서 무슨 말을 어떻게 해야 할지 모르겠

어. 다른 사람들은 안 떨고 무슨 말을 그렇게 잘할까? 창피
해 죽겠어.'

지아는 벽에 기대앉아 멍하니 티브이를 보며 걱정을 했다.

*

일주일 동안 세 번의 면접이 있었고 모두 떨어진 지아는 자
신감이 밑바닥으로 추락하고 있었다. 그리고 면접을 볼 때마
다 같이 갔던 사람들이 점점 줄어들어 혼자만 남았다는 것을
새삼 깨달았다. 직업소개소에서 월요일에 새로운 면접이 있
다고 준비를 하라고 전화가 온 것은 토요일 오후였다. 그녀
는 월요일 아침에 일찍 준비를 마치고 다음 면접 장소로 가
기 위해 의자에 앉아 있었다.

"지아 씨, 이번에는 좀 멀어요."

직업소개소 남자는 얘기하면서 분주하게 돌아다녔다.

"면접 준비는 잘 했어요?"

"네, 했다고 했는데 뭐가 문제인지 모르겠어요. 조금 떨긴
했지만 잘했다고 생각했는데 면접관님들은 눈에는 그렇게
안 보였나 봐요."

지아는 한숨을 쉬면서 말했다.

"면접이라는 것이 아무래도 말로써 자기 자신에 대해 소

개하는 거라서 정확하게 표현하지 않으면 무슨 얘기를 하는지 모르니까 목소리를 좀 크게 하시고 자신감 있게 말을 하세요. 아무래도 명문이다 보니까 까다로운 면이 없잖아 있어요. 오늘 갈 곳은 명문은 아니고 그냥 적당히 괜찮아요."

남자는 자리에 앉으면서 얘기를 시작하자 고개가 자동으로 숙여졌다.

"그리고 원래 신입은 연 초에 많이 뽑고 지금은 적당히 모자라는 부분을 채우려고 뽑다 보니 그 사람들도 까탈을 부리는 거지. 그렇지만 저희 소개소는 100% 취직이 다 되고 어떻게 해서든 돈 벌게 해드릴 테니까 걱정 마세요."

남자는 아무것도 아니라는 듯 말했지만, 지아는 여전히 걱정스러운 표정이었다.

다시 면접을 위해 1시간 반이 넘는 거리를 차로 달려갔지만 이번에도 떨어졌다. 창밖으로 노란 벼들이 싱그럽게 웃고 있지만 그녀의 표정은 어두웠다. 남자는 귀찮고 짜증난다는 표정을 애써 감추려고 침묵을 지켰다. 사무실에 도착할 때까지 서로에게 말 한마디가 없었다.

"지아 씨, 바로 면접을 볼 수 있는 곳은 몇 군데 더 있는데 카트가 없어서 좀 힘든 곳이에요. 아니면 겨울에 교육 들어가는 골프장이 몇 군데 있는데 아직 공고가 안 올라와서 언제 면접을 볼지 모르겠어요. 기다리기 뭐하면 지방에도 많이 있어요."

사무실에 도착하자 서류를 보며 남자는 입을 떼었다.

"그럼 이번에도 떨어지면 많이 기다려야 하나요?"

"그렇다고 봐야죠."

"그러면 그냥 볼게요. 올해 안에 꼭 취직하고 싶어요."

"그래요, 그럼 제가 언제 면접을 보는지 알아보고 오늘 오후나 내일 연락드릴게요."

답답한 마음에 집으로 돌아가는 길에 있는 슈퍼마켓에서 소주와 라면을 샀다. 버스 안에서 현주와 통화를 하면서 스트레스를 풀려고 했는데 통화는 오래 이어지지 않고 금방 끊어졌다.

"지아야, 낼 통화하면 안 되겠니? 저녁 준비도 해야 하고 애들도 보내고, 정신없어 죽겠어. 너도 아줌마 되면 내 심정 이해할 거야. 이만 끊어."

누구에게라도 하소연하고 싶은 마음에 전화를 걸려고 했지만 달리 걸만한 사람이 없었다. 면접 보려면 아직 시간이 있으니까 오늘 만큼은 편하게 보내보자고 생각했다. 일주일 넘게 긴장 때문에 잠도 못자고 스트레스 받은 것을 풀고 싶었다.

집으로 들어와 티브이를 틀어놓은 채 가스에 불을 켜고 라면을 끓였다. 라면이 끓자 작은 밥상 위에 냄비를 통째로 올려놓고 소주와 유리컵도 놓았다. 몸을 벽에 기댄 채 눈은 티브이로 향하고 있었지만 마음은 잡생각으로 가득 차 있었다. 가요 프로그램에서는 신나는 댄스곡이 나오는데 그녀의 얼굴이 빨개졌다. 얼마나 뜨거운지 양 볼을 만지고 있는데 전화가 왔다.

"엄마다, 어떻게 면접은 잘 보고 있니?"

"아직 발표가 안 났어."

"왜, 잘 안 된 거니?"

지아 엄마는 딸의 목소리만으로도 아는지 추궁하는 듯 물었다.

"발표가 안 난거야. 생각보다 까다로워."

그녀는 차마 떨어졌다는 말을 할 수가 없었다.

"발표가 안 났다면 차라리 잘 됐다. 이참에 그냥 집으로 들어와."

엄마는 단호한 목소리로 말했다.

"왜? 왜 내가 내려가야 하는데?"

"와서 공부하면 되잖아. 네 언니하고 상의해 봤는데 그동안 공부한 게 아까우니까 대출을 받아서라도 다시 시작해보는 게 어떻겠냐고 하더구나."

"뭐, 대출을 받자고? 그럼 그건 누가 갚을 건데? 결국 내가 갚아야 되잖아."

지아는 화를 내면서 엄마의 말을 끊고 말했다.

"그래, 엄마가 능력이 없어서 미안하구나. 하지만 그래도 공부는 해야 하지 않겠니? 배워야 사람 대접받고 살아."

"엄마, 그것을 누가 몰라? 근데 나 학교 다니는 동안 얼마나 힘들었는지 알아?"

그녀는 학교 다니던 생각을 하니 서러움에 눈물이 나왔다.

"그래 나도 다 알아. 네 아빠만 있었어도 너한테 보탬도 되었을 텐데, 이런 험한 일 한다고 해도 말리지도 못하고 있는 나는 오죽하겠니?"

"이 일 험하지 않아. 돈도 많이 번다고 했단 말야."

"돈 많이 벌면? 누가 알아주지도 않는 일 하면서 어디 부끄러워서 얘기나 할 수 있겠니? 남들이 욕이나 안 하면 다행이지. 그리고 공부는 때가 있는 거야."

"이 일이 뭐 어떻다고 그러는 건지 모르겠지만 그런 말 하려거든 앞으로 그냥 전화하지 마!"

"지아야, 화내지 말고 내 말 좀 들어."

"내가 지금 회 안 나게 생겼어? 어떻게 공부를 해? 언니라도 좋은 대학 나왔으니까 그것으로 만족하면 되잖아."

"네 언니는…"

"장학금? 그래 나는 언니보다 공부도 못하고 실력도 없어. 그래서 취직도 안 된다고 지금!"

"그래, 알았다 알았어. 알아서 잘 하겠지만 그래도 나는 네가 생각을 바꿨으면 좋겠다."

그녀는 엄마에게 대답하지 않고 전화를 끊어버렸다. 곧바로 눈물을 훔치며 술을 벌컥벌컥 마셨다. 자신도 공부를 하고 싶지만 지금 형편에 학교를 다닐 수가 없다는 것이 안타까웠다. 더군다나 빚을 내면서까지 다니고 싶지는 않다고 생각했다. 그녀는 지금 돈을 열심히 벌고 못다 한 공부는 꼭 나중에 하리라 마음을 먹었다.

며칠 후, 그녀는 수도권 외곽에 있는 군 골프장에 면접을 보러 왔다. 건물 앞에 열 명이 넘는 남녀가 서 있었는데 남자가 더 많았다. 낡아 보이는 건물들 주변에는 나무들이 우거져 있고 코스로 이어지는 레일이 유난히 반짝이고 있었다. 사람들이 면접장 안으로 들어가자 그녀도 따라서 같이 들어갔다.

"여러분, 잘 오셨습니다. 지금부터 면접을 볼 건데요. 제가 호명하면 한 분씩 이쪽 문으로 들어가시면 됩니다. 그럼 김준호 씨 먼저 나오세요."

"네!"

동그란 얼굴에 작은 체구의 남자가 씩씩하게 대답을 하면서 나갔다. 몇 명이 면접을 마치는 데는 그리 오래 걸리지 않았다. 모두 빨리 진행되는 모습에 그녀는 안도의 한숨을 내쉬었다.

"다음은 이지아 씨! 이쪽으로 오세요."

여직원의 말에 그녀는 벌떡 일어났다. 직원을 따라간 곳은 책상과 낡은 가죽 소파가 있는 사무실이었다.

"부장님, 이지아 씨입니다."

여직원은 머리가 희끗한 남자를 보면서 말했다. 그녀가 부장에게 인사를 하자 인자한 표정으로 인사를 받아줬다.

"자리에 앉으세요. 우리 골프장은 어떻게 해서 오게 됐나요?"

"직업소개소를 통해서 왔어요."

"직업소개소에서 많이 오시네요. 그럼 여기가 어떤 곳인지도 잘 알겠네요."

"네, 조금 들었는데요. 카트가 없어서 힘들 거라고 했어요."

"맞아요. 업 다운도 심한데 걸어 다녀야 해요. 이렇게 나이도 어린데 어떻게 여기를 선택하게 됐어요?"

부장은 안경을 고쳐 쓰면서 진지하게 물었다.

"아, 그건… 어떻게 하다 보니…"

'계속 면접에서 떨어졌다고 말해야 되나? 어쩌지?'

그녀는 속에 있는 말을 하고 싶었으나 하지 못하고 얼버무렸다.

"네, 됐어요. 그런 것은 그렇게 중요하지 않으니까."

지아는 자신이 망설이는 것을 아는지 부장이 대답을 요구하지 않아서 안심하는 표정을 지었다.

"여기는 조금 들어서 알겠지만 다른 곳보다 많이 힘들어요. 코스도 굴곡이 심하고 걸어 다니는 것도 만만치 않아요. 그래도 여기에서 오래 계시는 분들도 많아요. 그리고 여성분들한테는 이만한 직업이 없어요. 다른 직업도 그렇지만 어떤 일이건 처음에는 다 어렵기 마련이죠. 일이 익숙해지기 전까지는 많이 참고 견뎌야 하는데 그래도 이 일을 할 수 있겠어요?"

부장은 인자하지만 단호한 목소리로 물었다.

"아, 네… 할 수 있어요."

자신감 없는 말투로 대답을 했지만, 그는 이해한다는 듯이 말했다.

"그럼 됐어요. 일단은 하려고 하는 의지가 중요해요."

면접은 순조롭게 진행이 되었다. 부장은 그녀의 마음을 아는지 모르는지 편안하게 질문을 유도했다. 그런 편안함이 면접을 무사히 마치게 했다. 그녀는 다른 곳과 면접 방법이 너무 달라 조금 당황했지만 합격했을 거라는 예감이 들었다. 면접을 보기 전에 소개소의 남자의 말에 안심을 했는지도 모른다고 생각했다.

"여기는 무조건 합격이에요. 특별한 사유가 있지 않는 한 모두 합격이에요."

면접을 마치고 집으로 돌아온 그녀는 혹시나 하는 마음에 초조했다. 문자는 오후가 끝나갈 무렵에 왔다.

〈지아 씨, 축하드려요. 합격이에요. 이틀 후부터 교육 들어간다고 하니까 모레 10시까지 골프장으로 가시면 돼요. 아참, 기숙사 사용하실 거죠? 미리 여쭤보지 못해서 일단 사용한다고 했어요. 돈 벌려면 기숙사 생활하는 게 좋아요. 안 사실 거면 가서 말하면 돼요. 그럼 골프장 생활 잘 하시고요. 그동안 고생하셨어요.〉

"언니, 나 합격했어!"

다음날 아침에 현주에게 전화를 했다. 현주는 잘됐다며 진심으로 축하해 줬다.

"근데 언니 나 기숙사 들어가야겠지. 여기서 가려면 차로 두 시간 거리야. 이사 한 지도 얼마 안 됐는데 어떡하지?"

"그러게 그 일이 육체적으로 엄청 힘들다던데 아무래도 기숙사 들어가는 게 낫지 않을까. 오고가는데 차도 있어야 하고 차비도 많이 들잖아."

"아무래도 그렇겠지? 일단 내일은 버스 타고 가야 하니까 꼭두새벽부터 나가야 돼."

"아휴, 앞으로 우리 지아 고생 좀 하겠네."

"진짜 많이 힘들겠지?"

"그렇겠지. 그래도 돈이 어딘데? 잘 참아봐, 나도 결혼만 안 했어도 무슨 일이든 했을 텐데, 일 할 수 있는 네가 부럽다."

"언니가 부러울 게 뭐가 있어? 남편에, 애들에 집도 있으면서 그래."

"그게 뭐 우리 집이니? 시 엄마 집에 얹혀사는 게 뭐가 좋다고 그래. 시집살이 하는 것이 이렇게 힘들 줄 알았으면 처음부터 따로 살 걸 그랬나봐."

그녀는 자신과는 완전히 다르게 사는 현주의 푸념이 부럽게 들렸다. 어렸을 때부터 현주의 가족은 활력이 넘치고 다정하게 보였는데 결혼을 해서도 그렇게 사는 것 같아 좋아 보였다.

"그나저나 고모는 뭐라고 하니? 내가 괜히 눈치 보여."

"몰라, 엄마 얘기하지 마. 며칠 전 전화 왔었는데 싸웠어.

처음부터 이 일 한다고 얘기 안 할 걸 그랬나 봐."

"그래? 그래도 어떻게 말을 안 하니? 그나저나 고모가 나를 미워할지도 모르겠는데…"

"언니는 상관없어. 다 내가 선택한 거니까."

"어른들은 잘 알지도 못하면서 좀 이해 해주지. 왜 그렇게 안 좋게 보는 거야."

"나도 잘 모르겠어. 어쨌든 내일부터 교육이야. 걱정돼."

"괜찮아. 죽기야 하겠니."

지아는 현주의 말에 진심으로 공감을 했다. 이 일로 정말 죽을 일은 없을 테니까. 조금 버티면 괜찮을 거라고 생각했다. 그리고 앞으로 자신에게 어떤 일이 닥칠지 상상할 수 없었다. 그 대신 제발 힘든 일은 빨리 지나가라고 기도를 했다.

2부. 한 걸음 한 걸음씩

*

'이번 역은 소하, 소하역입니다.'

머리를 질끈 동여매고 갈색 점퍼를 입은 지아는 방송을 듣
고 일어났다. 종점 직전에 있는 역은 옅은 안개가 끼어 모
든 게 희미하게 보였다. 주위를 두리번거리며 걷자 멀리 시
계탑이 보였다. 가까이 가서 바라보니 초침이 9시를 가리키
고 있었다. 역을 완전히 빠져나와서 비포장도로를 걸었다.
흰 운동화에는 이미 젖은 흙이 달라붙었고 한쪽으로 맨 커
다란 가방이 곧 쏟아져 버릴 것처럼 기울어져 있었다. 주위
의 이정표를 보면서 더 이상 신발이 더러워지지 않게 조심
스럽게 걸었다.

'어디로 가야지? 시계탑을 지나 버스정류장까지는 2~3분

이면 된다고 했는데.'

계속 두리번거리며 걸었다. 머리카락은 안개가 내려앉아 축축해졌다. 마침내 버스정류장을 찾은 지아는 불안하게 서서 버스가 오기를 기다렸다. 정류장 의자에는 이미 몇 명이 앉아있었다. 또래로 보이는 단발머리에 카키색 점퍼가 잘 어울리는 여자와 스포츠머리에 약간은 순진해 보이는 남자 그리고 칙칙한 옷을 입은 중년의 남자가 있었다.

잠시 후, 버스가 도착했고 중년 남자를 빼고 모두 버스에 올라탔다. 버스가 달릴수록 큰 건물들은 멀어지고 낡은 건물들과 크고 작은 나무들이 보였다. 지아는 창가에 머리를 기대고 멍하니 바깥 풍경을 바라보다 앉아있는 사람들을 곁눈질 하면서 쳐다봤다. 왠지 단발머리를 한 여자는 자신과 같은 처지일 거라 생각했다. 30여 분이 지나자 커다란 소나무가 있는 정류장에서 버스가 멈추고 두 명의 남녀와 함께 내렸다.

지아는 창가에 기대어서 이 사람들도 분명히 골프장으로 가고 있을 거라고 생각을 했었다. 자신의 예감이 적중하자 기쁨의 미소를 지었다. 정류장 옆에 있는 둥글고 납작한 바위에 골프장 이정표가 새겨져 있었다. 셋은 이정표를 따라서 쭉 걸었다. 서로 떨어져서 누구 하나 말 거는 사람이 없이 마치 혼자만 있는 것처럼 골프장을 향해서 걸었다.

한참 동안 언덕을 걸어서 올라온 세 사람은 광장에서 발걸음을 멈췄다. 경기과 앞에 이미 여러 명의 남녀가 모여 있었기 때문이었다.

"여러분 이쪽을 한 번 봐주세요. 여러분들은 오늘부터 교육을 받을 텐데요. 아직 다 오지 않았으니까 대기실에 앉아서 기다려 주세요."

파마머리에 옅은 화장을 하고 제복 같은 옷을 입은 여자가 말했다.

"마스터님, 부장님이 찾으세요."

중년의 여자가 파마머리를 한 여자에게 말했다.

"다 왔는지 인원 좀 체크해줘. 아이 참, 바쁜데 왜 오라 가라 그러는 거야."

마스터는 투덜기리며 계단으로 올라갔다.

일곱 명쯤 보이는 남녀가 둥근 탁자를 둘러싸고 있는 붉은 꽃무늬 천 소파에 앉아있었다. 서로 좁은 자리에 비집고 앉아서 불편하게 눈치를 보고 있었다.

"오늘 기숙사에 입소하실 분은 이 서류를 좀 작성해 주세요."

중년의 여자는 사람들에게 서류를 주며 말했다.

"저희 기숙사는 여자들만 사는 곳이라 남자들은 기숙사에 절대 오시면 안 됩니다. 발각 시 바로 퇴사입니다. 기숙사에 들어가시는 분들도 항상 정숙하게 다니세요. 지금 바로 기숙사로 내려갈 수가 없으니까. 짐은 의자 옆에 잘 놓으시고요. 1시간 정도 마스터님 말씀이 있을 것이고… 그리고 나서 직원식당에서 식사를 하시면 됩니다. 식사를 마친 후에는 쉬었다가 막 팀 뒤로 코스를 한번 돌아볼 거예요."

지아는 여자의 말에 따라 짐을 바닥에 내려놨다. 이제 막 도착한 사람들은 임시로 갖다 놓은 딱딱한 의자에 앉았다.

"여기 이 인쇄물 좀 돌려주세요."

여자는 앞쪽에 앉아 있는 남자에게 스테이플러로 박은 종이 몇 장을 사람들에게 나눠줬다. 다들 종이를 넘겨보면서 고개를 갸우뚱거리기도 하고 열심히 들여다보기도 했다. 마스터는 30분 정도 지난 다음에야 왔다.

"자리가 너무 좁지?"

마스터는 사람들을 향해서 아무렇지 않게 반말을 하자 순간 사람들의 표정이 굳었다.

"미혜야, 다 왔어? 모두 열세 명이지? 아아, 아니구나. 한 명이 안 왔네. 그리고 또…"

마스터는 뭔가를 생각하면서 여자에게 말했다.

"오늘은 신입들하고 얘기할 게 많으니까 네가 배치 좀 보다가 일 나가. 근데 오늘 애들 모이는 시간 누가 잡은 거니? 바빠 죽겠는데 좀 일찍 오라고 하든지 아님 배치 끝난 시간에 오라고 하던지 그렇게 했어야지."

"사무실에서 그렇게 했나 봐요."

"알았어. 답답한 사람들 같으니라고."

마스터가 잔뜩 찡그리면서 말했다.

"자, 많이들 기다렸지? 나는 이 골프장의 마스터고 앞으로 여러분을 지도할 사람입니다. 대부분 소개소에서 왔을 텐데 혹시 이론교육 좀 받은 사람 있니?"

마스터가 존댓말과 반말을 묘하게 섞으며 묻자 사람들이 어색하게 아무 말도 하지 않았다.

"아무도 없어?"

"그냥 골프 클럽 보여주고 코스에 대한 얘기 조금 한 것 같아요."

한 남자가 조심스럽게 말했다.

"그래? 다른 사람들도 그래?"

마스터의 물음에 몇몇은 고개를 끄덕였고, 몇은 작은 소리고 '네'라고 대답했다.

"그럼 할 수 없이 처음부터 가르쳐야겠네. 교육은 그렇고 지금부터 내가 하는 말 질 들이. 이 일은 쉽지 않아. 특히 우리 골프장은 카트가 없어서 처음에는 고생 좀 할 거야. 아마 이 부분이 제일 힘들 수도 있어. 돈은 많이 벌지만 그만큼의 대가가 따라. 처음 몇 주간은 이론 교육과 코스 교육을 병행할 건데 잘 따라오도록 하고 가끔 직원들의 라운딩을 따라다니면서 배우게 될 건데 이때는 서너 명이 같이 할 거야. 어느 정도 익숙해지면 각자 지정을 해서 동반교육을 할 거야. 지정된 선배와 다니면서 실제 손님들을 겪으면서 일을 배우고. 이때가 가장 중요해. 너희들은 선배님의 말씀을 하나하나 놓치지 말고 잘 들어야 돼. 선배들도 얼마나 힘들겠어? 무보수로 여러분을 가르치는 건데 노력하는 모습도 보이고 열심히 뛰는 모습도 보여준다면 얼마나 좋겠어? 모두들 열심히 하기 나름이고 선배들을 깍듯이 대해야 돼. 알겠지?"

작은 눈을 커다랗게 뜨면서 마스터가 말하자, 사람들은 작은 목소리로 대답했다.

"목소리가 너무 작은데 좀 더 크게 알겠어?"

"네, 알겠습니다!"

남자들의 목소리가 크게 울렸다. 여자들의 목소리가 남자들의 목소리에 묻혀 마치 대답을 안 한 듯 보였다.

"그렇게 동반을 하고 나면 선배가 여러분들의 능력을 판단해서 테스트 여부를 결정해. 그전에 직원 라운딩을 하면서 여러분들의 실력을 판단해. 그리고 너희들, 여기에서 일하면서 중요한 점 몇 가지가 있는데 몇 가지만 얘기할게. 그중에 제일 중요한 것은 인사를 잘해야 돼. 고개 들어서 사람들이 보이면 무조건 인사해야 돼. 특히 직원들을 보면 무조건 인사하고 하루에 몇 번씩 봐도 볼 때마다 인사해야 돼. 누군지 모른다고 도망치듯 가버리면 안 돼. 신입들도 그렇지만 기존에 있는 사람들 중에서도 인사를 정말 안 하는 사람들이 있는데 꼭 안하는 사람만 안 해. 이처럼 인사는 습관이야. 특히 여러분들은 신입이니까 더 신경 쓰고 입에서 단내가 날 때까지 인사는 습관적으로 해."

마스터는 사람들을 빤히 보면서 말했다. 어떤 물음을 요구하지 않았어도 마스터의 눈빛에 압도되어 자동으로 대답을 했다.

"아주 좋아요. 항상 그렇게 힘차게 대답해야 돼. 그리고 두 번째는 선배 대하기를 깍듯하게 해. 모두 너희들을 데리고

2부. 한 걸음 한 걸음씩   57

다니면서 가르쳐 줄 사람들이야. 선배가 시키는 대로 하면 일도 빨리 늘고 번호 받는 게 원만하겠지?"

마스터의 말이 쉴 틈 없이 계속되자 사람들은 처음에 빛났던 눈동자는 사라지고 슬슬 지겹고 피로하다는 표정으로 얘기를 듣고 있었다.

"다섯 번째는 웃는 일이야. 여기뿐만 아니라 어느 직장을 가도 웃는 사람은 대우를 받게 돼 있어. 손님과 곤란한 일이 생길 때도 웃음을 보인다면 그 얼굴에는 침을 못 뱉어. 그러니 제발 우리 웃고 살자. 특히 아침부터 술 때문인지 누구랑 싸우고 왔는지 모르겠지만 인상 쓰고 있는 사람들 보면 내 속이 뒤집어진단 말이야. 오늘 할 말은 여기까지고 기숙사에 살 사람들은 식사를 마치고 가서 짐 정리하고 2시까지 올라오면 돼. 그리고 남자들은 따로 기숙사가 없으니까 여기에 있으면 돼. 식사는 교육 기간에는 하루 두 끼가 무료고 교육 기간이 끝나면 각자 천 원씩 내고 먹으면 돼."

지아는 식사를 마치고 기숙사로 내려왔다. 단층으로 된 건물은 칠이 다 벗겨지고 곧 쓰러질 것만 같았다. 사람들과 함께 복도를 따라 천천히 들어갔다. 사람들은 각자 다른 방으로 들어가고, 그녀는 버스 정류장에서 본 여자와 같은 방으로 들어갔다. 문을 열고 들어가자 오른쪽에는 화장실 겸 샤워실이 있고, 왼쪽에는 작은 신발장과 소화기가 있었다. 한 발 내디뎌 들어가면 오른쪽에는 침구류가 청승맞게 벽에 붙어 있었다. 맞은편으로는 행거와 서랍장 그리고 티브이가 허전한 방을 지키고 있었다.

"와, 생각보다 너무 낡았는데, 방도 생각보다 너무 좁고…"

같이 온 여자는 투덜거리면서 말했다.

"그래도 밖에서 봤을 때는 더 낡았을 거라고 봤는데 좀 나은 것 같은데요."

그녀는 조심스럽게 대꾸했다.

"혹시 나이가 어떻게 돼요?"

"저는 스물세 살이에요."

"그래요? 나랑 동갑이네요. 저는 허민지라고 해요."

민지는 갑자기 반갑게 말했지만, 지아는 어색하게 자신의 이름을 말했다.

"창가 쪽 쓰실래요? 입구 쪽 쓰실래요?"

민지는 바닥에 가방을 내려놓으면서 말했다.

"그냥 편할 대로 하세요."

그녀는 자리가 어디든 상관없었다. 자리보다는 난생 처음 본 사람과 같이 방을 써야 된다는 것이 어색했다.

"그럼 내가 창가 쪽으로 할게요. 그리고 우리 말 놓는 게 어때요?"

"동갑이니까 앞으로 친하게 지내려면…"

그녀는 나이가 같더라도 아직 친하지도 않은데 벌써부터 말을 놓는다는 것이 어색해서 말꼬리를 흐리며 말했다.

"앞으로 친하게 지내려면 말 놓는 게 맞지. 근데 어디에서 왔어? 우리 집은 여기서 30분 정도만 가면 돼."

민지는 상대방이 궁금해 하든 그렇지 않든 계속 말을 이어갔다.

　"가깝지만 출퇴근하면 차비가 많이 들것 같아서 기숙사 들어왔는데 생각보다 별로네. 너는?"

　"응, 나는 좀 멀어서…"

　"그렇구나. 그나저나 마스터라는 여자 좀 이상하지 않아?"

　"뭐가?"

　"우리한테 반말하는 것."

　"근데 일 배우는 입장에서 불평하기도 뭣하지만 확실히 듣기는 거북했어."

　"우리뿐민 이니라 다른 사람도 느꼈을 걸. 다들 어떻게 버틸지 모르겠네."

　지아는 앞으로 자신이 겪어야할 일들이 그 어떤 직장보다 힘들고 괴로울 것이라는 것을 마스터를 통해서 조금 느꼈지만 마음만 먹으면 헤쳐나갈 수 있을 거라고 생각했다. 마스터가 반말을 하든 어쨌든 신경 안 쓰고 일만 열심히 할 거라고 다짐했다.

＊

　기숙사와 골프장 간의 거리는 걸어서 10분이다. 가까워도 기숙사에서 코스가 보이지는 않지만 기숙사 벗어나서 5분 정도 걸어 올라가면 첫 번째 홀이 비밀스럽게 살짝 몸뚱이를 보여줘서 골프장임을 알게 해줬다. 지아와 민지는 사람들 소리가 나는 것을 들으며 오르막을 걸어갔다. 그녀는 아침에 온 느낌하고 사뭇 다르다는 것을 느꼈다. 아침에는 올라가는 길이 높다고 생각했는데 지금은 걸을 만하다는 생각이 들었다.

"익숙해지면 이 길도 뛰어서 올라갈 수 있겠네."

"진짜? 난 절대 못 뛸 것 같은데…"

민지는 고개를 흔들면서 말했다. 오르막이 계속되자 방금 전까지 뛸 수 있을 것 같다던 그녀는 거칠게 몰아쉬면서 말했다.

"아까 했던 말 취소해야 될 것 같아."

"그러게 숨소리가 예사롭지 않아."

대기실 안에서 사람들은 똑같은 옷을 입고 있었다. 어두운 바지에 칼라 티셔츠를 입고 야구 모자를 눌러썼다. 교육 복이 따로 지급되지 않아서 비슷한 옷을 사서 입은 모양이 조화롭지 못했다. 시간이 지나 벽에 걸려 있는 시계가 침을 꼴깍 삼키며 2시를 넘기고 있었다.

"여러분, 이제 모두 밖으로 나오세요. 코스 나가 볼 거예요."

골프웨어를 예쁘게 차려입은 여자가 말하자 12명이 되는 사람들이 한꺼번에 우르르 나갔다.

"여기서 모두 잠깐 대기하고 있어요. 마스터님 모셔올 테니까요."

광장에는 돌 틈 사이로 앙상한 가지를 드러낸 꽃나무가 깊어가는 가을임을 알렸고 사람들은 딱딱한 시멘트가 깔린 바닥에 얌전히 서 있었다. 양손을 앞으로 모으고 있는 사람이 있는 반면 두리번거리며 수다 떠는 사람들도 있었다. 얌전하게 다리를 모으고 서 있는 지아에게 누군가 말을 걸었다. 살며시 다가와 귀에 바람을 넣으며 말하자 깜짝 놀라 쳐다봤다.

"안녕, 반가워. 난 수정이야, 윤수정."

지아는 언제 한번 본 사람처럼 스스럼없이 말하는 수정을 뚱하게 쳐다봤다. 수정은 둥근 얼굴이 유난히 복스러워 보이는 얼굴이었다.

"몇 호실 살아?"

지아는 수정의 반말에 당황해서 아무 말을 못했다.

"어, 미안. 초면에 반말해서… 난 서른둘이야."

"한참 언니시네요. 저는 저보다 몇 살 위인 줄 알았어요. 그리고 201호에 살아요."

그제야 표정을 풀고 대답을 했다.

"고마워, 간만에 어려지는 느낌이 들어서 기분 좋네."

"언니는 몇 호실이에요?"

"나는 215호야. 201호 하고는 천지 차이네."

잠시 후, 골프웨어를 입은 사람들이 광장으로 나왔다. 사람들을 밖으로 나오라고 한 남색 스커트를 입은 여자와 칙칙하고 낡은 옷을 입은 마스터 그리고 얼핏 보면 나이가 환갑이 넘은 것처럼 보이는 남자와 마지막으로 위아래 검은색으로 차려입은 남자가 나왔다.

"얘들아, 이제 출발하자!"

마스터는 하늘을 찌를 것 같은 목소리로 말했다. 사람들이 걷는 왼쪽에는 철로처럼 레일이 코스에 연결되어 있었다. 레일 위 카트에는 네 개의 가방이 실려 있었고, 그것은 레일을 따라 움직이고 있었다. 한참을 잘 가다가 카트가 멈추고 사람들도 멈췄다.

"왜 안 가고 그래? 저게 뭐야, 막 팀 여태 안 가고 뭐했다니?"

마스터는 앞으로 가서 상황을 보더니 작은 목소리로 비꼬듯이 얘기했다.

"내려 간 지가 언젠데 아직까지 티샷도 안 하고… 이러니까 진행이 안 되지."

한마디를 더하고 있는데 그때 소리가 들리면서 누군가 굿샷 이라고 외쳤다. 캐디의 목소리는 남자들의 우렁찬 목소리에 묻혀서 들리지도 않았다.

"마지막에 친 사람 거리 엄청 많이 나네요. 와, 저기 마운드를 넘겼어! 나는 언제쯤 그렇게 칠지 모르겠네."

"자치기나 안 하면 다행이지. 가자!"

마스터는 뾰로통한 표정으로 남색 스커트를 입은 여자를 향해서 말했다. 하늘은 파랗고 잔디가 초록색으로 물든 티 그라운드 앞에서 사람들이 서있었다.

"다들 모여 봐. 이제부터 어떻게 할 건지 알려줄게. 오늘은 코스만 보는 거니까 긴장할 건 없고. 골프를 어떻게 치는지 캐디들은 어떤 것을 하는지 간단하게 설명하면서 라운딩을 진행할거니까 잘 따라와. 알겠니?"

"네, 알겠습니다!"

마스터의 말이 끝나자마자 교육생들이 대답했다. 남자가 많아서 그런지 여자들의 목소리는 남자들의 소리에 묻혀버렸다. 골프웨어를 입은 세 사람은 준비를 하고 마스터는 계속 말을 이었다.

"자, 여기가 첫 번째 홀이에요. 미들 홀이고 거리는… 나도 일한지 오래 돼서 그런지 거리는 좀 헷갈리네. 거리는 거기 인쇄물에 잘 나와 있으니까 외우고. 우리 골프장은 총 18홀로 되어있는 군 골프장이야. 군 골프장이라고 해서 완전히 군인만 오는 것이 아니고 일반 고객도 섞여서 오거나 아예 일반인만 오는 경우도 있어. 아시다시피 우리는 카트가 없어서 계속 걸어 다녀야만 해. 여기를 티 박스라고 하는데 이곳에서 티샷을 해. 처음 티샷을 할 때 인사하고 준비운동을 하는데 오늘은 생략할게."

마스터는 티 그라운드를 손가락으로 가리키면서 말했다.

"중간 중간 선배들이 알려줄 테니까 잘 따라오고 거기 아까 프린트한 것 보면서 코스가 어떻게 생겼는지도 잘 보고 모르는 것 있으면 물어보도록."

마스터의 말이 끝나고 앞 팀이 안 보이자 흰 머리카락이 많은 남자가 티 그라운드에 올라갔다. 남자는 먼저 티를 꽂고 바로 칠 준비를 했다.

"마스타, 이제 쳐도 되나?"

"네, 과장님. 치세요."

마스터의 말이 끝나기도 전에 이미 '탁' 소리가 나며 공이 날아갔다.

"굿 샷!"

선배들의 굿 샷 소리에 교육생들은 뭐가 뭔지 모르게 고개를 갸우뚱하거나 볼이 간 방향을 뚫어지게 쳐다보고 있었다.

"이럴 때 굿 샷이라고 외치는 거야. 큰 목소리로 힘 있게 알았지?"

마스터는 말을 하고 자신도 칠 준비를 했다.

"티 마크 안에서 티샷을 해야 하는데, 여자 티는 빨간색, 남자 티는 흰색으로 되어 있어."

마스터가 티샷을 했지만 교육생들 쪽에서는 아무 반응이 없었다. 모두 공이 어디로 갔는지 보느라고 그것이 잘된 샷인지 잘못된 것인지 모르기 때문이다. 티샷을 모두 마치고 마스터와 동반자들은 클럽을 챙겨서 걸어갔다. 그 뒤를 12명의 교육생들이 참새처럼 졸졸 따라다녔다. 코스는 사람들로 꽉 차 있어서 어수선해졌다. 레일 위로 클럽을 실은 카트가 움직였다 섰다를 반복하며 숨이 찬지 쇠가 갈라지는 소리를 내며 움직였다.

마침내 카트가 멈춘 지점에서 남색 스커트를 입은 여자가 엉덩이를 흔들고 고개를 빳빳이 세우며 세컨드 샷을 준비했다. 들고 온 세 개의 클럽 중에 두 개는 땅에 던지듯 내려놓고 샷을 했다. 지아의 시선은 공이 날아가는 곳으로 따라갔고 마침내 공은 그린 옆 울타리로 들어가 버렸다.

"선배님, 볼이 울타리 쪽으로 갔습니다."

검은 안경을 쓴 교육생이 말했다.

"진영아! 너 오비야, 오비."

검은 옷을 입은 남자가 웃으면서 말했다. 순간 진영은 짜증을 내며 주머니에서 볼을 꺼냈다. 수많은 눈동자들이 볼을 향한 가운데 진영은 신중하게 포즈를 취했다.

"굿 샷! 선배님. 이번에는 아주 잘 갔습니다."

다른 교육생이 싱글벙글 웃으며 말을 했다.

"아, 속상해. 오비만 안 났어도⋯ 여러분 지금 내가 처음 친 볼을 오비라고 해요. 이렇게 디샷 말고 세컨드에서 친 볼이 저기 저 흰 말뚝으로 나가면 오비라고 해요. 세컨드에서 오비가 났을 때는 제자리에서 쳐야 돼요. 만약 티 박스에서 나갔으면 바로 앞에 있는 오비티라는 특설 티로 나와서 쳐야 되고요. 그렇게 해야 진행이 빨라요."

진영은 교육생들 바로 앞에 있는 흰색 마크를 보면서 말했다. 지아는 페어웨이 가운데 있는 작은 마크를 보며 신기해했다. 교육생들은 각자 흩어져서 나간 볼을 찾아 주거나 종이에 열심히 메모를 하고 선배를 쫓아 다니면서 이것저것 물어봤다. 유난히 숲이 우거진 골프장은 한 홀이 끝나고 다음 홀로 이동할 때마다 길이 산책로처럼 잘 가꿔져 있었다. 산책이라면 낭만적일 정도로 멋진 길이었다.

"여기는 숏 홀이에요. 거리는 저기 동판에 적혀 있어요. 숏 홀에 도착하면 바로 거리부터 불러주고 오비인지 해저드인지도 바로 얘기해야 해요. 그리고 고객님이 몇 번 아이언 달라고 하면 이렇게 클럽을 주면 돼요."

검은 옷을 입은 남자는 교육생들에게 아이언을 건네는 방법을 보여주면서 말했다. 남자는 그립을 위로 향하게 하고 두 손을 모으며 공손하게 클럽을 건넸다.

"과장님, 140미터에 6번 아이언을 쓰시네요. 거리 많이 줄었네요."

"야, 너도 나이 먹어 봐. 내가 네 나이 때에는 8번 쳤었어. 왜 이래?"

과장은 정색을 하면서 대답했다. 과장이 티샷을 하고 블랙 옷을 입은 남자는 9번 아이언을 들고 쳤다. 멋있는 폼과는 달리 어색한 샷과 함께 공이 튀면서 굴러갔다. 교육생 빼고 모두가 낄낄거리며 웃었다.

"야, 너 폼이 왜 그래? 생긴 건 프로인데. 아이고, 거리만 나면 뭐해?"

마스터는 비웃으면서 말했다. 모두 샷을 마치고 그린에 도착했다.

"여기를 그린이라고 해. 초록색으로 둥근 부분 가장자리가 좀 진하지? 이곳을 에지라고 해. 이곳에선 웬만하면 퍼터를 쓰라고 해. 잘 못 치는 사람들은 에지를 망가뜨리거든. 그리고 나처럼 그린에 볼을 올린 사람들은 먼저 이렇게 마크를 해 줘. 그린 바깥에 있는 사람들이 내 볼을 맞추면 안 되니까. 그리고 마크는 이렇게 내려놓은 다음에 볼을 집어야 해. 볼을 집고 마크를 놓으련 절대 안 돼."

마스터는 그린에서 모자에 붙어 있는 큐빅이 박힌 동그란 마크를 그린에 올려놓으며 말했다. 마스터와 조금 떨어진 곳에서 지아와 수정은 열심히 적었다.

"와, 많이 적었네."

"적을 게 한두 가지가 아니에요. 언니는 많이 적었어요?"

"뭐, 정신없다 정신없어. 그리고 말이야. 왜 자꾸 반말을 하는지 모르겠어."

"마스터요?"

"쉿, 조용히 해. 다 듣겠어."

수정은 손으로 입을 가리는 듯 마는 듯 말했다. 수정이 다시 뭔가를 얘기하려 입을 떼는 순간 과장의 목소리가 우렁차게 들려서 말을 못했다.

"나이스 파!"

"감사합니다."

마스터는 홀에서 공을 집고 모두를 향해서 정중하게 인사를 했다.

"오, 마스터님 나이스 파, 나는 양파."

"내놔. 배판이야."

검은 옷을 입은 남자는 자책할 시간도 없이 진영의 손에 돈을 쥐어주며 울상을 지었다. 지아는 같은 캐디인데 예쁜 옷을 입고 당당하게 볼을 치는 진영을 보면서 부럽다는 생각을 했다. 자신은 절대 저렇게 될 수 없을 거라는 생각을 하면서 걸었다. 교육생들은 코스를 걸어 다녀서 그런지 점점 지쳐가고 있었다. 지아는 이렇게 오르막 내리막이 장난이 아닌 곳에서 일을 할 수가 있을까 걱정이 되었다. 마스터가 이제 마지막 홀이라고 말하자 안도의 한숨을 쉬었다. 나인 홀을 마치고 마스터는 수고했다는 말과 함께 이 말을 했다.

"얘들아, 모두 이것가지고 지치면 안 돼. 이건 시작일 뿐이야."

지아의 귓가에는 마스터의 말을 맴돌았다.

*

다음날 아침에 모두 같이 모였다. 피곤한 얼굴을 한 교육생들은 대기실에서 얌전히 마스터를 기다리고 있었다. 마스터는 대기실 벽에 만들어져 있는 작은 창문 속에 있었다. 그곳은 경기과이데 작은 문을 통해서 캐디들에게 영수증처럼 생긴 종이를 줬다. 마스터는 그곳에 앉아서 뭔가를 열심히 보고 나올 생각을 안 했다. 창문으로 보이는 마스터의 얼굴은 무섭고 냉랭해서 유리라도 깨뜨릴 것만 같았다. 9시가 조금 넘어서 마스터는 밖으로 나와 대기실로 들어왔다.

"어제 일찍 잤지? 다들 피곤한 모습이네. 혹시 어제 받는 종이에 일하는 순서도 적혀 있나 어디 한번 봐봐."

"없는데요, 마스터님."

"안 나눠 줬구나. 그럼 잠깐 기다려."

마스터는 잠깐 어딘가 나갔다 들어왔다.

"자, 여기 종이를 좀 받아."

마스터는 맨 앞에 있는 교육생에게 말했다.

"그거 뒤에 돌리고. 다 받았으면 종이에 적힌 것 완벽하게 외워야 돼. 처음에 오는 사람들은 뭐가 뭔지 모르니까 일하는 순서를 정리해놨어. 그것하고 코스 그려진 것을 보면서 홀 설명도 모조리 외워서 5일 뒤에 테스트 할 거니까 잘 하고. 이론이 끝나야 동반 교육을 나갈 수 있어. 오늘 오전에는 일하는 순서를 중점적으로 외우고. 아, 그리고 코스 설명하는 방법은 거기 적힌 대로 그대로 외우면 돼. 오늘 오후에는 뭘 할 건지 이따 다시 와서 알려줄게. 11시까지 열심히 하고 있어. 알았나?"

교육생들은 우렁차게 대답을 하고 나서 종이를 봤다. 대부분의 사람들이 인쇄물에 적힌 내용을 보면서 고개를 갸우뚱거리자 마스터가 말했다.

"음, 거기 '시간에 맞춰 출근을 한다.'를 보면 출근 시간은 오후에 각 조장이 문자로 보내 줄 거야. 조장이 몇 시까지 출근 하라고 하면 그 시간보다 조금 일찍 와서 식사도 하고 준비하면 돼. 다른 궁금한 거 있으면 선배들한테도 물어보고 그래."

마스터는 할 말만 하고 바로 나갔다. 지아는 수정 옆에 앉아서 일하는 순서를 보고 있었다.

1. 시간에 맞춰서 출근한다.(조장문자)
2. 대기실에 와서 출근 보고를 한다.
3. 오늘 가지고 나갈 카트에 고객이 먹을 물과 클럽을 닦을 물을 준비를 한다.
4. 무전기를 차고 대기실 대기하다가 동료들과 현관대기를 한다.
5. 현관 대기를 마치고 백을 정리한다.
6. 티켓이 나오길 기다리는 동안 동료의 백을 같이 찾아준다.
7. 티켓이 나오면 백을 찾는다.
8. 백을 카트에 싣는다.
9. 클럽의 브랜드나 숫자를 파악하여 수첩에 기록한다.
10. 고객들에게 인사를 하고 스트레칭을 한다.
11. 나인 홀을 마치고 시간체크를 한다.
12. 십팔 홀을 마치고 시간체크를 한다.
13. 클럽이 맞는지 체크한다. 고객들에게 클럽 사인을 받는다.
14. 백을 현관으로 갖다 놓는다.

지아는 무슨 말인지 쉽게 와 닿지 않았으나 무조건 외웠다.

"언니, 이것 너무 많은데 언제 다 외우지?"

"할 수 없지 뭐. 한 번에 외워서 바로 동반 들어가야지 안 그럼 시간만 질질 끌고 그럴수록 돈은 늦게 벌어. 결국 우리만 손해야."

"열심히 한 번 외워보지 뭐."

외울 게 많아서 머리가 아팠으나 다른 사람보다 빨리 번호를 받고 싶었다. 5일 동안 오전에는 이론 공부를 하고 오후에는 코스를 나가보는 것을 했다. 이론을 외우는 것은 지루하고 코스 나가는 것은 몸이 피곤하고 둘 다 쉬운 일은 아니었지만 모두 열심히 따라서 했다. 둘째 날 아침에는 코스 그림을 보면서 홀 설넹하는 방법을 알려주고 그것도 외우게 했다.

저녁마다 수정과 서로 테스트를 하면서 열심히 외웠고 테스트를 봐서 통과했다. 세 명 빼고는 모두 테스트에 통과 했고, 통과한 사람들은 동반 선배를 지정해 줬고, 그렇지 못한 사람들은 이론 테스트를 다시 한 번 봐야 했다. 무조건 외우는 방식이 허술한 것 같아도 나름 빨리 번호를 받게 하는 방법이라고 생각했다.

지아는 하루 쉬고 열흘이 되는 다음날부터 동반교육을 시작하기로 했다. 내일부터 동반을 하는 사람들은 모두 꿀 같은 휴식시간을 줬다. 그녀는 달리 할 일이 없어서 그냥 했으면 하는 아쉬운 마음이 있었지만 한편으로는 너무 피곤하다는 생각이 들었다. 기숙사에서 하루 쉬고 나니 몸은 한결 좋아졌지만 마음은 무거웠다. 동반 교육이 시작됐기 때문이다.

출근 시간은 동반 선배의 시간에 맞춰서 출근한다. 하필 첫날부터 새벽 근무였다. 라운드는 7분 티오프로 첫 시간과 마지막 시간이 2시간이 넘게 계속된다. 그래서 1부 근무자들은 세 타임으로 나눠서 출근한다. 그녀가 나갈 팀이 6시 30분 팀이라서 애매하게 끝 부분에 걸려 5시까지 출근을 해야 했다. 화장하고 준비하고 식사까지 하려면 최소 4시에 일어나야 했다. 그녀는 저녁때부터 긴장하여 잠을 잘 못 잤다. 다음날, 룸메이트인 민지가 오후 근무라 조용히 출근준비를 했다.

출근해서 식사하고 모든 준비를 마친 사람들은 대기실에서 기다리며 수다를 떨었다. 그녀를 비롯한 모든 사람들은 대기실로 들어오는 사람들에게 몇 번이고 인사를 했다. 신입들은 아직 누가 누군지 모르기 때문이었다. 어떤 사람들은 눈치껏 그만하라고 했지만 그녀는 그렇게 할 수가 없었다. 다른 사람에게 밉보이는 것도 싫지만 규칙은 지키라고 만든 것이기 때문에 그렇게 할 수밖에 없었다. 사람들이 대기실을 왔다 갔다 하고 있는 가운데 누군가 그녀를 불렀다. 그녀는 깜짝 놀라 의자에서 벌떡 일어났다.

"이쪽으로 와 봐요. 오늘부터 지아 씨랑 동반 나갈 박은정이에요."

다른 선배가 말했다.

"네, 선배님. 잘 부탁드리겠습니다."

은정은 인사를 무시한 채 손짓을 하며 따라오라고 했다.

"여기에서 티켓이 나와요. 본인 번호를 부르면 인사하고 받으면 되고. 자, 이렇게. 115번 박은정 티켓 받았습니다. 다녀오겠습니다. 이렇게 말하면 돼요. 자, 따라 해봐요."

지아는 그대로 따라서 했지만 은정은 못마땅한 얼굴로 말했다.

"표정 좀 풀고 웃으면서 해요. 그러면 사람들이 화내는 줄 알잖아요."

"이지아, 선배님 말씀 잘 새겨들어!"

마스터의 말을 뒤로 하고 그녀는 광장으로 나와 자신을 기다리고 있는 백을 찾았다.

백을 찾아서 신자 은정은 클럽을 체크하기 시작했다. 작은 수첩에 영어와 숫자가 많았다.

"지아 씨, 올해 혹시 나이가 어떻게 돼요?"

"네, 저 스물세 살이에요."

"그래요? 그럼 말 놓을 게. 일 하다 보면 일일이 존댓말 해가면서 하는 게 좀 힘들더라고."

"네, 편할 대로 하세요."

"그래, 그건 됐고 여기 내가 클럽 체크하는 것 봐. 클럽 적을 수첩은 각자 준비해야 되고 노트에 나처럼 적으면 돼. 그리고 오늘은 첫날이니까 내가 하는 것만 유심히 잘 보면 돼."

은정은 자신의 수첩을 보여주면서 말했다.

"클럽에 영어로 브랜드가 적혀져 있어. 지금 이것은 테일러○○○라고 쓰여 있는데 이건 클럽 만든 회사 이름이야. 드라이버 바로 밑에 단계인 우드도 브랜드가 제각각 이니까 신경 써서 봐. 미리 좀 봐두면 고객들하고 매치가 되니까."

지아는 계속 고개를 끄덕거렸고 은정이 하는 말을 열심히 적었다. 은정은 둥근 모양의 드라이버와 우드를 가리키며 계속 설명했다.

"이것들을 여기 수첩에 적고 브랜드 이름을 적어. 그리고 여기 은색으로 반짝반짝 빛나는 것 좀 봐. 이건 아이언이라는 것인데 이것 역시 브랜드 적고 몇 번까지 있는지 개수도 적어. 그린 주변에서는 샌드나 에이 어프로치를 주로 써. 그린 주위 벙커에서는 샌드만 쓰고 각각의 클럽들이 브랜드가 다 다를 수가 있으니까 꼭 확인해서 체크하고 총 갯수도 여기에 이렇게 적어야 해."

지아는 은정이 설명하는 것을 하나라도 놓칠세라 열심히 들었다. 광장 풍경이 대부분 비슷했다. 선배들은 이런저런 설명을 하느라 바쁘고, 교육생들은 뭐가 뭔지 모르지만 열심히 적으면서 정신을 바짝 차리고 있었다.

"아참, 퍼터가 있었지. 이건 그린에서만 쓰는 거야. 이것도 이렇게 체크해."

"근데 선배님, 여기에 스티커가 왜 이렇게 붙어 있어요?"

"이거는 클럽 헷갈리지 말라고 붙여 놓은 거야. 서로 똑같거나 비슷한 클럽이 있을 때 붙여 놓으면 일 하기 편해."

은정이 말하자, 지저분하게 붙어있는 스티커를 만져 보았다. 잠시 대화가 멈췄을 때, 황토색 베레모를 쓴 노년의 남성이 그들 쪽으로 다가왔다.

"안녕하세요, 고객님."

"안녕하세요."

은정은 밝은 목소리로 인사를 했고, 그녀는 기어들어가는 목소리로 인사를 했다.

"오래간만이에요, 미스 박."

"네, 박 사장님, 오래간만에 봬요."

은정은 잘 안다는 듯 아는 체를 했다.

"오늘은 교육생도 있나 봐요."

"네, 오늘 처음인데 잘 부탁드리겠습니다."

"부탁은 무슨 우리가 부탁해야겠지요."

박 사장은 클럽가방에서 뭔가를 꺼내면서 말했다. 이어서 몇몇 사람들이 광장으로 나왔고, 은정의 팀도 모두 나왔다.

"아이고, 김 선생님. 오래간만에 봬요."

박 사장이 지나가는 말로 말을 했다.

"오래간만? 하긴 일주일 동안 이 여사님을 못 봤으니 오래간만이죠."

"그렇죠? 일주일이 많이 기다려졌어요. 좋은 사람들과 만남은 언제나 즐거운 법이죠."

"맞아요. 저도 박 사장님과 이 여사님 만나는 게 너무 좋아요."

이 여사와 김 선생이 맞장구를 치면서 말을 했다.

"여보도 참. 이따가 내기에서 져도 그런 말이 나올지 모르겠네."

야구 모자를 쓴 젊은 여자가 말했다.

"아니, 여보. 초장부터 기죽일 거야?"

김 선생은 화가 나는 척 말했다. 잠시 대화가 끊기자 은정은 때를 놓치지 않고 말했다.

"고객님, 얘기 다 끝나셨으면 이제 이동하실까요?"

"언니야, 우리 코스 어디야?"

김 선생은 백에서 뭔가를 꺼내며 말했다.

"저희는 아웃코스부터 돌 겁니다."

"그래? 카트 먼저 출발해. 뒤따라갈게."

은정은 김 선생님의 말이 끝나자 카트를 출발시켰다. 나머지 사람들도 카트가 가는 방향을 따라서 걸었다. 1번 홀에 도착하니 앞 팀이 막 티샷을 마치고 나가는 중이었다. 은정은 빠르게 인사와 체조를 하고 바로 칠 준비를 했다.

"티 박스로 이동하는 시간이 있으니까 고객님들 빨리빨리 준비시켜 데리고 와야 돼. 안 그럼 지금처럼 바쁘게 해야 돼. 너무 늦으면 체조는 하지 마."

은정은 그녀의 귀에 대고 아주 작게 말했다.

"고객님, 티샷 준비하겠습니다."

은정은 박 사장에게 드라이버를 건네주면서 말했다. 그는 어드레스 없이 시원하게 티샷을 했다.

"굿 샷!"

은정이 크게 굿 샷을 외쳤다.

"뭐해, 굿 샷 안 하고?"

그녀가 입을 다물고 있자 팔로 옆구리를 툭 쳤다. 그녀는 마지못해 '굿 샷'을 했지만 소리가 입주위에 맴돌다가 어느 사이 땅으로 꺼져버렸다.

"고객님, 중앙으로 아주 잘 갔습니다. 140미터 남았습니다. 몇 번 채 드릴까요?"

은정은 티 그라운드에서 유유히 내려오는 그에게 물었다.

"응, 나는 거리가 안 나니까 5번 채 줘."

"네, 클럽 여기 있습니다."

은정은 드라이버와 아이언을 교환했다. 네 명외 티샷이 끝나고, 고객은 클럽을 들고 갔고, 그 뒤로 은정과 지아가 따라갔다. 레일을 따라 카트가 비명 소리를 내며 움직였다.

"볼이 잘 갔을 경우에는 이렇게 티 박스에서 미리 클럽을 줘야 돼. 미리 주지 않으면 진행도 안 되고 나만 고생해. 봐, 고객이 서 있는 곳과 카트가 있는 곳이 얼마나 먼지 봐봐."

"볼! 저 볼 칩니다."

그때 멀리 있던 김 선생이 세컨드 샷을 하려고 소리를 치자 걸어가던 고객들이 걸음을 멈췄다.

"네 고객님, 하세요!"

은정이 치라고 하자 탁 소리가 나면서 볼이 그린으로 올라갔다. 그렇게 네 명 모두 온 그린을 시키고 대화를 하면서 여유 있게 걸어갔다.

"이 분들은 또박또박 잘 치시니까 별로 할 일이 많지 않아. 다만 볼이 나가지 않는다면 말이지."

은정의 마지막 말이 정확히 이해가 안 됐지만 몇 홀이 지나고 나서야 확실하게 무슨 말인지 알았다. 다음 홀은 왼쪽 도그레그 블라인드 홀이라 앞이 보이지 않았지만 고객들은 익숙하다는 듯 여유 있게 폼을 잡고 티샷을 했다.

"어, 어, 안 돼…"

박 사장의 볼이 산으로 가자 은정은 안타까움 반 걱정 반인 목소리로 말했다. 지아는 볼이 왼쪽 산꼭대기로 가다가 그 자리에 순간 멈춰 있다가 사라져 버린 것을 봤다.

"아, 고객님. 가 봐야 할 것 같습니다."

"그래요 여보. 가면 있겠죠. 그만 쳐다보고 이제 내려오세요."

이 여사가 박 사장에게 말했다. 그의 표정이 갑자기 어두워지더니 백에 드라이버를 직접 꽂고 기다란 쇠인지 알루미늄인지 모를 긴 막대를 꺼냈다. 그러고는 다른 사람들이 티샷을 하건 말건 조용히 천천히 앞으로 걸어갔다.

"아이쿠, 저 양반 또 시작 했네 어쩌나."

이 여사는 레이디 티로 이동하면서 말했다.

"어머, 형님. 어디 한두 번인가요. 뭐, 오늘은 빨리 찾는 수밖에 없죠. 안 그래요, 캐디 언니?"

은정은 야구 모자를 쓴 여자가 묻자 억지로 대답을 했지만 표정이 완전히 상사에게 욕을 먹은 얼굴처럼 굳어 있었다.

"그래도 오늘은 캐디가 둘이라서 빨리 찾을 수 있겠지, 뭐. 이 홀은 대충 치자고."

김 선생은 아무렇지도 않다는 듯 걸어갔다.

"큰일 났네. 난 서브해야 되니까 네가 좀 갔다 와. 나도 시간 나면 바로 갈 테니까. 제발 오늘은 빨리 찾기만을 빈다."

은정은 아주 난감해 했고 무전기에 대고 조용히 속삭이면서 걸어갔다. 지아는 분명히 볼이 산으로 들어가는 것을 봤다. 숲으로 들어간 볼을 찾는 이유가 뭔지 모르겠지만 시키는 대로 산으로 올라갔다. 땅에 발을 디딜 때마다 마른 잎들이 소리를 내고 떨어진 밤송이는 텅 비어 쓸쓸하게 보였다.

박 사장은 벌써 거의 끝까지 올라갔다. 그녀는 너무 기팔라서 더 이상 올라가지 못하고 박 사장이 내려오기만을 기다렸다. 뒤 팀은 벌써 세컨드 샷을 준비하려서 서 있었다. 그녀가 어찌할 줄 모르고 있었는데 은정이 손을 흔들며 그냥 오라고 해서 되돌아갔다. 그녀가 그린 쯤 오자 박 사장은 그제야 내려왔고 주머니에도, 손에도 볼이 한가득 있었다. 다른 고객들은 이미 다음 홀로 걸어가고 있었고, 은정과 지아는 박 사장이 볼을 정리하기만을 기다렸다. 기다리다 못한 은정은 카트를 움직여버렸다.

다음 홀까지 겨우 와서 티샷 준비를 하는데 박 사장은 칠 준비는 안하고 주워 온 볼을 닦아서 가방에 넣는 일만 하고 있었다. 은정은 이제 포기했는지 그러거나 말거나 신경 쓰지 않고 다른 사람들 티 샷 준비를 시켰다. 지아는 박 사장의 행동이 이해가 안 됐지만 뭐라고 할 수 있는 상황은 아니었다. 다만 모든 고객들이 이럴까 걱정이 되었다. 그리고 자신이 동시에 두 가지 일을 할 수 있을까 의문이 들었다.

지아의 일기

1998년 어느 밤에.

일기장아, 나는 오늘부터 너에게 말을 하려고 해. 길고 긴 밤 기숙사에서 이제부터 뭘 할까 고민하다가 너를 만나서 수다를 떨기로 결심했어. 그리고 너와 동갑이라고 생각해서 반말로 할 거야. 잠깐 생각했는데 이름도 정했어. 난 앞으로 널 J라고 부를 거야. 내 이름에 제이가 들어가기도 하고 또 그리고 강변가요제에서 태어난 노래.

J 스치는 바람에 J 그대 모습보이면 난 오늘도 그대 그리워하네…

괜찮지 J?
나는 지금 기숙사 대기실에 있어. 여긴 출퇴근을 하는 사람과 기숙사 생활하는 사람들의 쉼터야. 음악을 듣고 싶어서 라디오를 들고 왔지. 예전에 아빠가 산 고물 라디오인데 아직 쓸 만해. 진추하의 '원 썸머 나잇'을 틀어놓고 일기를 쓰려고 해.

사람들은 사랑을 해보지 않았어도 사랑에 대한 동경이 있어서 슬픈 사랑노래를 좋아하는 것 같아. 기본적인 감정이 음악을 통해서 나오는 것 같기도 하고. 아무튼 나는 이 노래가 정말 좋아. 없던 사랑이 어느 날 갑자기 나올 것 같기 때문이야.

별들이 빛나는 한 여름 그 밤/ 화려한 공상이 스쳐간 어느 여름날의 꿈/ 나의 세계가 무너져 버리던 그 밤/ 당신이 없었다면 죽을 수도 있었습니다./ 매일 밤 당신을 위해 기도했어요./ 내 마음은 당신 때문에 울어버리겠죠./ 당신이 떠난 이후로 태양은 다시 빛나지 않을 거예요./ 당신을 생각할 때마다…

나는 고등학교를 졸업하고 나서 대학에 들어갔어. 대학생활은 너무 힘 들었어. 책을 가슴에 안고 캠퍼스를 거니는 낭만이라곤 전혀 없었어. 사실 대학에 들어가면 남자 친구도 사귀고 낭만적으로 살고 싶었어. 꼭 그렇게 될 거라고 믿었어. 언니처럼 장학생이 아니지만 아르바이트 따위는 하고 싶지 않았어. 일이 싫은 것이 아니라 남들 앞에 나선다는 것이 쑥스러웠기 때문이야. 그런데 나는 그렇게 자신 없어하던 아르바이트를 할 수밖에 없는 상황이 왔어.

아빠는 대체 왜 집을 나가서 연락이 없는 걸까. 엄마는 아파서 가게를 접은 상태에 있었어. 더 이상 돈이 나올 수 있는 곳이 없었어. 학비를 벌기에는 아르바이트로 턱없이 부족했어. 휴학을 내고 돈을 벌어서 학교를 마칠까 생각도 했는데 그렇게는 하는 게 싫었어. 정말 싫었어. 경제력이 없는 엄마는 내 선택을 받아들일 수밖에 없었어.

현수 오빠네 하고는 친척인데 과거에 어떤 도움을 받았다고 했어. 구체적으로 어떤 것인지 말을 하지 않아서 잘 모르겠어. 그 덕분에 취직을 했는데 내가 뭐 잘 하는 게 있어야지. 낙하산 타고 내려왔다고 눈칫밥 얻어먹고 일했어. 그래도 어쨌든 열심히 일해 보려고 나름 최선을 다했어. 그런데 운 나쁘게도 회사가 망해버렸어. 따가운 눈총을 받으면서 겨우 버티고 있었는데 기회조차 주지 않고 망해버린 거야. 회사에 빚쟁이들이 몰려왔을 때 밖에서 나를 쳐다보고 있던 현수 오빠를 봤어. 현수 오빠는 정말 너무한 것 아니니? 나를 내버려 두고 그냥 도망치듯 가버렸어. 사람들은 모두 나에게 화를 냈어. 도대체 내가 뭘 잘못해서 그런 수모까지 당해야 했는지 모르겠더라고. 너는 내 마음 알겠니?

J!

어렸을 때는 제법 행복했다고 생각했는데 모든 게 엉망이 돼 버렸어. 나한테는 애초부터 행복이라는 것이 있었을까.

현주 언니처럼 일찍 결혼해서 애 낳고 사는 것이 부러울 때가 있어. 가족 안에서 지지고 볶고 사는 것이 나한테는 너무 어려운 일이야. 평범하게 산다는 것은 들판을 걷듯 쉬운 일이 아니라고 생각해. 사람들은 평범함을 거부하고 특별함을 얻으려고 하는데 평범하게 사는 것이 얼마나 큰 행복인지 모른 것 같아. 자신이 가지고 있는 것에 대해 만족을 못해서 그러기도 하겠지. 나 외에 모든 사람들이 부럽기만 해.

J, 넌 어떠니?
너도 그렇게 내 인생이 한심하고 안쓰럽지?
현주 언니도 그러겠지. 현주 언니는 수다스럽긴 하지만 정이 많아서 좋아. 지수 언니보다 오히려 친언니 같을 때도 있다니까. 취직자리만 해도 언니 아니었으면 이 일이 있는지조차 모를 뻔 했어. 직업소개소라고 광고를 내면 이름부터해서 누가 쳐다보기가 쉽지 않아. 그 말 자체가 거리감이 있어서 쉽게 다가가지 못 해. 꼴에 아르바이트도 얼마나 까다롭게 고르는데… 나 한심하지?
어쨌든 현주 언니 덕분에 새로운 생활이 시작되고 있어. 오늘은 오래간만에 걸었더니 다리에 힘이 다 풀렸어. 룸메이트도 피곤한지 끙끙거리면서 자고 있어. 긴장이 풀려야 하는데 나는 아직도 긴장하고 있어. 지나온 일은 지나온 것이고 내일이 걱정 돼. 너도 알지? 이럴 때가 잠이 잘 안 온다는 것을 알잖아. 잠을 자려고 애쓰는데 갑자기 면접 때 일이 생각나서 잠이 더 안 와.

첫 면접 때는 정말 황당하고 속상했어. 내가 그렇게 말을 못하는지 그때 처음 알았다니까. 다음 면접에서는 실수를 하지 말아야지 생각하면서 미리 마음속으로 몇 가지 대답을 생각했어. 근데 웬걸 첫 면접 때하고 완전히 다른 질문을 하는 거야. 이런 면접은 처음이라 질문을 다양하게 할 줄 몰랐거든 그리고 소개소의 직원이 가르쳐 준대로 따라서 한 건데 그게 잘못됐을 수도 있다고 생각했어.

소개소 직원은 구체적으로 어떻게 일일이 예를 들어 말한 게 아니가 추상적인 이론만 말했거든. 그래서 나도 추상적으로 준비한 것이었어. 미련하기 짝이 없었어. 언제나 생각하고 있었던 질문은 하지 않고 다른 질문을 해서 상황을 해결하지 못한 나는 면접에서 계속 떨어졌어. 시험에서 계속 떨어진 사람들은 시험공부를 하기 보다는 다음 시험 문제가 뭐가 나올까 고민만 하게 돼. 그러니 계속 떨어질 수밖에 없어.

면접에서 계속 고배를 마시고 있었는데 위로 받을 곳이 없었어. 마침 엄마한테 전화가 왔는데 진심으로 위로 받고 싶었어. 근데 엄마는 말도 안 되는 소리만 해서 나도 모르게 화를 내고 말았어. 화를 내면 안 되는데 화를 내고 말았어. 엄마 속도 말이 아닐 텐데 말이지. 내가 빨리 돈 벌어서 엄마를 편안하게 해주고 싶어. 엄마 미안해!

우여곡절 끝에 골프장에 입성했어. 근데 생각보다 환경이 열악해서 그런지 사람들의 입에서 불만이 새어 나왔어. 생각에 동의 하지만 나서서 말하지는 않았어. 너도 알다시피 나는 말주변이 없어서 입을 다물고 다니거든. 경기과 마스터라는 사람도 보통사람이 아니라는 생각이 들어. 좋은 의미가 아니라 나쁜 의미로 말하면 그래. 첫 대면한 사람들에게 너무도 당당하게 반말을 하는 게 이해가 안 됐어. 다른 사람도 수정 언니와 나처럼 생각하고 있을 거라고 생각해. 처음 봤을 때도 그러는데 서로 익숙해지면 얼마나 강하게 할지 느낌이 불안해. 어떤 상황이 닥칠지 백지장처럼 하얗게 칠해져 있어서 상상이 안 가지만 분명 힘들 거라는 생각이 들어.

오늘만 해도 그래. 무슨 말이 그렇게 거치니? 어렸을 직 동네 무서운 할머니가 내뱉는 욕설보다 거칠어. 우리 동네에 욕 잘하는 할머니가 있었거든. 그리고 그 집에는 송아지만한 개도 있어서 아무도 쉽게 접근을 못했어. 으악, 이야기가 샛길로 빠지기 전에 나와야겠네. 아무튼 길고 긴 코스를 따라 걷는데 다리가 너무 아팠어. 볼을 치면서 가르쳐준 선배와 마스터의 말이 하나도 생각이 안 나. 적어 놓은 게 있긴 한데 솔직히 무슨 말인지 모르겠어. 우리가 다 같이 걸었던 잔디를 페어웨이라고 했어. 그리고 깃발이 펄럭이고 있는 곳은 그린, 이밖에도 처음 듣는 골프 용어들이 많아 지금 적어 놓은 것을 보니 대충 알 것 같기도 하고 내일 아침이면 분명 까먹을지도 몰라.

이제 정말 피곤해. 너도 내 얘기 들어주느라 고마웠어. 되도록 매일 너를 만나고 싶어. 그렇게 되도록 노력해볼게.

　잘 자. J

＊

"지아야, 너 이제 좀 익숙해졌지?"

　은정이 물었다.

"아, 네. 조금요."

　지아는 몇 주 동안 홀 전체를 혼자 서브해본 적이 없어서 작은 목소리로 대답했다.

"스코어는 내가 셀 테니까 오늘은 네가 네 명 다 서브해 봐. 이제 어프로치랑 퍼터 갖다 주는 것은 되니까 거기에 조금 더 보태서 한다고 생각하면 돼."

"네, 할 수 있을 것 같아요."

　그녀는 할 수 있다고 했지만 못 한다고 할 수 없어서 일단 대답은 자신 있게 했다.

"그래? 그럼 나도 시켜볼까. 우리 언니는 홀 설명은 기가 막히던데?"

　이때, 소파에 앉아 있던 다른 선배가 말했다.

"응, 그래? 그 언니는 나이가 있어서 잘 하는가 보네."

　은정은 지아 쪽을 보며 시큰둥하게 말했다. 지아는 누군가

와 비교되는 게 싫었지만 그만큼 자신이 못하고 있다는 것을 알기에 고개가 절로 숙여졌다. 그녀는 배치표가 나오기를 기다리면서 떨리는 마음 달래고 있었다.

매번 일을 시작하기 전에는 몸이 자동으로 떨렸다. 오늘은 특히 혼자 서브하는 거라서 더 떨리는 가슴을 진정하려고 애를 썼다. 백을 싣고 광장에서 고객을 기다리는 동안 작은 수첩에 클럽이 뭐가 있는지 보면서 적고 퍼터를 왼쪽 첫 번째 백 순서대로 맞춰서 클럽 통에 꽂아 놨다. 클럽을 계속 또 보고 또 보면서 익숙해지려고 외웠다. 더더군다나 네 사람의 퍼터가 똑같은 브랜드여서 머릿속으로 헷갈리지 않게 계속 생각을 했다.

'왼쪽부터 첫 번째는 피팅한 그립이고, 두 번째는 둥근 헤드, 세 번째는 스티커가 붙여있고, 마지막은 아무런 특징 없는 밋밋한 퍼터.'

티샷이 시작되고 볼을 보기 위해 눈을 동그랗게 뜨고 집중했다. 첫 티샷은 다행히 중앙에 잘 떨어진 것 같았다. 그녀는 바로 옆에 서 있는 선배의 눈치를 보면서 거리를 불러줬다. 기어들어가는 목소리가 자신감을 떨어뜨렸고 고객은 그런 것을 보면서 반신반의 표정을 지으면서 클럽 두 개를 가져갔다. 네 번째 손님까지 무사히 클럽을 전달하고 선배가 준 리모컨을 눌렀다. 문제는 세컨드에서였다. 클럽을 모두 쥐어줬지만 거리가 하나 같이 맞지 않았다.

"언니, 여기 몇 미터야?"

흰 모자를 쓴 고객이 은정에게 물었다.

"네, 사장님. 120미터입니다."

"내리막 감안한 거지?"

"네."

은정이 그녀가 불러준 거리를 불러주자 남자는 고개를 갸우뚱거리며 클럽 하나를 바닥에 던지고 칠 준비를 했다. 어드레스만 한참을 하더니 클럽을 바닥에 내려놓고 말했다.

"언니, 안 되겠어. 나 피칭 갖다 줘."

끝내 클럽을 바꾸는 고객의 말이 떨어지자마자 무섭게 그녀는 곧바로 바닥에 있는 아이언을 들고 빠르게 카트로 뛰어가서 클럽을 갖다 줬다. 다른 고객에게 불러준 거리가 맞지 않아 계속 뛰어다녀야 했고, 이런 상황이 반복되자 그린에서도 자신감이 떨어졌다.

"언니, 여기 어디 봐야 돼?"

"왼쪽 조금 보면 됩니다."

"그래? 난 오른쪽 같은데…"

흰 모자를 쓴 고객은 믿지 못하겠다는 듯 고개를 갸우뚱했다.

"언니, 이 라이 오른쪽으로 논 거 맞아?"

다른 고개도 계속 의심하면서 물었다. 보다 못해 은정이 나서서 했다.

"네, 고객님. 제가 보기에도 오른쪽으로 논 것 같습니다."

전반이 끝나고 지아는 나인 홀이 어떻게 갔는지 모르게 갔지만 은정은 그러지 못했다. 잔뜩 화가 나서 눈 흰자위가 빨개지도록 째려보면서 말을 했다.

"후반에는 내가 서브할게. 도대체 3주 동안 뭘 배운 거야? 거리목대로 거리를 불러주면 되잖아. 뭐가 문제야? 고객이 뻔히 기다리는데 엉뚱한 채 갖고 오지 않나, 응? 아직도 고객하고 클럽하고 매치가 안 돼서 헷갈리면 어쩌자는 건데. 옷과 모자하고 클럽을 매치하라고 몇 번이나 얘기했어? 아까 고객들 표정 봤어? 진행은 또 어떻고 뒤에 팀이 그렇게 밀려 있으면 뛰어야지 그렇게 미적미적 거려서 어느 세월에 진행할건데! 뭘 모르면 센스라도 있어야 할 것 아니야. 아휴, 참. 속 터져서 미지겠네."

"죄송합니다. 죄송합니다."

그녀는 진짜 죄 지은 사람처럼 계속 말했다.

"화장실 갔다 올 테니까 알아서 해!"

은정은 다른 동기들이 보는데서 잔소리를 해대고 화장실로 가버렸다. 그녀는 카트 옆에 서서 반쯤 정신이 나간 것처럼 멍 때리고 있었다. 잠시 뒤 나온 은정의 몸에서 담배냄새가 났고 무슨 지옥행 열차라도 타는 표정으로 고객들과 티그라운드로 이동했다.

후반이 시작되고 잔뜩 긴장한 채로 티 박스에 서 있었다. 긴장을 하니까 볼도 안 보이고 표정도 좋지 않았다. 반면 은정은 손님들과 수다를 떨면서 티샷 준비를 했다.

"굿 샷!"

은정의 시원한 외침에 고객들의 표정은 밝았다. 그 표정은 지아가 드라이버를 받으려 할 때 이내 굳어져버렸다. 헛기침을 하면서 피하려고 했다. 헛기침 소리를 들은 은정이 재빨리 고객의 드라이버를 받았다. 그녀는 아무리 밝게 하려고 해도 표정이 저절로 굳어갔다. 모두 티샷을 마치고 걸어갈 때, 은정이 그녀 옆으로 와서 말했다.

　"아무래도 내가 올 서브해야 될 것 같아. 어프로치는 맡기려고 했는데 안 되겠어. 그린에서는 퍼터만 갖다 줘. 볼이 어디로 갔는지 그것만 신경 쓰고 되도록 고객님들이 불편해 하니까 좀 떨어져 있어."

　은정은 당부하면서 고객들의 어프로치를 가지고 페어웨이를 향해서 걸었다. 그녀는 후반 9홀 내내 볼만 찾으러 뛰어다녔다. 볼은 계속 고객이 싫은지 산이나 언덕으로 가서 내려오지 않고 그녀를 힘들게 했다. 몸이 힘든 것보다 선배에게 혼난 것이 더 힘들었다. 라운드가 끝나고 선배의 말 한마디가 그런 마음에 기름을 부어 일할 맛을 더 잃게 했다.

　"나이도 어린데 애교도 없고 센스도 없고 그래가지고 사회생활 하겠어!"

　씻고 빨리 잊어버리자 생각하고 오자마자 찬물을 들이 부었다. 머리를 말리고 있는데 지아의 휴대폰이 요란스럽게 울렸다. 그녀는 머리가 잔뜩 흐트러진 채로 전화를 받았다.

　"나야 나, 뭐해?"

　"이제 씻고 머리 말려."

"목소리가 왜 그래. 무슨 일 있어?"

"아휴, 언니. 나 오늘 죽을 뻔 했어. 혼자 서브했는데 아주 한심했어."

"나도 했는데 많이 깨졌어. 민지는 있어?"

"아니, 집에 갔어. 몸이 안 좋나봐. 이틀 쉰다고 그러네."

"잘됐다! 나가기 귀찮으니까 네 방에서 술 한 잔 할까?"

"그래 좋아. 나도 오늘 술 한잔 해야겠네."

금방 올 것 같았던 수정은 한참 뒤에 왔다.

"내가 늦었지? 술은 있는데 안주가 없더라고."

"같이 가지 그랬어. 얼마야?"

"뭘 냈어. 오늘은 내가 쏘는 기야."

"나 오늘 술 좀 마실 건데."

"오오, 그렇게 잘 마셔?"

"아니야, 잘 못 마시는 데 먹고 싶어서 그래."

"내일은 동반 안 해?"

"하루 쉬래. 갈 데도 없고 그냥 술 마시고 자야겠어. 언니는?"

"나는 2부야. 잘 됐다."

수정은 검은 봉지에 있는 것을 바닥에 펼치면서 말했다.

"언니도 오늘 혼자서 서브 했어?"

"응, 하긴 했는데 나도 너랑 똑같아."

"언니네 선배가 그러는데 홀 멘트 엄청 잘한다며? 좋겠다."

"뭐? 내 선배가 그래?"

"그래, 언니네 선배. 일 나가기 전에 그 키 큰 선배가 얘기하는 것 다 들었는데 뭐."

"아, 그래? 칭찬도 할 줄 아네. 엄청 무뚝뚝하거든. 나이도 나보다 어린데 말을 정말 안 해. 딱 필요한 말만 한단 말이지."

"그래? 우린 말이 엄청 많은데. 오늘 서브하다가 왕창 깨졌잖아."

지아는 종이컵에 반쯤 따라놓은 술을 단숨에 마시면서 말했다.

"왜? 아이고, 자기는 뭐 처음부터 잘 했데?"

"나인 홀 끝나고 카트 실에서 무섭게 쳐다보면서 말하는데… 아, 소름끼치는 줄 알았다니까. 그리고 옆에 우리 동기들도 있어서 쪽팔렸어."

"그 선배 여우로 소문났더라. 고객들한테는 그렇게 살랑거리는데, 우리 신입이 다닐 때는 어디 한번 인사를 제대로 받아준 적이 없다니깐. 치, 웃기지?"

"그래도 내가 일 못하는 건 맞아."

그녀는 한숨을 쉬면서 말했다.

"신입이 다 그렇지 뭐. 우리가 달리 신입이야? 지들은 뭐 얼마나 잘한다고."

수정은 오징어를 쭉 찢어 입에 넣어 잘근잘근 씹으며 말했다.

"언니, 나 너무 힘들어. 일할 때 뭐가 뭔지 모르겠어. 스

코어는 아예 생각도 못하겠고 고객하고 클럽하고 매치가 안
돼. 언니는 잘 돼?"

"아이고, 나도 신입이야. 어떤 때는 모자도 똑같은 색이고
아무도 안경을 안 써서 뭣으로 매치를 해야 될지 모르겠다
니까. 그리고 볼도 정말 안 보여. 아, 선배들은 어떻게 보는
지 모르겠어."

"볼도 그래. 분명히 잘 간 것 같은데 왜 없는지 모르겠어.
그리고 볼이 붕 뜨면 중간에 사라져버려."

"그건 볼이 뜰 거라 생각해서 미리 고개를 들고 성급하게
위를 봐서 그래. 눈이 볼을 따라가야 하는데 너무 급하게 본
거야. 그나마 잘 친 볼이면 괜찮은데 잘 맞지 않는 볼은 어디
로 갔는지 알 수가 없어."

"그렇구나. 스코어도 한 사람 것 보면 다른 사람 것이 안
보여."

"나도 마찬가지야. 자, 한 잔 마셔. 속상할 때는 소주가 최
고야."

수정은 술잔을 들면서 말했다. 수정도 기분이 별로 안 좋
은지 계속 술을 마셨다. 그녀는 지금 일을 하느냐 마느냐 하
는 갈등이 생겼다. 술을 마시니까 이게 도대체 뭐라고 이런
수모를 당하면서 일해야 하는 생각이 들었다.

"언니, 나 그만 둘까봐."

"미쳤어! 지금까지 고생한 게 얼만데…"

"근데 지난 3주 동안… 나 정말 잘 못 하겠…"

끝내 눈에 고여 있던 눈물이 끝내 터지고 말았다. 한번 나온 눈물을 그칠 줄 모르고 나왔다. 그동안 참았던 것을 쏟아내기엔 이것도 부족하다는 듯 끊임없이 나왔다.

"울긴 왜 울어? 우리가 잘못한 게 뭐가 있다고. 아니다, 그냥 울어. 울고 모레부터는 다시 시작하는 거야. 이왕 운 것 시원하게 울어버려."

수정은 소리 내어 우는 그녀를 보면서 말을 했다. 그리고 한숨을 쉬며 손을 잡아줬다.

"너 보니까 나도 눈물이 나려고 하네. 난 술이나 마셔야겠다. 카, 오늘따라 소주가 엄청 쓰네."

수정은 술을 혼자 따라 마시면서 중얼거렸다. 지아의 울음소리는 어느 정도 잦아들고 있었다.

눈물을 닦으며 조금 가라앉은 목소리로 말했다.

"이제 좀 괜찮니? 아이고, 그만둔 신입들도 네 마음 같았나 보다."

"누가 그만뒀어?"

"하나는 걷는 게 너무 힘들어서 관뒀데. 관절에 무리가 왔나 봐. 다른 골프장에서는 카트를 타고 다녀서 아주 좋다는데. 여긴 걸어 다녀야 하잖아. 업 다운도 여간 심한 게 아니잖아."

"나도 발가락이 너무 아파."

"캐디 중에 안 아픈 사람 어디에 있니? 그리고 또, 그만둔 사람은 특별한 이유가 있었나 봐."

지아는 언제 울었냐는 듯이 호기심 가득한 눈으로 수정을 봤다.

"실은 같이 나간 동반 선배가 신입 돈 갈취했나 봐. 걔가 직접 얘기해줬어."

"우리는 돈을 못 받잖아?"

"팁 말이야 팁."

"팁을 그렇게 많이 받아?"

"한번은 손님이 신입 주라면서 만 원씩 계속 줘서 8만 원까지 받았는데, 그게 그 애 손에 직접 쥐어 준 것이 아니라서 선배가 계속 갖고 있었나 봐. 근데 나중에 한다는 말이 '영혜야, 원래 신입은 팁 못 받아. 근데 네가 고생하니까 빈은 줄게' 이렇게 말했다는 거야."

수정은 선배의 목소리를 흉내 내며 말했다.

"어이가 없네, 진짜."

"그치? 영혜가 애교도 많고 잘 웃잖니. 그래서 그런지 팁이 장난 아닌가 봐."

"애교? 일을 잘 하는 게 아니고?"

"그리고 결정적인 건! 그렇게 빼앗아 간 것이 한두 번이 아니었나 봐."

수정은 그녀의 말에는 신경도 쓰지 않고 자신이 하고 싶은 얘기를 했다.

"뭐라고? 한 번도 아니고 계속? 근데 그 선배도 같이 팁 받았을 거 아냐?"

"그랬나 봐. 정말 얌체 중에 얌체라니까. 지 팁 따로 신입 팁 따로."

"근데 왜 그만뒀데? 억울한 건 영혜일 텐데…"

"뭐 아니꼽고 더럽고 코스도 힘들고 여러 가지 이유가 있었겠지. 애는 시부모님이 봐주고 남편이 이쪽으로 직장을 옮겨서 온 건데. 다른 곳 알아봐야겠지."

지아는 수정이 가고 나서 자신의 성격에 대해서 생각해봤다. 누구에게도 애교를 부려본 적이 없다. 그런 것은 오글거리고 특별한 사람만이 하는 것이라고 생각했다. 일부러 애교 부리는 연습이라도 해야 할지도 모르겠다는 생각을 하면서 헛웃음을 지었다.

다시 몇 주가 지나고 테스트를 봤다. 테스트에는 합격했지만 이 상태로 일을 할 수 있을지 자신감이 많이 떨어져 있었지만, 한편으로는 이제 돈 버는 일만 남았다고 생각하며 좋아했다.

*

테스트를 통과했다고 모든 게 끝난 것이 아니었다. 바로 혼자 나가는 것이 아니라 포백 투 캐디로 나가서 일을 해야 했다. 그다음에 다시 테스트를 보고 통과하면 그때 비로소 혼자 일을 할 수가 있다. 지아와 같이 나간 사람은 같이 방을 같이 쓰는 허민지다. 민지와의 관계는 룸메이트 이상도 이하도 아니었다. 밖에 나가서 같이 식사를 해 본 적이 없고 퇴근하고 나서 대화도 주로 동반에 대한 얘기 혹은 손님에 관한 얘기만 했다.

"지아와 민지가 짝꿍이 되고, 수정이와 주희 그리고 남자애들은…"

마스터는 마치 연극의 배역을 정하듯 말했다.

"너희들은 이제 1차 통과를 했을 뿐이야. 처음에는 혼자 네 명을 모시고 다니는 것이 힘들 거라 생각해서 두 명이서 먼저 해보는 거니까 싸우지 말고 일 잘할 수 있도록 해. 너희들이 나가는 고객님들은 특별히 평가 카드를 신중하게 작성하라고 할 거야. 계속해서 일을 못한다는 소리가 나오면 다시 테스트를 볼 것이고 그러지 않으면 혼자서 일을 하게 될 거야."

마스터의 단호한 목소리에 모두 바짝 긴장을 했다.

"질문 있니?"

"예. 그러면 마스터님 캐디 피는 반반 나누나요? 그리고 고객님들이 음료수 먹으라고 할 때는요?"

안경을 쓴 동기가 말했다.

"애, 그걸 말이라고 하니? 당연히 반이지. 그리고 음료수 먹으라고 하는 것은 눈치껏 알아서 해. 내가 그런 것까지 일일이 어떻게 하니?"

"네."

동기는 기죽은 목소리로 말했다.

"자, 오늘은 이만 가서 쉬고 시간표는 있다가 각자 조장들이 문자를 보내 줄 거니까 그것 보고 확인하도록 해. 가봐."

"네, 수고하셨습니다."

"내일 뵙겠습니다."

"안녕하십니까, 고객님!"

차가 들어오면 서너 명의 사람들이 일렬로 서서 동시에 인사를 했다. 곧이어 트렁크의 문이 열리고 매캐한 연기를 맡으며 캐디와 직원들은 함께 백을 내렸다. 그들은 10분쯤 현관에서 백이 오는 것을 내리고 다시 백 대기하는 곳으로 갔다. 차가 드문드문 들어오면 눈치 보면서 언니들끼리 수다를 떨기도 한다.

다음 대기자들이 오면 바통을 전해주듯 서로 수고하라는 인사와 함께 교대를 했다. 햇살은 따스하게 쏟아지고 발악이라도 하듯 모노레일 위에서 춤을 췄다. 민지와 지아는 지루한 현관 대기를 마치고 컨베이어 벨트 앞에서 고객이 내장하기를 기다렸다. 몇 분 뒤 무전기가 지지직거리면서 소리를 토해냈다.

'이지아, 허민지 티켓 받아 가.'

마스터가 무전기로 말하자 두 사람은 경기과에서 티켓을 받아왔다.

"내가 1, 2번 찾을 테니까, 네가 3, 4번 찾아."

허민지는 티켓을 보면서 말을 했다.

"그래. 이름이 뭐야?"

지아는 민지의 손에 있는 직사각형의 흰 종이를 보면서 말했다. 백을 다 찾아 카드에 싣고 고객들이 나오기를 기다렸다.

"지아야, 오늘은 아까 백 싣는 순서대로 네가 3번, 4번을 맡고, 내가 1번과 2번들 맡을게. 그리고 홀 설명은 어떻게 할까? 한 홀은 네가 한 홀을 내가?"

"글쎄, 좀 복잡해서 나눠서 해야 편하겠지."

"그럼 나인 홀씩 나눠서 하면 어떨까? 어쨌든 너랑 나랑 반반 나눠야 하니까."

"그래 그럼 그렇게 해."

"그럼 내가 먼저 시작할게. 빨리 해치워버려야지."

"아참, 인사는 같이 해야겠지?"

"그래, 각자 이름을 말할 때만 따로 이름을 얘기하고 나머지는 통일하는 걸로 하자."

"아, 그러고 보니 스트레칭도 있었네."

지아는 난처한 표정을 지으면서 말했다.

"내가 어제 집에만 안 다녀왔어도 스트레칭 연습도 더 하고 미리 상의했을 텐데 넌 어때?"

"뭐가?"

"스트레칭 말이야 너 그때 자신 없다고 했잖아. 남들 앞에서 할 수 있겠어?"

"그야 뭐 닥치면 하겠지. 결과는 장담 못 하지만."

"음, 그러면 일단 오늘은 내가 할게."

"그래 그럼."

"클럽 확인도 자기 팀 것만 하는 게 낫겠지?"

민지는 클럽 커버를 벗기면서 말했다. 지아는 각자 맡은 손님 것만 하니까 낫긴 한데 혹시 민지 손님이 클럽 갖다달라고 하면 어떻게 할까 생각했다. 이런 생각을 하면서 부지런히 클럽 체크를 시작했다. 얼마 후, 광장으로 손님들이 한두 명씩 나오기 시작했다. 손님이 모두 나오자 앞 팀을 따라 카트를 이동시키며 코스를 향해서 걸었다. 지아가 잠깐 멍하게 있는 사이 민지는 고객들과 함께 체조를 시작했다.

"하나 둘 셋 넷 다섯 여섯 일곱 여덟, 둘둘 셋 넷 다섯 여섯 일곱 여덟."

티 그라운드로 이동을 한 고객과 지아는 민지가 하는 구령에 맞춰서 동작을 따라서 하고 있었다.

"감사합니다. 수고하셨습니다. 340미터 미들 홀입니다. 왼쪽 오비 오른쪽 해저드 멀리 보이는 중앙의 피뢰침을 보시는 게 좋습니다."

민지는 드라이버를 고개들에게 주면서 말했다.

"아직 오너 못 정했지? 여기에서 뽑아."

카키색 벙거지 모자를 남자가 동반자를 보면서 말했다.

검은색 야구 모자를 쓴 남자와 안경을 쓴 남자, 꽃무늬 점퍼를 입은 남자가 벙거지 모자를 쓴 남자 주변으로 와서 오너 봉에 있는 쇠막대를 뽑았다.

"나는 3번 당첨."

꽃무늬 점퍼를 입은 남자가 마지막으로 뽑으면서 말했다.

"뭐, 잘 치는 순서대로 뽑힌 것 같은데? 내가 4등이 뽑힌 걸 보니까. 얼른 핸디나 주라고."

검정 모자를 쓴 남자가 꽃무늬 점퍼를 입은 남자에게 손바닥을 내보이며 말했다.

"핸디 같은 소리 하고 앉아있네. 나 지난번에 백 개 쳤어 백 개. 백돌이한테 핸디 달라고?"

"지난번은 어쩌다 한 번이지. 나야말로 맨날 백 개씩 치는데 뭐."

"아이고 맨날 우는소리."

"아, 진짜 핸디 안 줄 거야?"

카키색 모자를 쓴 남자와 안경 쓴 남자는 동반자 둘이 싸우든지 말든지 신경도 안 쓰고 장갑을 끼고 볼에 줄을 그으며 칠 준비를 했다.

"고객님, 이제 티샷 준비하시겠습니다."

민지가 카키색 모자를 쓴 남자에게 조심스럽게 다가가 말했다. 남자는 티 그라운드로 올라가 몸을 한 번 부르르 떨더니 볼을 쳤다.

"굿 샷."

민지는 자신 없는 목소리로 말했다.

"고객님, 120에서 130미터 남았습니다. 몇 번 클럽 드릴까요?"

민지는 드라이버를 받으면서 물었다.

"피칭하고 9번 둘 다 줘."

"네, 여기 있습니다."

민지가 클럽을 건네는 사이에 안경 쓴 남자가 볼을 쳤다. '탁' 소리가 울려 퍼졌지만 아무도 말하지 않았다. 침묵에 멋쩍어 하면서 안경 쓴 남자가 내려오고 검정 모자를 쓴 남자가 올라갔다.

"언니야, 내 볼 잘 갔어?"

"네, 잘 간 것 같습니다."

"근데 아무 말도 없어? 다른 사람도 그렇고."

안경 쓴 남자는 기분이 별로라는 듯 말했다.

"잘 갔겠지. 언니가 잘 갔다고 하면 잘 간 거야."

카키색 모자를 쓴 남자는 무심하게 말했다.

남자들의 말이 끝나자, 검정 모자를 쓴 남자는 손으로 클럽을 잡고 몸을 곧게 세워 둥근 클럽헤드를 공 뒤에 고정시킨 후 생각에 잠겨 있었다. 긴 침묵 끝에 드디어 남자가 공을 날렸다.

"어!"

지아는 갑자기 사라진 공을 보고 고개를 갸우뚱거리면서 민지를 봤다. 민지는 고개를 흔들면서 팔을 엑스 표시로 만들어 보였다.

"언니야, 내 볼 어디 갔는지 봤어?"

검정 모자를 쓴 남자가 물었다.

"죄송합니다. 너무 순간적으로 간 볼이라 볼이 안 보였습니다."

민지는 알면서도 다르게 대답했다.

"뭐? 내가 보기에는 잘 간 것 같은데. 정민아, 내 볼 잘 갔지?"

검정색 모자를 쓴 남자는 안경 쓴 남자에게 물었다.

"나간 것 같은데… 끝에서 왼쪽으로 좀 말렸어."

"유후~ 태주 볼 나갔다. 신난다!"

꽃무늬 옷을 입은 남자는 검정 모자를 쓴 남자를 보며 웃으면서 말했다.

"김상철, 너 두고 봐. 나 따라올 거야."

태주는 드라이버를 지아에게 주며 말했다. 지아는 어떨 결에 받았지만 민지가 모르는 척 하기에 내버려뒀다. 이때 '틱!' 소리가 나면서 공이 쪼르르 레이디 티 앞으로 굴러갔다. 둘은 놀라고 당황했지만 표현을 못 하고 망설이는데 상철이 말했다.

"태주 볼 신경 쓰다가 나까지 망치게 생겼네. 언니, 나 3번 우드 줘봐."

지아는 상철의 드라이버를 받고 곧바로 3번 우드를 꺼내줬다. 상철은 우드 커버를 신경질적으로 내던지며 공을 쳤다.

"굿 샷!"

동반자들이 외치자 지아와 민지는 그제야 따라서 외쳤다. 지아는 고객이 던져 놓은 클럽을 주워 들고 그것을 들고 고객들과 함께 앞으로 걸어갔다. 나인 홀 동안 리모컨이 민지한테 있어서 움직이는 카트를 멈춰달라고 말하는 타이밍을 놓쳤기 때문이다.

"언니, 내 볼 좀 찾아봐. 일단 오비 티에서 칠 테니까. 오비 티 얼마야?"

민지가 태주에게 오비 티 거리를 불러주고는 볼을 찾으러 가고 지아도 정민의 볼을 찾으러 갔다.

"언니, 내 볼 잘 갔다며?"

"네, 분명 잘 갔는데요. 이쯤에 있어야 맞는데… 어디 갔지?"

지아가 중얼거리면서 말을 하자, 정민은 짜증난다는 듯 그녀를 쳐다봤다. 그러다 포기하고 오비 티에서 쳤다. 볼을 찾고 클럽 갖다 주는 사이 세 사람이 세컨드 샷을 마치고 그린으로 이동을 했고, 상철은 그린하고 좀 떨어진 곳으로 클럽도 없이 느릿느릿 걸어가서 서 있었다.

"상철아, 뭐 해? 빨리 쳐!"

멀리서 카키색 옷을 입은 남자가 소리쳤다.

"채가 있어야 치지."

상철은 양손바닥을 펼치면서 말했다.

"언니, 나 A 좀 갖다 줘!"

상철이 크게 말하자 그제야 멀리 있는 카트로 뛰어가 상철의 어프로치를 갖다 줬다. 민지는 지아가 클럽을 꺼내자 카트를 그린 쪽으로 이동시켜버렸다. 민지는 어프로치와 퍼터를 들고 여유 있게 지아가 하는 행동을 보고 있었다. 한편 반대편에서 정민도 클럽을 기다리고 있었다.

"언니, 나도 어프로치 줘야지. 뭐 해?"

"네, 고객님 갖다 드릴 게요. 잠시만요."

지아는 숨을 헉헉거리며 다시 카트로 가서 어프로치와 퍼터, 볼 타월을 챙겨 왔다.

"늦어서 죄송합니다. 여기 있습니다."

그린에서도 민지는 자신의 고객에게만 신경을 썼을 뿐 뛰어다니는 그녀를 도와주려 하지 않았다. 그린에서도 깃대에서 가장 멀리 떨어진 곳에서 볼을 들고 서 있는 정민을 보고도 자신의 고객의 볼만 닦았다.

"민지 씨, 나는 볼만 닦아줘."

민지가 라이를 보려 하자 태주가 말했다. 민지는 살짝 토라진 표정으로 고객에게 공을 줬다.

"내 볼은 안 닦아줘? 캐디가 둘이 있으면 뭐 해?"

지아를 기다리고 있던 정민은 답답하다는 듯 말했다.

"아, 네. 제가 닦겠습니다."

그제야 민지는 귀찮다는 듯 정민의 볼을 닦으러 갔다. 지아는 정신없이 나인 홀을 보내고 민지한테 말했다.

"아까는 고마웠어."

"뭘, 근데 후반에는 그렇게 하지 않았으면 좋겠어. 각자의 고객님한테만 신경 썼으면 좋겠어."

민지가 새침하게 말하자 어이가 없어서 할 말을 잃었다.

"언니야, 음료수 먹어."

"네, 감사합니다. 식사 맛있게 드십쇼."

고객이 지나가면서 말하자 민지는 웃으며 말했다.

둘은 음료수도 따로따로 들고 나왔으며 각자 다른 곳에서 쉬었다.

첫날이 그렇게 지나가고 3일째 되는 날. 지아가 방으로 들어가기 위해 문을 열려고 하는데 문이 살짝 열려 있었다.

"아이고, 힘들다 힘들어. 동반 때보다 더 힘든 것 같아. 글쎄 같이 나가는 룸메이트 정말 한심해. 원래 좀 둔하다고 생각을 했는데 이렇게 심각한 줄 몰랐어. 아니, 고객이 볼을 쳤으면 클럽부터 바꿔줘야 되는 것 아니야? 그러고는 닥쳐서 바쁘게 뛰어다니는데 내가 다 정신이 없어 죽는 줄 알았다니까. 돈도 반밖에 못 벌고 고객이랑 룸메이트한테 스트레스 받아서 미칠 것 같아. 그리고 오늘은 말이지 멍청하게 볼을 한참 동안 찾잖아. 뒤에 사람이 밀려있는데도 말이지. 그리고…"

지아는 더 듣지 못하고 기숙사 대기실로 와버렸다. 라커룸에 기대어 쪼그리고 앉아있었다. 자신을 씹는 소리를 들으니 기가 막히고 할 말이 없었다. 똑같은 신입인데 이해라고는 눈곱만큼도 없는 사람에게 욕을 들으니 속상했다.

며칠 동안 그녀는 민지의 얼굴을 제대로 볼 수가 없었다. 뭘 해도 자신에 대해 욕을 할 것이라는 생각에 말을 할 수가 없었다. 일을 하면서도 웬만하면 말을 섞지 않았다. 그러니 서브가 원활하게 될 수가 없었다. 그렇게 며칠을 답답하게 보낸 어느 날 마스터가 그녀를 불렀다.

"이지아! 너 도대체… 일 그따위로밖에 못해? 고객 컴플레인이 장난 아니야. 민지랑 너희는 같이 도와주면서 일 안 하니?"

"그게 민지가 철저하게 자기 손님만 하자고 해서요."

그녀는 기어들어가는 목소리로 대답했다.

"뭐? 민지는 네가 그런다고 하던데?"

그녀는 할 말을 잃었다.

"서로 자기만 잘했다고 책임을 미루는 것 봐. 이러니 손님 서브가 되겠어?"

"죄송합니다."

"그래서 너희들 내일부터 바꿀 거야. 너는 태환이 하고 같이 나가. 그리고 빈지는 기숙사 안 쓰고 출퇴근한다고 해서 며칠 내로 짐 빼기로 했어. 너는 어쩜 그렇게 애가 그 모양이니? 오죽 답답했으면 방까지 빼고 사람 바꿔달라고 그러겠니? 그러게 좀 잘하지."

기가 막혀서 목구멍까지 할 말이 올라왔지만 차마 입으로 뱉기가 두려웠다. 먼저 사람을 바꿔달라고 한 민지도 어이가 없었다. 이렇게 몰아부치는 상황에서 구차한 변명을 하고 싶지 않았다. 마스터는 우리가 일할 때 실제 상황을 모르므로 얘기해도 자신을 믿어줄지 확신이 서지 않았다. 민지가 어떻게 말했을지 대충 짐작을 하니 얘기해봤자 소용없을 거라고 생각했다. 억울하고 분하지만 마스터의 말에 기가 죽어버렸다.

지아는 오늘따라 기숙사가 너무 멀게 느껴졌다.

3부. 고난의 시간

*

지아는 태환의 따뜻한 말에 용기를 얻어 열심히 했다. 민지하고 있을 때보다 훨씬 편하게 일을 하고 표정도 좋아지고 웃음도 많아졌다.

"태환이 하고는 할 만하니?"

"네, 선배님. 워낙 오빠가 배려심이 많아서요."

"태환이는 손님들한테도 친절하다고 소문났어. 걔 덕택에 네가 표정이 그렇게 좋아졌구나. 많이 밝아졌어."

"감사합니다, 선배님."

지아는 언제 걱정하고 우울했냐는 듯 열심히 일해서 드디어 혼자 일을 하게 됐다. 마스터는 민지와 트러블 있을 때는 까칠하더니 무슨 일인지 좋은 점수를 줬다. 그래서 테스트 없이 일을 하게 됐다. 태환도 마찬가지로 테스트 없이 일을 나가게 됐다.

드디어 그 첫날이 되었다. 백 대기를 하면서 그간에 받았던 서러움을 생각했다. 그러면서 한편으로는 혼자서 해야 한다는 생각에 걱정을 많이 했다. 그런 어둡고 복잡한 표정도 잠시였다.

"432번 티켓 나왔어."

지아는 마스터가 무전기로 부르자 백을 정리하다말고 경기과로 뛰어갔다.

"432번 이지아, 티켓 받겠습니다."

"이지아. 너 오늘부터 혼자 하는 거야. 정신 똑바로 차리고 진행해. 알았어?"

"네, 열심히 하겠습니다."

지아가 밖으로 나가고 있을 때, 한 남자 캐디가 와서 마스터한테 물었다.

"마스터님, 제 것 나왔어요?"

남자는 싱글벙글 웃으며 물었다.

"아니 아직 안 나왔어. 그런데 이건 완전 스트레스야 스트레스."

마스터는 느닷없이 고개를 흔들면서 말했다,

"왜요?"

"아, 신입들 말이야. 오늘 혼자서 나가는데 하는 짓들이 왜 그렇게 답답하니? 진행이나 안 말아먹으면 다행이지. 사람이 부족해서 번호도 빨리 줬는데 잘 할지 모르겠어."

"초보니까 어쩔 수 없긴 하죠 뭐."

"아참, 네가 이지아 뒤지?"

마스터는 책상 위에는 캐디 조별 편성표를 보면서 말했다.

"네. 그래서 저도 걱정이에요. 신입 뒤로 따라 다니는 게 여간 힘든 일이 아니에요."

남자 캐디는 그녀가 어디쯤 가고 있는지 보면서 말했다.

"그래 이 노릇을 어쩌니. 네가 좀 뒤에서 밀어줘. 진행 안 되면 직접 무전하라고 하면서 재촉해. 그래도 안 되면 진행 불러 알았지?"

지아는 배치표를 들고 컨베이어 벨트 앞에서 백을 찾고 있었다. 하늘은 뭐가 그리 심란한지 잔뜩 찌푸린 얼굴을 하고 있었다. 한참을 '비읍'에서 백을 찾고 있을 때 태환이 출근을 했다.

"어, 이제 출근해?"

"응, 티켓 나왔나 보네. 뭐야 남자야 여자야?"

"첫날부터 쓰리 원이야. 근데 여자 백을 못 찾겠어. 백도 몇 개 안되는데."

"이름이 뭔데?"

태환은 경기과에 들어가다 말고 백을 찾았다. 비읍에는 백이 네 개가 있었는데 모두 이름이 달랐다. 태환은 그 중 백하나에 이름표가 2개가 있는 것이 발견했다. 뒤집어 보니 역시 그녀가 찾던 백이었다.

"지아야, 이거야 이거. 백에 이름이 두 개 있었어."

"뭐야, 무슨 일 하는 사람 이길래 이름을 두 개나 달아놔서 사람 헷갈리게 해. 오빠, 고마워. 나 혼자 헤맬 뻔 했네."

"아니야 괜찮아. 나도 지난번에 이런 일이 있었거든. 그럼 난 갈게. 수고해."

태환은 경기과로 갔고, 그녀는 백을 싣고 클럽 정리를 했다. 클럽체크가 끝나갈 무렵 고객이 나왔다.

"안녕하십니까, 고객님!"

"안녕하세요, 반가워요."

키가 작고 마른 남자가 부드러운 목소리로 말했다. 이어 평범해 보이는 남자 둘과 화장이 짙고 옷을 화려하게 차려입은 여자 하나가 나오면서 서로 인사를 했다.

"한 사장님, 오늘은 어떻게 하실 거예요?"

"글쎄요, 수영 씨는 어떻게 하고 싶으세요?"

"제가 너무 못하니까 방해될까봐 걱정돼요."

"못하기는요. 내가 수영 씨보다 못하는데 뭘. 박 사장은 어떻게 하면 좋겠어?"

"에이, 한 사장님도 엄살이 심하시네요. 그럼 저도 잘 못하니까 못하는 사람과 잘하는 사람 묶어서 편먹기 하는 건 어때요?"

"것도 괜찮습니다."

한 사장이 대답했다.

"수영 씨는 어때요? 편먹기 괜찮겠죠?"

박 사장이 물었다.

"저야 뭐 아무래도 괜찮아요."

"그럼 잘 됐네요. 한 사장님하고 이 사장님은 고수이시니까 우리는 두 분 중 아무나 따라가면 되겠네요. 수영 씨도 그렇게 하는 게 낫겠죠?"

"네. 그런데 오늘 저는 이 사장님 처음 뵙는데요."

"아, 네 저는 이런 사업을 하는 사람입니다. 극비라서 명함에도 아주 간단하게 적혀 있죠."

이 사장은 진지한 척 명함을 건네며 말했다.

"이 사장님 센스 있으시다."

수영은 웃으며 이 사장의 어깨를 쳤다.

"벌써 둘이 친해진 거야?"

한 사장은 살짝 비꼬는 투로 말했다.

"아이참, 질투하시기는 명함이 재밌어서 그런 건데."

수영은 코맹맹이 소리를 내며 말했다.

"자, 이제 이동해볼까, 언니, 지금 가도 돼요?"

한 사장은 수영의 말을 무시하고 지아를 보며 말했다.

"고객님, 이제 티 박스로 이동할게요."

리모컨을 눌러 카트를 정차시키자 고객들이 카트 주변으로 모여 준비를 시작했다.

"고객님, 인사드리겠습니다."

그녀는 카트가 멈추고 고객들이 내려오자 말했다.

"안녕하십니까! 고객님의 진행을 도와드릴 캐디 이지아입니다. 즐거운 플레이 되십쇼."

"잘 부탁드려요, 지아 씨."

한 사장은 미소 띤 얼굴로 말했다.

"네 고객님. 체조할까요?"

그녀는 고객들의 눈치를 보면서 말했다.

"그럼 몸 풀어야지. 자, 다들 체조 합시다."

이 사장은 팔을 흔들면서 말했다.

"그럼 모두들 양발을 어깨넓이로 넓히신 후에 시작할게요."

모두가 일렬로 서 있을 때 스트레칭을 시작했다. 끙끙거리는 소리가 계속되는 가운데 체조가 끝나고 홀 설명으로 들어갔다.

"340미터 미들홀입니다. 왼쪽 오비 오른쪽 해저드입니다. 중앙에서 약간 오른쪽 보세요."

티샷이 시작되고, 그녀는 눈이 뚫어져라 공이 날아가고 있는 것을 봤다.

"중앙으로 잘 갔습니다."

남자들이 티샷을 마치고 여자의 차례가 됐다.

"수영 씨, 파이팅입니다."

수영은 남자들의 관심을 받으며 티샷을 했다. 땅 소리와 함께 공은 밖으로 나갔다. 그러자 수영은 간절한 눈빛으로 남자들을 쳐다봤다.

"수영 씨, 첫 홀이라서 긴장했나 봐 하나 더 쳐요."

"그래요, 하나 더 쳐 봐요. 몰간 쳐요 몰간."

"그럼 여러분이 치라고 하니까 멀리건으로 할게요."

여자는 마지못해 하는 척 티샷을 하고 다섯 명은 걸어갔다.

"언니, 여기 몇 미터에요?"

"140미터 남았습니다. 무엇으로 드릴까요?"

"나 7번 갖다 줘요."

"그래? 그럼 나도 칠 번 줘."

한 사장이 7번이라고 말하자 비슷한 위치에 있던 이 사장도 클럽을 달라고 말했다.

"언니, 난 우드 3번 줘."

"언니, 나는 몇 미터야?"

수영의 말이 끝나기 무섭게 박 사장이 물었다. 그녀는 거리말뚝을 보며 최대한 빨리 거리를 불러줬다.

"네, 고객님은 135미터 남았습니다."

"7번 8번 갖다 줘."

그녀는 7번, 7번, 우드, 7번 8번이라고 중얼거리며 카트에서 클럽을 빼서 갖다 줬다. 제일 가까이에 있는 수영에게 우드를 주고, 그다음 차례로 클럽을 갖다 줬다. 수영이 먼저 세컨드 샷을 하고 이어 이 사장이 볼을 치려고 자세를 잡았다. 자세를 잡고 한참을 생각하더니 몸을 풀었다.

"언니, 이거 내 것 아닌데?"

이 사장은 클럽을 보면서 말했다.

"그럼 내가 먼저 칠 테니까 비켜봐."

한 사장은 칠 준비를 하며 말했다. 그녀는 느낌이 이상해서 클럽을 확인하고 한 사장을 봤다. 그 순간 볼이 헤드에 맞는 소리가 들렸다. 소리를 들었음에도 불구하고 어떤 대답도 할 수가 없었다. 오직 바뀐 채만 뚫어지게 보고 있었다.

"한 사장 클럽이 내 것과 바뀐 것 같은데."

이 사장이 말하자 한 사장은 헤드에 흙이 묻어 있는 클럽을 다시 한 번 봤다.

"어, 내거 아니네? 어쩐지 볼이 잘 맞더라."

한 사장은 아무렇지 않은 듯 말했다. 그녀는 급하게 고객에게 사과를 했다. 그러기도 잠시 이 사장은 자신이 아이언을 들고도 칠 생각을 안 했다. 그녀는 그것이 무슨 뜻인지 한참 만에 이해를 하고 볼 타월을 가지고 와서 클럽을 깨끗하게 닦아줬다. 그 순간 '탁' 소리가 들렸다.

"아, 8번 칠 걸."

박 사장이 말하는 소리를 듣고 그제야 그녀는 박 사장 쪽을 바라봤다. 박 사장의 볼을 못 봤다고 생각하고 있는데 곧이어 이 사장도 볼을 쳤다.

"굿 샷!"

지아는 큰 소리로 외쳤다. 카트가 그린 주변에서 멈췄을 때 퍼터와 볼 타월을 들고 그린으로 갔다.

"언니야, 내 볼 좀 찾아 봐."

박 사장이 말했다. 지아는 퍼터를 든 채 볼을 찾으러 뛰어갔다.

"언니, 거기 아냐. 볼도 안 보고 뭐했어?"

그녀가 엉뚱한 곳에서 볼을 찾고 있자 박 사장은 짜증을 내며 말했다. 계속 볼을 찾고 있는 사이에 뒤 팀은 벌써 세 컨드 샷을 준비하고 있었다. 그런 것도 모르고 볼만 열심히 찾고 있었다.

"뒤 팀 왔는데 얼른 퍼터하자고."

한 사장은 뒤를 돌아보고 수영에게 말했다.

"뭘 줘야 하든지 하죠? 언니! 여기 퍼터부터 줘야지."

수영은 답답하다는 듯이 소리를 질렀다. 같은 편이 된 박 사장과 이 사장이 볼을 계속 찾고 있었다. 그녀는 정신없이 뛰어와 퍼터를 줬다. 수영이 내미는 볼을 닦아 볼을 놔줬다. 수영은 그녀가 논 볼을 보고 고개를 갸우뚱거리면서 퍼팅을 했다. 볼은 홀컵이 아닌 엉뚱한 방향으로 흘렀다.

"어머, 이게 뭐야? 왜 볼이 다른 쪽으로 가는 거지?"

말하고는 그녀를 무섭게 쳐다봤다. 그녀가 어쩔 줄 몰라 하고 있을 때, 한 사장은 볼을 닦지 않고 퍼터를 했다. 볼이 홀컵까지 아주 잘 가는가 싶더니 입구에서 멈추자 한 사장은 볼을 집고 말했다.

"오케이!"

그리고 박 사장을 보면서 말했다.

"오빈데 우리가 아무도 볼을 못 봤으니까 해저드 처리해 줄 테니까 빨리 와서 쳐."

그제야 마지못해 박 사장이 카트로 가서 어프로치를 빼서 샷을 했다. 박 사장이 어프로치를 멋지게 해서 홀에 볼을 붙였다. 연달아 이 사장도 볼을 홀컵에 붙였다. 이번에도 한 사장이 오케이를 외치자 사장들이 볼을 재빨리 집고 그린에서 빠져나왔다. 뒤 팀은 기다리기 지쳤는지 그린을 막 벗어났을 때 볼을 쳐버렸다.

"언니야, 뒤 팀 천천히 치라고 무전 해. 우리가 늦고 싶어서 늦은 것도 아닌데 말이야."

이 사장이 헛기침을 하면서 말했다.

"내가 볼을 찾느라 시간을 많이 보내서 그랬어."

박 사장이 말했다.

"그게 박 사장님 잘못이에요? 그러게 볼을 잘 봤어야지."

수영이 그녀를 흘깃 보면서 말했다.

"우리 첫 홀이니까 그냥 넘어가고 일파만파하지."

한 사장이 웃으면서 말했다. 첫 홀은 무사히 넘어갔지만 그녀는 걱정이 되었다. 매번 볼을 잘 보려고 노력했지만 볼은 그녀를 도와주지 않았다. 볼을 찾으러 뛰어다니기를 수십 번, 한 사람 볼 신경 쓰면 나머지 사람들의 볼을 놓치기 일쑤였다. 스코어도 마찬가지였다.

나인 홀이 끝나고 광장에서 수영이 스코어를 확인했다.

"언니, 나 전반에 몇 개 쳤어? 아니다. 스코어 카드 좀 줘."

"네, 여기에 있습니다."

"어머 언니. 나 전 홀에서 파 했어."

수영이 스코어카드를 보며 기분 나쁘다는 듯 말했다.

"네?"

"여기 봐봐. 8번 홀에 1로 적혀 있잖아."

"아 네, 고쳐드리겠습니다. 죄송합니다."

지아가 말을 하자 이 사장이 고개를 갸우뚱거리며 말했다.

"나도 파 다섯 개는 한 것 같은데 몇 개 없네."

이어 박 사장도 스코어 카드를 보고 한숨을 쉬었다. 그녀는 스코어 카드를 보며 복기해 봐도 자신이 계산한 스코어가 맞는 것 같았다. 아무리 생각해도 보기가 맞는데 왜 파라고 우기는지 몰랐다. 티샷하고 나서 세컨드 샷이 잘못 맞아서 우드를 두 번 치고 벙커에서 한 번 치고 퍼터를 한 번 쳐서 홀컵에 가까이 붙여서 오케이 받았으니까 포 온에 투 퍼터 롱홀이니까 보기가 맞았다. 자신이 자꾸 실수하니까 말을 못 믿는 거라고 생각했다.

지아는 다음 나인 홀을 어떻게 서브해야 할지 기도를 했다.

'제발 볼이 잘 보이게 해주세요.'

*

〈지아야, 오늘 술 한잔 할까?〉

태환에게 문자가 온 것은 일을 마치고 식당에서 밥을 먹고 있을 때였다.

〈무슨 일 있어? 나 밥 먹고 있는데.〉

〈그럼 됐어.〉

〈아니야, 술만 먹지 뭐 어디에서 볼까?〉

〈나 지금 배토하고 있으니까 마치고 같이 시내로 가자.〉

지아는 태환의 차를 타고 음식점에 갔다. 자가용이 자갈을
오도독 오도독 씹으며 주차장으로 들어갔다.

"언니랑 같이 올 걸 그랬나봐."

"누나 오늘 일이 있어서 조퇴했대."

"그래? 나는 몰랐는데 이따 전화해야겠다."

그녀는 자리에 앉으면서 말했다.

"너는 어떻게 마실래? 소맥? 소주만?"

"나는 오늘 맥주만 마실래. 내일 아침에 일찍 일어나야 돼."

"나도 내일 아침이야. 까짓것 어떻게 되겠어?"

그는 소주와 맥주를 적당하게 따른 다음 젓가락으로 휘 저
었다. 맥주잔에서 회오리가 일어나다가 잔잔해졌다.

"자, 건배하고 마셔야지?"

짠하고 컵이 서로 부딪치는 소리가 경쾌하게 났다. 둘은 한
잔을 단숨에 마셨다.

"오호, 그래 한 잔 더!"

그는 술을 따랐고, 그녀는 지글지글 익어가는 고기를 뒤집
었다. 술이 순식간에 그들의 입속으로 들어갔다. 그는 마치
전쟁터에 나가는 전사처럼 음식을 섭취했다.

"오빠, 천천히 먹어. 그렇게 빨리 먹으면 금방 취해."

"오늘은 술 좀 마셔야 돼."

"그렇게 힘들었어? 나도 오늘 그지 같은 사람들 때문에 혼났어. 얼마나 볼을 아끼시는지. 아이고, 볼도 똥 볼이야 똥 볼. 정말 내가 한 박스 사주고 싶더라니까."

그녀는 인상을 구기면서 말했다.

"아휴, 진짜 거지같아. 상거지들."

"근데 오빠는 무슨 일인데 그렇게 화가 잔뜩 났어? 오빠 화 내는 것 처음 보는 것 같아."

"오늘 고객한테 쌍욕 들었잖아."

"그 사람들이 뭔데 오빠한테 욕을 해. 어디에서 어떻게 그랬는데?"

"7번 홀에서 그랬어. 세컨드에서 친 볼이 오비가 났는데 살아있는 줄 알고 그냥 왔더니 난리가 난거야. 다시 세컨드로 가서 치고 나는 그 놈 쫓아 다니면서 얼마나 뛰었는지 몰라. 근데 우리 하는 일이 그렇잖아 아직 초보라서 많이 뛰어야 하는 것은 참을 수 있어. 그리고 그때까지만 해도 괜찮았어. 문제는 후반이었어. 전반 7번 홀 같은 상황이 와서 혹시 몰라서 볼을 하나 쳤어. 근데 그것이 나가 버린 거야."

그는 답답한지 말을 잠시 멈췄다. 그녀는 말없이 술잔을 채웠다.

"카, 쓰다. 미들홀이라서 타수를 포기하고 갔는데 다행히 첫 번째 볼은 살아있었고 두 번째 볼이 나갔어. 그랬더니 괜히 하나 더 쳐서 볼 잃어버렸다고 난리를 치는데… 아휴, 씨."

"뭐라고 했는데?"

"그 새끼가 글쎄 '야 새꺄, 너 내 볼 찾아와. 괜히 너 때문에 하나 더 쳐서 잃어버렸으니까 니가 찾아와' 이렇게 말하는데 순간 확 돌 뻔했어. 그러면서 내 어깨를 손가락으로 툭툭 치면서 누르더라니까."

그는 낮은 톤으로 고객의 말을 흉내 냈다.

"와, 너무하는 것 아니야? 그래서 어떻게 됐어?"

"근데 볼이 있어야 말이지. 그런 뒤에 울타리까지 내려가서 찾는데 아무리 찾아도 없더라고."

"거기 낭떠러진데 밑에까지 간 거야? 나도 지난번에 거기로 볼이 나가서 가봤는데 완전 가파른 절벽이던데 거기까지 가게 내버려뒀단 말이야?"

"그 볼이 도대체 뭐라고 미친 새끼. 야 좆같다, 정말."

그가 무의식중에 욕을 하자 눈치를 보며 그녀를 쳐다봤다.

"미안, 나도 모르게 욕이 나왔네."

"아니야 괜찮아 실컷 욕해. 나도 으, ×× 욕하고 싶다."

"결국 홀 아웃 하고 다음 홀을 갔는데 그렇지 않아도 스코어 잘 못 세는데 그 상황을 겪었으니 완전 정신이 나갔지 뭐. 정신을 차리고 스코어 세서 써놓으려고 안 쓴 건데 아니 정확히 말하면 못쓰고 있었는데 그 새끼가 그것 가지고 또 시비를 걸잖아."

"아휴 진짜. 가지가지로 사람 괴롭히네. 스코어 나도 헷갈려서 늦게 쓰거나 좋은 고객님들 만나면 물어보면서 쓰는데."

"그 새끼가 그러더라고. '야, 너 스코어 모르지? 흥' 라고 말하면서 지가 가서 다 적었어. 그러면서 그 전 스코어를 확인하더라. 그러고는 내 얼굴을 보더니 실실 비웃었어. 그 모습을 보고 있으니까 내 자신이 정말 비참해졌어. 그러다 그 새끼가 '어이가 없네.'라고 말하면서 스코어카드를 나한테 던졌어. 얼굴에 스치듯이 맞았는데 그 순간 진짜 울컥하면서 마음 같아선 패죽이고 싶었어."

그는 절망스럽게 고개를 숙이며 말했다.

"많이 힘들었겠다. 잘 참았어. 그런 인간 같지도 않는 사람과 싸울 필요가 없어."

그녀는 어떻게 위로할지 몰라 태환의 손을 쓰다듬어줬다. 순간 그의 눈동자가 붉어지고 막 울 것처럼 보였다. 그녀는 손을 놓을 수가 없었다.

"오빠, 많이 속상하겠지만 그만 술 마시고 잊어버리자. 그렇다고 해서 그 놈 찾아가 따질 수도 없고 그만 둘 수도 없고."

"그깟 때려치우는 것이 뭐가 힘들다고 그러냐?"

"오빠, 아직 안 돼. 우린 아직 몇 달 안 돼서 어디가도 경력으로 쳐주지도 않아. 그러면 교육도 다시 받아야 되잖아."

"나는 다른 곳에 가고 싶지 않아. 나도 사회생활 할 만큼 했는데 여기는 진짜 거지같다."

"그래, 오빠. 그렇게 욕하고 흉보면서 술도 한잔 마시면서 스트레스 푸는 거야."

그녀는 그의 마음을 충분히 이해할 수가 있었다. 손님이 욕을 하건 삿대질을 하건 캐디는 을의 입장이어서 아무 말도 할 수가 없다. 정 따지고 싶으면 실컷 욕해주고 그만 두면 되는 것이다. 그러나 어느 골프장을 가도 이런 손님이 없으리라는 법이 없어서 마음의 상처는 받을 대로 받고 참으면서 일을 할 수밖에 없다는 생각을 했다.

"지아야, 너는 이 일 괜찮니?"

"이왕 시작한 일 나는 참고 배우면서 하려고 해. 내가 지금 속상하다고 해서 어떻게 할 입장이 못돼."

"그래도 이 일은 결코 오래할 일이 못돼. 잘못하면 몸보다 마음이 더 크게 다칠 수 있으니까."

"나도 오늘 오빠만큼은 아니지만 힘든 손님 많이 나갔어. 오빠 말 들으니까 내일은 또 어떤 손님을 만날까 생각하니까 벌써 두려워져."

그녀는 깊은 한숨을 쉬며 말했다. 내일 일찍 일어나야 해서 술을 많이 마시지 않으려고 했으나 그를 위로하기 위해서는 보조를 맞춰야 했다. 술기운이 오르자 그가 노래방을 가자고 조르는 바람에 어쩔 수 없이 갔다. 그녀는 어쨌든 그만 두는 것은 막고 싶었기 때문이다. 그녀는 원래 잘 노는 스타일이 아니고 노래도 못 불러서 주로 그가 부르는 노래를 듣고 있었다.

푹신한 소파에 앉아 있어서 그런지 슬슬 졸음이 오기 시작했다. 잠깐 졸다 깨어났는데 음악만 켜져 있고 그도 피곤했는지 그녀의 어깨에 기대어 자고 있었다. 구부리고 자는 모습이 안쓰러워 한참 쳐다보다 머리카락을 쓰다듬었다. 부드러운 손길에 그가 잠에서 깨어났다. 순간 음악이 멈추고 잠시 어색한 정적이 흘렀다. 그녀가 가자고 말하며 일어나자 그가 거칠게 손을 잡아당겼다. 그녀의 입술이 그의 입술과 부딪치면서 다시 음악이 켜졌다. 알록달록 돌아가는 천정의 빛 사이로 거친 숨소리가 들렸다. 그의 키스는 그녀를 움직일 수 없게 만들었다. 온몸이 감전 사고를 당한 듯 찌릿하다는 것을 느꼈다. 한참을 그에게 취하고 있는데 차가운 손이 그녀의 속옷 속으로 파고들었다. 깜짝 놀라 재빨리 몸을 일으켰다. 그는 갑작스럽게 일어난 그녀를 보고 당황해하며 가만히 있었다. 그러다 말없이 밖으로 나가자 그가 뒤따라 나오면서 말했다.

"데려다 줄게."

그는 차에 시동을 걸며 그녀가 타기를 기다렸다. 그녀는 못 이기는 척 차에 올라탔다. 차가 기숙사 앞에 멈추고 내리려고 할 때 그가 말했다.

"미안해. 그럴 뜻이 없었어."

그녀는 기분 나쁜 말이라도 들은 사람처럼 뚫어지게 쳐다봤다. 그러다 아무 말이 없이 내렸다. 그의 차는 강한 엔진소리를 내며 거칠게 달아났다. 숙소를 향해 걸어가는 그녀의

3부. 고난의 시간　125

발걸음은 느리고 무거웠다.

새벽이 되자 알람소리와 함께 자동으로 몸을 일으켰다. 속이 메슥거리는 것을 참고 화장실에서 세수를 하고 양치를 하고 선크림과 파운데이션을 대충 발랐다. 화장을 하면서 그가 걱정되어 문자를 할까 고민하다가 그냥 내버려뒀다. 현관대기를 하고 백 대기를 하고 있는데도 그는 출근을 하지 않았다. 백을 싣고 첫 홀로 이동하기 전까지도 보이지 않았다. 전화를 걸기에는 이미 늦어버려서 고객을 모시고 홀로 이동했다.

지아는 숙취에 힘겹게 일을 마치고 나서 같이 일을 마친 선배들과 배토를 갔다. 고객들이 티샷을 마치고 걸어올 때 홀을 가로질러 다른 홀로 가서 배토를 했다. 배토 가방에 모래를 담고 뒤에서 플레이를 하고 있는 사람들을 조심하면서 배토를 했다. 한 번 모래를 뿌리고 나니 다음 팀이 샷을 하려고 기다리고 있어서 지아와 선배 캐디들은 잠시 모래 통 뒤에 쭈그리고 앉아서 플레이어들이 지나가기를 기다렸다.

"애들아, 오늘 태환이가 그만 뒀다는 얘기 들었니?"

"왜? 무슨 일로?"

"정확히 말하면 오늘 1부 근무인데 쨌어."

"왜 그랬대? 애는 참 착하던데 아깝다."

"착한데 왜 말도 없이 안 나오는 거야? 착하긴 뭐가 착해. 흥, 컴플레인도 많이 들어왔었나 봐."

"신입이니까 어쩔 수 없지. 그리고 손님들이 남자 캐디 별로 안 좋아하고 막 부려먹잖아."

"아무래도 지들도 남잔데 이왕이면 여자 캐디를 바라지 뭐."

"아휴, 저 사람들은 볼을 치는 거니? 자치기를 하는 거니? 애써 모래 채워놨는데 또 지랄하게 파는 건 뭐야."

나이 많은 선배가 한심하다는 듯 사람들을 보면서 말했다.

"내버려둬 언니. 쟤들도 초보인가 보지 뭐."

"그나저나 마스터는 열받아가고 괜히 우리한테 신경질이나 부리고… 그만 두더라도 민폐는 주지 말아야할 것 아니야."

다른 선배가 지아를 보면서 다른 동료의 팔을 쿡쿡 찔렀다. 같은 동기라고 말조심을 시키려고 했지만 이미 마음이 상했다. 그렇지만 못들은 척 사람들이 지나가기만을 기다렸다. 사람들이 지나가자 다시 모래를 담고 배토를 시작했다.

"아휴, 얼마나 돈 준다고 저렇게 부려먹니?"

선배는 일하고 있는 동료가 뛰는 모습을 보고 안쓰러워하면서 말했다. 라운드 중인 동료가 볼을 찾으러 모래 통 근처로 왔을 때 선배가 말했다.

"너보고 볼 찾아 오래? 볼 나갔어. 그냥 가."

"어, 언니. 나 미치겠어. 왜 볼들이 하나같이 가운데로 가질 않는 거야. 그리고 왜 그렇게 볼 집착을 하는지 모르겠어."

라운드를 돌고 있는 동료가 얼굴을 구기면서 작게 말했다.

"내가 볼 굴리고 다니는 거 볼 때부터 알아봤잖아."

지아는 불퉁거리는 동료에게 눈인사를 하고 가는 동료가 힘들어 보였다. 자신도 저렇게 일을 하고 있다는 생각을 하니까 갑자기 마음이 좋지 않았다.

"언니, 언니는 모래 푸기 힘드니까 가서 그린 보수해. 여기는 우리 둘이 해도 돼."

다른 선배가 나이 많은 선배를 그린으로 보내고 그녀에게 다가왔다.

"너는 태환이가 왜 그만 둔지 알지?"

"힘들었겠죠 뭐. 그리고 어제는 더 힘들었나 봐요."

"그래도. 남자가 이 정도도 못 버텨? 나는 나이가 좀 있기에 괜찮을 줄 알았더니 나이하고는 상관없나 보내."

그녀는 선배가 무엇을 물어보려는지 알고 있었다. 어제 자신과 나가는 것을 봤기 때문에 뭔가 아는지 물어보려고 한 것이었다. 자신이 어떤 말을 하든지 그 말이 이스트로 반죽한 밀가루처럼 엄청나게 부풀려져서 소문이 날 게 틀림없다고 생각했다.

"남자 캐디 구하는데 별로 없는데 좀 참지."

선배가 혀를 차면서 말하자 순간 어제 다른 곳에 가고 싶지 않다는 그의 한 말이 생각났다.

'나는 다른 곳에 가고 싶지 않아.'

그가 다른 곳에 가지 않고 아예 일을 안 한다면 어떤 일을 할까 생각을 했다. 자신은 이 일 말고는 다른 할 일이 없는데 다른 사람들은 능력이 많아서 좋겠다는 생각이 들었다.

"선배는 카트 타는 곳에 있어봤어요?"

"나도 너처럼 여기가 처음이야. 잘 모르지만 어디나 비슷

하지 않을까? 그리고 나는 집이 이 근처라 다른 곳은 관심
없어."

"아, 네."

"카트 타면 편하겠지. 근데 여기는 카트로 바꿀 일이 없을
것 같아. 그러니 그냥 포기하고 다녀야지."

"전 다리가 너무 아파서 죽겠어요."

"모든 익숙해지면 괜찮은 거야."

선배는 무덤덤하게 말을 하고 배토 통에 모래를 가득 담았
다. 그녀는 모래를 담으면서 선배의 말대로 익숙해지면 괜찮
겠지, 라고 생각했다.

숙소로 걸어오는 길에 그에게 전화를 걸었지만 받지 않아
서 문자 메시지를 남겼다.

〈오빠, 시간될 때 연락해.〉

지아는 어제 일이 문득 생각나 손으로 자신의 입술을 만졌
다. 술을 그렇게 많이 마셨건만 왜 키스할 때는 술 냄새가 하
나도 안 났을까, 라는 생각을 했다.

지아의 일기

J 안녕!

첫 동반을 한지 얼마 안 된 것 같은데 벌써 혼자 일하면서 돈을 벌고 있어.

나 기특하지? 칭찬 좀 해주라. 동반 때 힘든 것 생각하면 지금도 아프다 아파. 어차피 깨질 거면 돈이라도 벌면서 깨지는 것이 나으니까. 지금 내가 일을 잘하고 있다고 생각하진 않아. 그저 혼나지 않고 라운드를 마치려고 노력을 하는 거지. 이 일은 많이 할수록 늘어. 그래서 일의 양에 따라 능숙함이 달라져. 이제 겨우 일하기 시작했는데 당연히 어리숙하고 답답하겠지.

근데 그때 동반 선배가 애교도 없고 센스도 없다는 말에 충격 먹었어. 센스 없는 것은 알겠는데 애교가 있어야만 하는 일이라면 나는 이 일을 선택하지 않았어. 왜냐고? 이 일은 애교로 돈을 버는 일이 아니기 때문이야. 선배의 말에 화를 내지 못한 내 자신이 한심스러워. 선배는 확실히 센스도 있고 애교도 있어. 특히 돈 좀 나올 것 같은 손님 앞에서는 눈웃음은 기본이고 혀를 비비 꼬면서 말을 한다니까.

영혜가 팁이 많이 나온다는 것도 순전히 애교라고 믿어버리는 생각도 잘못됐다고 생각하는데 수정 언니한테 그런 말을 할 수가 없었어. 누구든 가치관은 제각각이니까. 아무튼 무슨 일이든 시작이 있으면 끝이 있는 법, 지긋한 동반이 끝났지.

그런데 늘 욕먹고 깨지는 지옥 같은 동반이 끝나서 날아갈 것 같았는데 복병이 있을 줄이야.

투 캐디 시스템이 그거야. 일이 익숙할 때까지 두 명이 한 조가 되어 일을 하는 건데 이건 정말 말도 안 돼. 내가 동반자를 선택할 수 있는 것도 아닌데, 그렇지 않아도 적은 캐디 피에 속상한데, 그것을 반으로 나눠야 하니 이 시스템은 잘못됐다고 생각해.

한편으로 생각하면 처음부터 네 명을 서브하기 힘드니까 우리를 배려하는 것이라고 생각할 수 있어. 그래도 마음에 들지 않아. 민지 같은 애와 같이 일을 나간 것은 최악인 것 같아. 다행도 걔도 나한테 질려서 먼저 두 손 다 들었지만. 근데 민지는 너무 이기적이야. 어쩌면 그렇게 자신밖에 모르는지 모르겠어. 못한다고 무시하고 잘난 척하고 아무튼 내 속이 말이 아니었어. 다행스러운 것은 민지 대신 태환 오빠와 같이 일을 한 거였어.

J!

내가 너에게 많은 말은 못하지만 정말 힘든 시간을 보냈어. 지금은 번호를 받아서 돈으로라도 위안을 받지만 교육 때는 아무런 대가도 없이 혼나고 깨졌으니까.

이제 됐어. 이제 정말 열심히 해서 돈만 버는 거야. 우리 같이 파이팅이다!

그리고 과음을 한 덕택에 몽롱한 이틀을 보내고 겨우 정신을 차렸어.

그는 정말 친절하고 착한 사람이었어. 노래방에서 키스를 허락할 만큼 나한테 믿음이 있었어. 사실 키스하면서도 그 이상 갈 거라는 생각을 하지 않았어. 그래서 자연스럽게 키스를 할 수 있었어. 그의 키스는 달콤했지만 사랑이 아니었으니까 그것뿐이라고 생각했어. 근데 그가 갑자기 내 몸 다른 곳을 더듬어서 깜짝 놀랐어. 다행이 그도 내 뜻을 알고 집요하게 굴지 않았어. 그런데 떠났다는 것이 실감이 나지 않아. 무슨 말이라도 듣고 싶은데 연락도 안 되고 있어. 연락이 오길 바라.

J!

너는 이런 내 마음을 이해할 수 있겠니? 어떻게 사랑 없이 키스를 할 수 있다고 말하니?

섹스보다 키스에 감정이 더 많이 있다고 생각하는데 어떻게 사랑이 아니라고 단언하니?

키스를 허락하는 순간 모든 것을 다 줬다고 해도 과언이 아닐 텐데…

오빠는 어떤 생각으로 내 입술을 가져간 것일까. 묻고 싶고 또 묻고 싶지만 연락이 안 돼.

내가 오빠에 대해 아는 것은 이름과 나이 전화번호 밖에 없어.

온갖 물음표들이 내 머릿속을 맴돌고 아무것도 할 수 없어.

내 입술을 만져보니 며칠 전과는 달라졌어.

많이 달라졌어. 조금 어른이 되었다는 것.

*

태환에게는 아무런 연락이 없었다. 지아는 일을 시작하면 잠시 동안 모든 것을 잊기로 했다. 집중하지 않으면 언제 어떻게 불똥이 튈지 모르는 일이 생기기 때문이다. 신입 티가 벗겨질 때까지 열심히 하기로 결심을 했다. 이제 그녀의 머릿속에서 태환의 생각이 서서히 사라져가고 있었다.

"요즘에 마스터 왜 그래?"

"나야 모르지. 나이가 먹을수록 더 진상이네."

"현관 대기 때 와가지곤 똑바로 안 서 있다고 화내지 않나. 광장에서 대기할 때 똑바로 안 서 있다고 잔소리 하지 않나. 갈수록 심해지고 있어."

"노처녀 히스테리 부리는 것도 아니고."

"마스터님 결혼 안 했대?"

"안 했겠어? 못 했겠지. 저 또라이를 누가 데려가."

"지아야, 너도 그렇게 생각하지?"

그녀는 사람들이 많이 있을 때는 누가 험담을 하든지 신경을 쓰지 않았다. 말 한번 잘못하면 선배들 귀에 들어가서 눈총 받기도 하지만 천성이 나서서 말하는 성격이 아니다. 오늘도 역시 대답은 간단했다.

"그렇지 뭐."

대답을 하자마자 갑자기 조장이 들어왔다.

"내일 일 끝나고 점호 할 거야. 사람이 많으니까 1조부터 준비해."

그녀와 동기들은 수다를 떨다가 놀라서 입을 다물었다. 점호한다는 것도 그렇지만 방금 전에 자신들이 한 말을 들었을까 걱정을 했다.

"우리 얘기 안 들었겠지?"

"들었으면 가만히 있었겠어?"

다음날, 피곤한 일과를 마치고 한 조가 모두 모여 점호를 했다. 그녀는 처음에 점호라는 말을 듣고 언젠가 티브이에서 군인들이 일과를 마치고 나서 인원수를 점검하는 것을 점호라고 했던 것 같아서 그런 줄만 알았다. 그런데 웬걸 점호는 회의도 아니고 아무것도 아닌 그냥 시어머니 같은 잔소리였다.

"다 모였어?"

"한 명만 들어오면 됩니다."

"그래 그럼 빨리 시작하자."

점호를 시작하기 전에 조장이 일어나 구령을 하며 마스터에게 인사를 했다. 캐디들은 힘이 없는 목소리로 인사를 했다.

"일 마치고 나서 점호하는 게 싫겠지만 나도 마찬가지야. 나도 늦게까지 남아서 이게 뭐가 좋다고 하겠어? 안 그래 조장?"

마스터는 마치 자신의 바쁜 시간을 쪼개서 교육이라도 하는 것처럼 말했다.

"너희들 일 하는 것 보면 답답해 미치겠어. 어쩜 그렇게 일들을 못 하는지 모르겠어. 미들 홀에서 드라이버 치면 클럽 주고, 세컨드 가서 치면 어프로치 주고, 그린 가서 볼 닦고 라이 보면 되잖아. 숏 홀은 완전히 거저먹기야. 티샷하고 나면 바로 어프로치나 퍼터 주면 끝! 롱홀이 좀 길지만 이것은 18홀 중 4홀밖에 안 되는데 도대체 뭐가 힘들어? 세상 쉬운 일인데 말이야. 아니, 고객이 볼을 치면 미리 거리 불러주고 클럽 주면서 선 서브하면 늦을 수가 없는데 도대체 왜 늦는 거야? 다들 이것밖에 못하겠어? 진행 이따위로 할 거야 진짜! 너희들도 앞 팀 늦으면 기다리기 지루하다고 짜증내지? 근데 너희들을 기다리는 뒤 팀은 어떻겠어?"

대기실 안은 무거운 침묵이 흐르고 마스터의 말에 모두들 아무 말도 못하고 고개를 숙이고 있었다.

"신입들은 그렇다 치고 경력 좀 됐다는 애들도 어쩜 그렇게 선 서브를 안 할 수가 있어? 뒤 팀이 기다리는 것 안 보여? 꾸무럭꾸무럭 고객이랑 시시덕거리면서 클럽은 갖다 줄 생각도 안하고 말이지. 내가 9번 홀에서 보니까 엉망이야 엉망. 9번 홀에서 빨리 빠져줘야 니들도 쉬고 고객들도 좀 쉴 수 있잖아. 앞으로 진행 그렇게 말아먹는 사람들 벌당 줄 거니까 그렇게 알고 있어. 신입도 마찬가지야. 나인 홀 끝나고 시간 체크 하는 거 깜박 하지 말고 알았어?"

마스터의 엄포에 모두 기어들어가는 목소리로 대답했다.

"다음은 배토 얘긴데 배토는 캐디들이 의무적으로 해야 할 일이야. 너희 고객들이 파놓은 것을 너희들이 메꿔야지 누가 메꾸겠니? 꼼꼼하게 빈 곳 없이 채워서 발로 평평하게 해. 귀찮다고 대충 뿌려서 무덤 만들어 놓지 말고. 선배들은 새로 온 신입에게 그린 보수하는 것 좀 꼼꼼히 가르쳐줘. 패인 곳이 많아서 고객이 어디 퍼팅 하겠니? 너희들이 고객의 입장이 되어서 생각해 봐. 안 그래? 장정수?"

"네? 저는 잘하고 있습니다, 마스터님."

"아이쿠, 그래 잘 한다 잘해. 그렇게 잘 하면 신입들 좀 가르쳐줘 봐. 그리고 배토할 때 볼 날아오는 것 잘 보고 해야지. 고객님들이 너희들 피하면서 볼을 쳐야 하니? 우리 골프장은 카트가 없어서 많이 힘들어. 그래서 너희들에게 부담을 주는 것을 최대한 덜 하려고 해.

새로 오신 부장님도 캐디들 좀 편하게 하려고 얼마나 신경 쓰시는 줄 아니? 다른 데는 당번도 있는데 우리는 당번이 따로 없잖아. 우리나라 골프장 중 당번 없이 일하는 곳이 몇 군데 안 돼. 그러니까 제발 배토라도 열심히 해라. 그리고 배토 갈 때 쓰레기도 좀 주워. 뻔히 보이는 쓰레기도 당당하게 지나치는 것은 무슨 심보니? 여기는 너희가 일하는 곳이야.

좀, 애사심을 갖고 일해 봐."

"네."

사람들이 기죽은 목소리로 대답했다.

"다음은 컴플레인이야. 누군지 내가 밝힐 수는 없지만 나이는 먹을 대로 먹어가지고 고객 볼 하나도 못 보고 굿 샷 한 번 안 외치고 스코어도 못 세니 도대체 나이는 어디로 먹었는지 모르겠어. 그 나이 되면 센스가 좀 있어야 되는 것 아니야? 얼마나 답답하고 한심했으면 고객이 나한테 와서 하소연을 하겠니? 그리고 신입들!"

신입들은 깜짝 놀라 서로를 쳐다보면서 마스터의 눈치를 살폈다.

"좀 뛰지 그래? 그렇게 안 뛰면 언제 클럽 갖다 주고 언제 볼 찾을 건데? 티샷하고 나면 바로 클럽 줘야지 안 주고 언제까지 멍 때리고 있을 거야!"

지아는 마치 자신에게 퍼붓는 것 같아서 마음이 불편했다. 많은 사람들 앞에서 자신의 이름이라도 부른다면 큰일이라는 생각을 했다.

"아휴, 내가 답답해서 못살아. 일을 못하면 빨리 빨리 뛰어다니기라도 해야지. 그렇게 굼벵이처럼 느려 터져서야 원."

마스터는 그가 누구인지 알 수 있게 한 신입을 쳐다보면서 말했다. 신입의 고개는 점점 밑으로 내려갔다. 그녀는 자신이 당하는 것처럼 속상했다.

"다음은 숏 홀 사인 주는 얘긴데, 숏 홀은 2팀 밀려 있으면 재량껏 사인 주라고 말했는데, 팀이 3팀이 대기하는데도 사인도 안 주고 지들끼리 모여서 깔깔거리고 수다를 떨지 않나. 클럽 통에 클럽이 쌓여 있는데도 정리도 안하고 있지 않나. 아주 가관이더라. 누구하나 싸인 주자고 하는 사람이 없어. 안 그래 장정수?"

"마스터님. 그건 고객들이 싫어해서 그랬어요."

"그래도 안 된다고 말하고 줬어야지. 고객들에게 질질 끌려 다니기나 하고 뭐하는 거니?"

"네, 앞으로는 싸인 꼭 주겠습니다!"

"너희들도 마찬가지야. 숏 홀이나 광장에 모여서 수다 떠는 것은 물론이고 심지어 다리도 떨던 사람이 있던데 고객들이 보면 우리를 얼마나 무시하겠니? 싸인 주면서 서로 볼도 봐주고 대기도 풀고 신입들이 멍청하게 서 있으면 좀 알려주고 좀!"

"네."

캐디들 모두 작은 목소리로 대답을 했다.

"좀 크게 대답해. 알겠니?"

"네!"

"나도 맨날 똑같은 얘기 싫어. 너희들은 들으니까 기분 좋지? 제발 이런 점호 좀 안 하게 나 좀 도와주라."

마스터는 목이 타는지 물을 한 모금 마신 후 말했다

"다음은 엊그제 그만 둔 신입 얘기인데 술 마시고 째지를 않나. 내가 모를 줄 알았지? 그렇게 술 처먹으니까 일도 못

하고 고객들한테 맨날 깨지지. 아휴, 나이는 먹어가지고 뭐 하는 짓인지 몰라."

그 말을 들은 지아는 양심에 찔리면서 한편으로는 기분이 나빴다.

"술 좀 작작 마시고 돈이나 좀 벌어. 손님들이 니들 술 마신지 모를 줄 알아? 술 냄새 풀풀 풍기면서 손님들 앞에 있으니까 그렇게 좋아? 니들도 손님들한테 노인 냄새, 땀 냄새, 담배 냄새, 술 냄새 나면 냄새 난다고 징징거리면서 손님들한테 술 냄새 풍기며 일하고 싶니? 입장을 바꿔 놓고 생각을 해봐.

내가 어제는 어이없는 얘기를 들었는데 내가 이 근처 골프장 마스터들하고 다 알고 지내는데 말이지. 어디 경력을 속여 입사를 해? 그것도 아직 몇 개월 되지 않은 신입 주제에 1년이 넘었다고 경력자로 들어가? 어휴, 참 나 기가 막혀서… 속인다고 들통 안 날 줄 알지? 어디 그따위로 일하면서 회사를 속이고 손님을 속이려고 해?"

마스터가 말하자 사람들이 웅성웅성했다. 다른 동기가 지아를 비웃으며 쳐다봤다.

"조용히 해! 걔는 이 근방 골프장에 다시는 못 들어가. 경력을 속이는 것처럼 비열한 짓은 없어. 너희들도 행여 그렇게 해서 들어간다면 아마 금방 들통날거야. 여태 가르쳐준 것을 고맙다고 하지 못할망정 이건 좀 너무하는 것 아니야. 그리고 열심히 가르쳐 주면 뭐하냐고 배우면 나갈 텐데. 너희 선배들은 어디 돈 받고 너희들을 가르쳐 주는 줄 알아? 너희들도 선배 입장이 되어 신입을 데리고 나갔다고 쳐 봐. 그게 얼마나 걸리적거리고 힘든 일인 줄 아니. 일일이 목 아파 가면서 가르쳐 줬더니 배신을 해?"

마스터는 침을 튀기면서 말했다. 점호는 1시간이 넘도록 이어졌고 캐디들의 얼굴은 점점 초췌해져 갔다.

지아는 기숙사 대기실에서 수정을 만났다.

"언니, 오늘 점호했어. 마스터 잔소리가 대단했어. 지난번에는 금방 끝났는데 오늘은 사고 친 사람들 때문에 열 내고 화내고 장난 아니었이. 근데 거짓말 했다는 애가 혹시 민지야?"

"맞아. 네 전 룸메이트 허민지야. 걔 그렇게 여우짓을 하고 다니더니 아이고 고소하다 고소해."

"역시 민지였구나. 잘난 척 그렇게 많이 하더니만 이제 갈 데 없어서 어떡하나 흥!"

"내버려 둬. 지 인생 지가 살지. 차도 아빠가 사줬다며? 중고긴 한데 그것 가지고 얼마나 빼기든지 왜 그런 것 있잖아. 너희는 그럴 능력 없지? 너희는 차 사주는 아빠 없지? 이렇게 비꼬는 것처럼 그러고 다녔다니깐. 내가 얼마나 꼴 보기 싫던지 그만 둔다고 했을 때 속이다 시원하더라. 그런데 그 잘난 애가 제대로 한방 먹으니까 더 좋네."

수정은 시원하게 웃으면서 말했다.

"언니, 나 걔하고 투 백 했을 때 정말 미치는 줄 알았다니깐. 어쩜 그렇게 저밖에 모르는지."

"이제 서로 볼일 없으니까 잊어버려."

"잊고 있었는데 오늘 얘기가 나오는 바람에 또 생각났어. 근데 언니…"

"무슨 일 있니?"

"나, 여기… 아니야. 다음에 말할게."

"뭔데? 그러니까 더 궁금하잖아."

"그냥 좀 여러 가지 생각이 드네."

그녀는 수정에게 그만 두고 싶다는 말을 하려다 말았다. 그러나 촉이 좋은 수정은 그런 마음을 금방 알아챘다.

"혹시 그만두려는 건 아니지?"

그녀가 대답을 하지 못하자 박수를 치면서 다시 말했다.

"맞구나! 그래 맞아, 너처럼 어린애들은 여기에 오래 버틸 수가 없지. 나처럼 나이가 먹었거나 아니면 이 근처가 집이거나 또 아님 3조의 어떤 선배처럼 남자 친구가 여기 있으면 다닐 수 있는 명분이 생기지. 넌 어느 것에도 해당 안 되니까 마음이 흔들릴 수밖에 없지."

"언니, 근데 1년을 기다리기에는 돈도 너무 적고 다리도 너무 아파. 엄지발가락도 빠져서 이제 새로 나고 있는데 다시 빠질까 걱정돼."

"그래? 어디? 발가락 많이 아팠겠네."

왼쪽 엄지발톱이 빠져서 울퉁불퉁하게 새 발톱이 조금 자라고 있었다.

"이것 봐봐. 아픈 것보다 기분이 울적해. 얼마나 벌겠다고 발톱이 뽑히면서까지 일을 할까 그런 비관적인 생각이 들곤 해. 그러다가도 열심히 해야겠다고 마음을 다잡지만, 여기서는 아니라고 생각해. 혹시 나도 경력 조금 속이고 들어갔다가 들키면 잘리겠지?"

"골프장은 이 근처만 아니면 되지 않을까. 좀 멀리가면 괜찮겠지 뭐."

"그럴까? 아무튼 이번 점호를 하고 나서 꼭 그만둬야겠다는 생각을 하게 됐어. 그리고 마스터가 하는 말투와 반말에 질려버렸어."

"나도 지난 번 다른 곳에서 온 나이 많은 언니한테 들었는데 여기처럼 이렇게 무식하게 말하는 사람도 없데."

"그렇겠지? 난 마스터가 너, 너 하는 소리가 너무 듣기 싫어."

"그건 나도 그래. 지보다 나이 많은 언니도 많은데 막 무시하고 내일은 우리 존데 어떻게 하냐. 벌써부터 귀가 아픈 것 같아."

"힘들다 힘들어. 고객들 서브도 안 되지 마스터는 잔소리 하지 선배들한테 눈치 보이지."

지아와 수정은 땅이 꺼져라 한숨을 쉬었다.

*

추웠던 겨울이 지나고 골프장에도 봄이 시작되고 있다. 골프장 입구에서부터 현관까지 영산홍이 붉은 입술을 내밀어 당장이라도 방긋 웃음을 터뜨릴 것만 같은 날이다. 지아는 여전히 방을 혼자 쓰고 수정과 친하게 지내고 있다. 일하고 티브이 보고 또 일하고 일기도 조금씩 쓰면서 반복된 일상을 보내고 있다. 겨울에 집에 다녀온 것 외에는 외출도 안하고 기숙사에 틀어박혀서 지냈다. 차가 없어서 귀찮은 것도 있지만 나가서 할 일도 없기 때문이다. 날이 갈수록 햇살은 광장에 머무르는 날이 많았고 사람들의 마음을 설레게 했다. 겨울이 지나면서 작년에 있었던 캐디들이 조금씩 빠져나가고 새로운 사람들이 들어왔다.

"얘들아, 오늘 스트레칭 좀 하자. 모두 나오라고 해."

마스터는 광장으로 나갔다 들어오면서 캐디들을 불렀다. 일할 준비를 마치고 대기하고 있던 사람들과 이제 출근하는 사람들까지 모두 밖으로 나왔다.

"모두 잘 서 봐. 이제 봄도 됐고 하니 새로운 마음으로 일을 해야지. 그런 의미에서 스트레칭을 하는 거야. 희완아, 네가 구령 좀 해 봐."

얼굴이 큰 남자 캐디가 마스터 옆에 섰다.

"자, 우선 양 발을 어깨 넓이로 넓히시고요. 목운동 시작하겠습니다. 양팔로 허리를 잡고 목을 오른쪽에서 왼쪽으로 돌립니다. 하나 둘 셋 넷 다섯 여섯 일곱 여덟 네 반대로 하겠습니다. 둘 둘 셋 넷 다섯 여섯 일곱 여덟 이번에는 팔운동입니다. 오른팔을 앞으로 내미신 후에 왼팔로 당겨줍니다. 하나 둘 셋 넷 다섯 여섯 일곱 여덟 반대로 하겠습니다…"

그는 총 일곱 가지의 동작을 완벽하게 했다.

"내가 오늘 특별히 이것을 하는 이유는 너희들이 스트레칭하는 것 보고 깜짝 놀라서 그래. 아무리 그래도 동작 3개만 하는 것은 너무 한 것 아니니? 그게 무슨 스트레칭이야? 앞으로는 바쁠 때 빼고는 스트레칭을 성의 있게 해. 특히 어르신들이 오면 뭐 물을 것도 없이 무조건 해. 알았지!"

"네."

"왜 그렇게 목소리가 작아!"

"네, 알겠습니다!"

지아는 스트레칭을 하니 몸이 좀 풀리는 것 같았다. 어제 저녁에 쓸데없는 생각에 잠을 못 잤더니 목이 뻐근했기 때문이다. 배치 받으려면 시간이 남아서 대기실로 들어왔다.

"근데 너는 오비 스코어 그거 이해가 되니?"

양 갈래로 머리를 땋아서 늘어뜨린 동기가 물었다.

"나도 헷갈려요, 언니."

"어째서 오비 티에서 친 것은 네 번째지?"

"들었는데 오비 티까지 걸어갔으니까 워킹 벌타를 적용해서 총 두타를 플러스한데요."

"그럼 세컨드에서 친 볼도 오비가 났으면 2타 플러스해야 하나?"

"저도 그걸 잘 모르겠어요."

"이제 1년이 다 되어가는데도 스코어 셀 때마다 헷갈리니까 고객들이 얕잡아봐서 큰일이야."

"맞아요, 언니. 지난번에는 고객들끼리도 싸웠다니까요. 타수가 헷갈리니까 서로 우기는 거예요. 한 번씩 더 친 것을 빼줄 때는 말 안하다가 어쩌다 잘못 적으면 난리 나고 저도 초보인데 고객들도 초보이니까 너무 힘들었어요."

이때 나이가 좀 많은 선배가 들어왔다.

"언니, 세컨드에서 친 볼이 밖으로 나갔으면 두 타 플러스해야 되는 것 맞죠?"

동기가 선배에게 물었다.

"너희들 헷갈리는구나. 나도 처음 이 일을 했을 때는 이게 제일 헷갈렸어. 아무리 세도 그게 맞는 것 같은데 말이지. 그리고 손님들이 좀 어수선하니?"

고객들은 한 홀이 끝나기 무섭게 스코어를 물어보거나 그것이 조금이라도 의심이 나면 복기를 하느라 다음 홀 티샷이 늦어진다. 이때 캐디가 중심에 서서 바로 말을 해줘야 하는데 신입들은 그게 잘 안 된다. 늦게 말한 것은 상관없는데 자꾸 스코어를 틀리면 나중에는 고객들의 신뢰를 잃는다. 신뢰를 잃는 순간부터 라운드는 끝난 것이다. 고객들한테 오뉴월 개처럼 질질 끌려 다니면 네다섯 시간이 지옥이 되어 버린다.

그러지 않기 위해서는 잘 해야 된다고 생각하지만 쉬운 건 마음뿐이고, 육체와 머리가 따로 놀며 갈피를 잡지 못하는 날이 많다. 지아는 스코어만 생각하면 머리가 지끈거린다.

"너희들, 티샷에서 오비가 나면 오비 티로 가는 것은 알지?"

지아와 동기는 고개를 끄덕였다.

"오비 티에서 4타인 이유는 티샷 한 번 치고 세컨 샷 한 번 하고 그 세컨샷에서 나간 거잖아. 지금까지는 총 2번이지? 그리고 볼이 나갔으니까 오비 티에서 친 것 1번 이제 총 3번인데 그럼 3타 친 건데 왜 4타냐면 그건 티 박스에서 여기 오비 티까지 걸어 온 거리가 있잖아. 오비 티는 보동 티 박스에서 쳐서 세컨드까지 올 수 있는 거리에 설치를 해. 원래 오비는 1벌타인데 왜 2벌타가 적용이 되냐면 워킹 벌타라는 것이 있어서 그래. 걸어온 거리 때문에 1벌타가 플러스 돼서 총 4타가 되는 거야. 그런데 세컨드에서 친 볼이 오비가 나면 제자리에서 쳐야 돼. 내가 아까 오비가 1벌타 라고 했지? 그럼 정상적인 플레이를 하다가 세컨드에서 오비가 나서 그 자리에서 쳤어. 몇 타야?"

"아, 세 번 친 것 같은데요."

"저도 세 번 같은데요."

둘이 같은 대답을 했다.

"둘 다 틀렸어. 4번 친 거야. 자, 봐. 티샷 한타 세컨샷 한타 나가서 다시 한 번 쳤으니까 한타 그리고 마지막으로 볼이 밖으로 나갔으니까 오비 벌타가 있지. 그래서 총 4타 째가 되는 거야."

"영희 씨, 티켓 나왔어!"

선배는 막 얘기에 재미를 붙인 사람처럼 신나게 말을 하다가 티켓이 나오니까 아쉬워하면서 나갔다.

"너는 이해가 됐니?"

"아니 좀 헷갈려. 코스에 나가면 더 모를 것 같아요."

"근데 오비가 두타가 아니라니까 이상해."

"그래 언니, 그때 내 동반 언니는 분명 두타라고 했는데 왜 다르지?"

"아이고, 나도 모르겠다."

동기는 골치 아픈 수학문제를 푸는 것처럼 생각을 하다가 의자에 등을 기댔다.

지아는 일을 마치고 시멘트 길을 터덜터덜 걸어가고 있다. 기숙사와는 불과 몇 분밖에 안 되지만 다리가 아픈 뒤로는 이 길조차 걷기가 싫었다. 현관으로 들어서려는데 골프웨어를 입은 수정을 만났다.

"언니, 어디가?"

"나 이번에 골프 좀 배워보려고 연습장 등록했어."

"좋겠다."

"너도 배워. 좀 알아야 고객한테 무시 안 당하지. 아참, 지아야. 너 할 일 없으면 같이 갈래? 사실 혼자 가려니까 왠지 떨려서 같이 가면 좀 나을 것 같아."

"가는 것은 상관없는데 내가 가서 뭐하게?"

"넌 그냥 커피만 마시고 구경만 해. 내가 밥 살게."

지아는 연습장을 가본 적이 없어서 이참에 구경하리라 생각하고 따라 나섰다.

"야호, 심심하게 않겠네. 나, 대기실에서 기다릴게. 천천히 와."

차는 국도를 타고 씽씽 달리고 있었다. 창문에서는 댄스가요가 흘러나오고 있었다. 수정은 신났는지 음악의 볼륨을 높였다.

"언니, 너무 시끄러우니까 소리 좀 줄이면 안 될까?"

"미안, 날씨도 좋고 새로운 것을 배운다니까 너무 좋아서."

수정은 급하게 음악의 볼륨을 줄였다. 20여분을 달려서 도착한 곳은 초록색 망이 넓게 둘러싸인 골프 연습장이었다. 수정이 접수를 하고 2층으로 올라갔다. 몇몇 사람들이 무릎을 구부리고 엉덩이를 살짝 뒤로 빼면서 잠깐 서 있다가 아이언으로 공을 쳤다. 탁 소리와 함께 공은 망 어딘가로 날아갔다. 사람들은 공이 날아가는 순간까지 자세를 풀지 않고 가만히 있었다. 그리고 나서 몸을 풀고 무릎을 살짝 구부린 상태에서 자세를 취하고 있었다. 어느새 볼이 자동으로 발 앞으로 나오면 아까와 같은 동작을 반복했다. 비슷한 동작으로 클럽만 바꿔서 치고 있었다.

"사람들 많네."

"이 근처에 가까운 곳이 여기밖에 없거든."

지아는 여기저기 눈길을 주다 수정의 골프백을 클럽을 신기하다는 듯 만졌다.

"채 어떠니? 완벽하게 준비한다고 했는데."

수정은 클럽이 들어있는 가방에서 드라이버를 꺼내면서

말했다.

"와, 언니 이것 굉장히 비싸겠다."

"아니야 이거 별로 안 비싸. 가방, 클럽, 보스턴백까지 풀 세트로 해서 싸게 샀어."

수정은 셋업 자세를 취하면서 어드레스에 들어갔다. '틱' 소리 가 나면서 수정의 몸이 앞으로 기울면서 넘어질 뻔 했다. 수정은 당황했지만 침착함을 잃지 않으려고 자연스럽게 자리에 앉았다.

"아이고, 망했네. 선생님이나 기다려야겠다."

"레슨도 하는 거야?"

"그럼, 레슨 안 하면 안 돼. 골프는 폼에 따라 공이 가는 방향이 결정된다고 특히 여자에게 폼은 굉장히 중요해. 자, 봐. 이렇게 돌리면 곡선을 그리듯이 자세가 나오는데 참 예 쁘지 않니?"

수정은 자세를 잡고 엉덩이를 씰룩거리며 빈 스윙을 날렸다.

"안녕하세요? 윤수정 씨?"

호리호리한 키에 날씬한 젊은 남자가 다가오며 말했다. 수 정은 호들갑을 떨면서 인사를 했고 지아는 고개만 까딱했다.

"오늘 처음이시니까 먼저 똑딱이를 배울 거예요."

"똑딱이요?"

"똑딱이는 아이언으로 스윙하는 연습을 하는데 하프스윙 만 하는 거예요."

"그럼 드라이버는 언제 연습해요?"

"모든 것은 이 똑딱이가 익숙해지면 배울 거예요. 그래서 처음에는 좀 지루하실 거예요. 같은 동작만 계속하면 당연히 재미없겠지만 이것을 완벽하게 해야지 볼도 잘 맞추고 방향성도 좋아집니다. 제가 어떻게 하는지 알려드릴 테니까 보고 따라해 보세요."

티칭 프로는 타석에 올라가서 셋업을 취하고 어드레스를 한 후 시범을 보였다. 프로 앞으로 공이 자동으로 놓일 때마다 반복적으로 볼을 쳤다.

"수정 씨, 잘 봤죠? 이제 수정 씨가 해보세요."

수정은 다리를 벌리고 무릎을 구부리고 엉덩이를 살짝 뒤로 빼며 아이언을 잡고 어드레스를 했다. 아이언을 잡은 양손에 힘이 잔뜩 들어간 수정은 어설픈 샷을 했다.

"처음 한 것 치고는 나쁘지 않아요. 거기서 팔이 더 벌어지면 안 되고 조금 붙이시구요. 손에 힘 좀 빼세요. 그렇게 힘주시면 나중에 많이 아파요. 그럼, 조금 연습하고 계세요."

티칭프로는 다른 타석으로 가서 레슨을 하고 수정은 프로의 말에 따라 자세를 이리저리 바꿔가면서 스윙을 했다. 지아가 보기에는 그냥 공을 때리기만 하면 될 것 같은데 막상 하는 것을 보니 만만치 않아 보였다.

"지아야, 나 어때? 괜찮아 보였어?"

수정은 10분 정도 하고는 지쳤다는 듯 의자에 앉았다.

"이것도 생각보다 쉽지 않네."

"힘들어? 근데 이거 꼭 배워야 돼? 레슨까지 받으려면 돈도 많이들 텐데."

"생각보다 팔이 더 아프네. 지난번에 고객이 볼 칠 줄 아냐고 물어봤는데 못 친다고 하니까 그때부터 왠지 내 말을 못 믿는 것 같아서 그래. 내가 볼 칠 줄 알면 무시당하지 않을 것 같아서 배우는 거야. 그리고 있잖아 고객들 대부분은 우리 캐디들이 볼을 다 칠 줄 안다고 생각해."

"하긴 그래 나도 지난번에 어떤 고객이 '언니는 핸디가 어떻게 돼요'라고 물어보더라고. 근데 나는 핸디라는 뜻을 몰라서 그냥 '전, 잘 못 쳐요'라고 대답했거든."

"핸디는 고객들의 점수야. 평균적으로 나오는 점수를 말해."

"그럼 핸디는 조금씩 변할 수 있겠네?"

"아마도 라운드 다녀온 것에서 평균을 내서 말하겠지."

"고객들이 핸디가지고 싸우는 것이 매번 다른 타수 때문일 수도 있겠네."

"그러겠지, 맨날 싸우는 꼴들이라니. 그깟 천 원짜리 내기하면서 말이지. 웃긴 건 핸디를 속인다는 거지. 도대체 얼마를 벌겠다고 그렇게 싸우는지 모르겠어."

고객의 얘기가 나오면서 수정의 목소리가 커지자 옆에 있는 사람이 쳐다봤다. 지아는 난처해서 수정에게 조용히 하라고 눈짓을 했다.

"이제 나는 연습이나 해야겠다."

지아는 이 생활에 익숙해지고 돈도 모이면 꼭 골프를 배워야겠다고 생각했다.

4부. 인연

*

1999년의 여름이 가고 가을도 한참 지나가고 있을 때, 지아는 더 이상 참을 수가 없었다. 돈도 돈이지만 다리가 정말 아팠다. 저녁마다 파스를 붙이고 자고 또다시 엄지발가락이 빠졌다. 카트가 있는 곳을 가리라 마음먹었다. 여기저기 알아본 결과 한 골프장이 눈에 들어왔다. 올 여름에 개장을 했고 기숙사도 회사 바로 옆에 있고 카트도 있었다.

"언니, 나 드디어 결정했어."

"뭘?"

"다른 곳에 갈 거야. 그동안 교육기간 빼고 1년도 안 돼서 망설였는데 이제 곧 기간이 돼."

"지금 가면 손해 아냐? 일 안 되는 겨울에 가겠다고?"

"그래도 내년 봄까지 못 참겠어. 여기는 정말 싫고 겨울에도 놀 수 없잖아. 마침 구하는 데도 있어서 잘됐다고 생각해."

"네가 간다고 하면 어쩔 수 없지만, 아무튼 나는 네가 부럽다. 아무 데나 갈 수 있어서."

"언니도 같이 가면 좋을 텐데, 겨울에 쉰다 생각하면서 가는 거야."

지아는 추운 12월에 새로운 골프장에 입사를 했다. 겨울에는 손님이 많지 않아서 신입 아니고서야 캐디를 잘 안 뽑았다. 면접을 볼 때 왜 겨울에 뽑는지 이유를 알았다. 그녀가 면접을 보러 갔을 때는 마스터가 공석이었고, 임시로 여자주임이 마스터 역할을 하고 있었다. 골프장에 도착했을 때, 주임의 친절함에 깜짝 놀랐다. 검은색 바지정장에 점퍼를 걸친 주임이 주차장 앞에 미리 나와 있었다.

"오느라 고생 많았죠? 저 따라오세요. 계단 조심하시고요."

주차장 옆길을 지나 작은 계단으로 내려가서 오른쪽으로 돌면 수많은 카트들이 보였다. 주임은 카트를 뒤로하고 문을 열었다.

"여기가 캐디 회의실 겸 대기실이에요. 여기서 잠깐 기다려주세요."

그곳에는 커다란 보드 판 앞에 단상이 놓여 있었고 나머지 공간은 테이블과 많은 의자가 있었다. 회의실과 같은 공간에 향이 진하게 날 것 같은 장미꽃 무늬의 커튼이 벽을 가리고 있었다. 그녀는 커튼을 밀어서 안을 보려다 말고 그냥 자리에 앉아 있었다. 몇 분이 흘렀을까 문 여는 소리가 들렸다. 벌떡 자리에서 일어나서 습관적으로 가볍게 목례를 했다.

"아니에요, 앉아계세요."

주임은 자리에 앉으면서 말했다.

"저는 경기과에서 주임을 맡고 있는 유효림이라고 해요. 사실 지금은 사람을 모집하는 기간이 아닌데 갑자기 사람들이 많이 그만둬버려서 캐디가 부족해요. 솔직히 말하자면 제 상사인 마스터가 캐디 언니들을 데리고 나가버려서 분위기도 좀 그래요. 그래도 기본인원은 있어야 되니까 이렇게 뽑는 거고요. 겨울이라 아시다시피 일은 많이 안 돼요. 특히 여기는 다른 곳보다 기온이 더 낮아서 겨울에는 체력보충 기간이라고 생각하면 돼요. 혹시 이력서는 가져 오셨나요?"

"이력서는 우편으로 보내서 따로 안 가져왔습니다."

"아, 그러셨군요. 이따가 확인하면 되고요. 저희 골프장은 올해 정식 오픈 했어요. 다른 곳에 같은 이름의 골프장이 있고, 이곳은 우리 회사의 두 번째 골프장이에요. 앞으로도 계속 골프장을 만들 계획이 있는 제법 규모가 있는 곳이죠. 회원제라 고객들 걱정은 안 해도 될 거에요. 모두 재력도 있으시고 점잖으신 분들이 주로 오시니까 마음고생 같은 것은 하지 않을 거예요. 오늘은 간단하게 저랑 몇 가지 얘기만 할 거에요. 지금은 경기과에 마스터가 공석이라서 조금 어수선해요. 그래서 면접도 최대한 간단하게 보려고 해요. 잠깐만요."

주임은 안쪽 문을 열고 들어가더니 종이 한 장을 들고 나왔다.

"이력이… 군 골프장에 일 년이 넘게 있었네요. 거기는 카트가 없다는데 많이 힘들었겠어요?"

"네, 사실 제가 직장을 옮기려하는 이유가 그거에요. 발톱이 몇 번 빠지니까 무서웠어요."

"그래요? 저런, 많이 아프겠어요."

주임은 그녀의 발을 보면서 진심으로 말했다.

"네, 근데 이제는 괜찮아요. 감사합니다."

"다행이에요. 여기서는 그런 일 없을 거예요. 그리고 운전할 줄 알아요? 여기 보니까 자격증 란에는 아무것도 없네요."

"아니요. 운전은 못 하는데요. 면허증이 있어야 되나요?"

그녀는 기죽은 표정으로 말했다.

"아니에요. 면허증은 없어도 돼요. 카트 운전 연습을 따로 하면 되니까. 큰 문제는 없어요."

지아는 면허증이 없어도 된다고 하니까 안심했다는 표정을 지었다.

"경력자라고 해도 아직 1년밖에 안 됐으니까 동반하면서 부족하다고 느끼면 기간을 더 늘릴 수 있어요. 저희는 경력자분들에게 교육을 그렇게 오래 하지 않아요. 본래 열흘 동반을 하는데 지아 씨가 좀 잘한다 싶으면 빨리 일을 할 수 있겠죠?"

"네, 그럼 저는 여기에 합격한건가요?"

"물론이죠."

"정말 감사합니다."

지아는 고개를 숙이며 인사를 했다.

"유니폼 사이즈가 어떻게 돼요?"

"저는 55 입어요. 그리고 혹시 제가 오기 전에도 말씀드렸는데요. 기숙사 바로 쓸 수 있다고 해서 다 준비해가지고 왔는데 오늘 입소해도 되나요?"

"아, 그랬군요. 그럼 오늘 바로 기숙사에 들어가면 되겠네요."

그녀는 지나치다 싶을 정도로 인사를 하며 좋아했다.

"지금 유니폼 챙겨줄 테니까 잠시 기다리고 계세요. 내일부터 회사에 올라올 때는 반드시 유니폼을 입고 와야 돼요. 식사하러 올 때도 웬만하면 유니폼 입고 올라와야 돼요."

"네."

잠시 후, 그녀와 주임은 카트를 타고 기숙사로 내려왔다. 총 2층으로 된 아파트형 기숙사는 방이 세 개에 화장실 2개, 주방과 식탁, 거실에는 커다란 티브이가 있고, 베란다에는 세탁기가 있다. 각 방에는 커다란 장롱이 있고, 그 안에는 이불과 베개가 얌전하게 놓여 있었다. 살림을 할 수 있을 정도로 잘 갖춰진 기숙사였다. 주임은 열려진 방을 가리키며 그녀를 안내했다.

"지아 씨가 쓸 방은 여기에요. 한 방에 두 명씩 생활을 하는데, 이 방에는 내일 한 사람 더 올 거예요. 혹시 담배 피나요?"

"아니요."

"그럼 더 잘됐네요. 내일 오시는 분도 담배를 안 피워서요. 가끔 방이 모자랄 때 흡연자와 비흡연자가 같이 사는데 트러블이 많더라고요. 맞은 편 방은 비어있고, 저쪽 방에는 다른 언니들이 살고 있어요. 이따 저녁에는 볼 수 있을 거예요. 이 방 언니들은 다들 조용한 편이라 사는데 불편함이 없을 거예요."

그녀는 엄마 집보다 큰 구조의 방을 보고 깜짝 놀랐다. 전에 다녔던 회사와도 비교도 안될 만큼 복지가 좋다고 생각했다.

"아참, 식사하셔야죠? 식사는 무료고 언제든지 먹을 수 있으니까 회사로 올라가서 먹으면 돼요."

주임과 함께 2인승 카트를 타고 올라갔다. 깨끗하고 넓은 기숙사, 정갈한 직원 식당에 이런 대접은 처음이라고 생각하면서 식사를 했다. 식사를 마치고 도로를 따라 5분 정도 걸어서 내려왔다. 길 가장자리에는 지주목에 몸을 지탱하고 있는 어린 나무들이 있었다. 짚으로 몸을 감싸 추위로부터 몸을 보호하려는 모습이 오히려 더 추워보였다. 기숙사 마당에서 가로로 넓게 펼쳐진 코스가 보였다. 텅 빈 주차장에 서서 바라보는 코스의 풍경은 낯설고 추워보였지만 곧 익숙해지고 따뜻해질 거라 생각했다.

'저기가 내가 일 할 곳이란 말이지. 멋있어! 주임님은 원래 저렇게 친절하신 걸까. 어쩌면 그렇게 멋지고 예의바르며 당당할 수 있을까. 나도 저렇게 멋지게 변하고 싶다.'

새로운 교육이 시작되었다. 첫날은 지배인 면접이 있었고, 오후에는 서비스교육을 받았다. 주임은 신입들 몇 명과 경력 자 몇 명에게 골프에 대한 이해와 손님을 대하는 스킬에 대한 교육을 했다. 둘째 날에는 카트를 타고 코스를 돌아 본 후 운 전교육을 했다. 조장이 나와서 운전을 하며 코스 구경을 시 켜줬다. 오후에는 또 다른 조장과 함께 주차장으로 가서 운 전 교습을 받았다. 셋째 날부터 동반을 시작했다.

"지아 씨, 여기는 회원제 골프장이어서 여기 배치표에 적힌 회원 표시를 보고 호칭을 꼭 회원님이라고 해야 돼요. 나머 지 분들은 고객님이라고 하고 절대 사장님이라고 부르면 안 돼요. 오늘은 제가 서브할 테니까 우선 코스를 잘 봐줘요."

동반 선배는 그녀가 아무렇지 않게 고객님을 사장님이라고 부르자 고객 앞에서 실수를 할까봐 신신당부를 했다.

"오늘 날씨가 너무 흐리네. 눈 소식이 있던데 꺾고 들어오 면 좋겠다."

선배는 회색 하늘을 보면서 말했다. 선배의 예상대로 나인 홀이 끝나기 전에 눈이 하늘에서 눈을 퍼부었다. 이 내리기 시작했다. 고객들은 골프를 치지 못할까 걱정을 하면서도, 하얗게 변하는 세상을 보며 아름답다는 말을 되풀이했다. 눈 은 계속 내려 더 이상 라운드를 할 수 없었다. 모두 홀 아웃 을 하고 광장으로 들어왔다. 눈은 꼬박 이틀 동안 내려 기숙 사에서 한발자국도 나올 수가 없었다. 그녀는 회사까지 올라 가는 게 너무 귀찮아서 차가 있는 사람들에게 인스턴트식품을 사 달라고 해서 그것으로 식사를 했다. 며칠이 지나고 눈이 거의 녹자 다시 라운드가 시작됐다.

"운전 연습은 했어요?"

선배가 물었다.

"네, 아까 출근하고 바로 연습부터 했어요."

"추운데 일찍 나왔네요. 내가 끝나면 알려 주려고 했는데 이제 이렇게 날씨가 좋을 날이 며칠 안 남았으니까 빨리 동반 끝내야 돼요. 눈이 많이 오면 휴장을 할지도 모르는데 그 안에 하는 게 낫잖아요. 그러니까 오늘은 지아 씨가 적극적으로 하세요."

"네."

며칠 동안 낮에는 운전연습과 동반을 하고 저녁에는 잡생각을 하면서 지냈다. 오기로 했던 룸메이트는 오지 않았고, 같이 살고 있는 사람들은 일을 마치면 각자 방으로 들어가 나오지 않았다. 어색한 날이 계속됐지만 서로에게 불편하지는 않았다.

몇 가지 규칙만 지켜준다면 잔소리를 하거나 간섭 당할 일이 없었다. 몇 가지 규칙이란 9시 이후에는 조용히 할 것, 청소는 돌아가면서 할 것, 쓰레기는 쌓아두지 말 것 등 사소한 것들이다. 그녀에게 이 모든 것들은 어렵지 않았다. 일기를 쓰거나 짧은 글 읽는 것 빼고는 달리 취미생활도 없고 남 불편하게 하는 것을 싫어하는 성격이기 때문이다.

그녀는 내일부터 다른 세상에서 일을 한다고 생각하니 가슴이 벅차올랐다. 기쁜 마음에 점퍼를 입고 밖으로 나왔다. 멀고 높은 하늘에 빛들이 쏟아지고 있었다. 그녀는 그것들을 받을 것처럼 양손바닥을 위로 한 채 고개를 뒤로 젖혔다. 추운 줄도 모르고 마당에 서서 기쁨을 누리고 있었다. 이때 주임이 2층 베란다에 나와서 손들고 있는 그녀를 유심히 바라보았다.

'여긴 별들이 진짜 많아. 어쩌면 저렇게 나를 보며 웃고 있는 거지? 전에 있었던 곳은 칠흑 같은 어둠뿐이었는데 여긴 빛이 보여. 고마워 별들아!'

지아는 손가락이 마비되기 일보 직전까지 그렇게 서 있었다.

*

겨울은 항상 언제 있었냐는 듯 태연하게 자신을 감추며 모든 것을 봄에게 양보했다. 그런 겨울이 있기에 봄은 더 사랑스럽게 빛나고 있었다. 봄도 역시 여름이 되면 모든 것을 양보한다. 사계절의 사랑은 이어달리기의 바통처럼 끊임없이 주고받는다. 지아는 한가한 겨울을 보내고 봄이 되자 늘어진 뱃살을 쳐다보며 한숨을 쉬었다. 한숨은 한숨대로, 늘어진 배는 더 늘어져라 라면을 끓여 먹었다. 2부 시간에 맞춰 식사를 하려면 2시간이나 남아서 도저히 참을 수가 없다. 그렇다고 해서 꼭두새벽부터 출근해서 아침식사를 하고 오기도 뭐해서 항상 2부가 걸리면 아침 겸 점심을 먹는다. 그렇게 먹고 뒹굴뒹굴하며 시간을 보내다 출근을 한다. 그녀가 출근을 하려고 나오자 2층에서 주임이 내려왔다.

"지아 씨, 할만 해요?"

회색 정장에 작은 가방을 들고 서서 주임이 물었다.

"네."

"카트는 익숙해졌고요?"

"네, 이제 좀 나아졌어요. 처음에는 얼마나 힘들었는지 몰라요."

"모든 익숙해지면 되는 거예요."

"주임님은 이제 출근하시는 거예요?"

"마스터님이 오고 나니까 좀 여유로워졌죠. 이렇게 책가방도 들고 다닐 수 있어요."

주임은 가방을 들어 보이며 말했다. 공책이 들어 갈만한 크기의 가방은 두꺼운 책이 들었는지 불룩했다. 그녀는 주임과 함께 걸어가니까 발걸음이 가벼운지 사뿐하게 걸었다.

마스터 자리를 공석으로 둘 수 없어 회사에서는 서둘러 채용을 했다. 서둘렀다 해도 몇 달 넘게 자리가 비어 있었다. 그 자리를 주임 혼자 다 했다. 새로 온 마스터는 조장 경력이 오래된 캐디 출신으로 마스터 경험이 전혀 없었다. 어떻게 뽑혔는지는 아무도 모르지만 골프장 관계자의 백이 있었다고 한다. 모든 것은 소문이지만 소문은 언제나 진실처럼 입과 입을 통해 전해졌다.

주임보다 나이는 많았지만 경험이 없는 관계로 이래저래 주임만 바빴다. 마스터와 함께 진행을 도와주는 연습생도 뽑았다. 연습생은 평소에 캐디들의 진행을 도와주고 경기과의 잡일을 돕는다. 그 나머지 시간에는 언제든지 골프장에서 무료 라운드를 했다. 첫 팀이 티샷을 시작하기 전에 혼자서 라운드를 하고 나서 일을 했다. 이 연습생도 진행이 처음이었다.

"주임님, 여기 좀 보세요. 꽃이 아주 활짝 폈어요."

그녀는 도로 옆에 있는 흰 꽃을 보며 신기하다는 듯 말했다.

"오, 그러네요. 꽃을 좋아하나 봐요?"

"아니, 그냥 예뻐서요."

"맞아요, 아주 예뻐요. 그리고 어쩌면 저렇게 누가 시키지 않아도 봄이 되면 꽃을 피우고 겨울이 되면 땅 속으로 숨어버려요. 자연은 참 신비로워요."

주임은 꽃을 쳐다보며 말했다. 그녀는 주임이 고개를 숙일 때 손에 붙들려 있는 가방을 보며 뭐가 들어있는지 궁금했지만 차마 묻지 못하고 간격을 두며 회사를 향해갔다.

지아는 모자와 근무가방을 축 늘어뜨리며 식당으로 가고, 주임은 경기과로 들어갔다. 그녀는 밥을 먹고 양치를 하고 근무 준비를 했다. 지정 카트에 고객용 물과 자신들이 마실 물을 준비하고 대기실에 앉아서 여유롭게 화장을 고쳤다.

"안녕, 얘들아 좋은 아침이야!"

동료 캐디가 대기실을 문을 열고 들어오면서 말했다.

"어, 왔어요?"

그녀는 립스틱이 잘 흡수되도록 입술을 뼈끔거리면서 말했다.

"지아가 첫 팀이야?"

"네, 저, 첫 팀 자신 없는데 어떡하죠."

"그래도 1부 첫 팀보다 나아. 경기과에서 무전기 가지러 가니까 마스터하고 주임하고 얘기하는데 아침부터 누가 막아놨는지 난리도 아니었나봐."

"누군지 모르겠지만 진짜 힘들겠다. 지금도 일하고 있을 것 아니에요."

"그러겠지. 아직 후반 중간 어디쯤에 있겠지."

"전반에 죽으라고 뛰어다녀야겠네요. 후반은 항상 밀리니까요."

"오늘도 좋은 손님 만났으면 좋겠다. 그리고 이것도 좀 나오는 팀 나갔으면 좋겠네."

동료는 엄지와 검지 손가락을 동그랗게 만들면서 말했다.

"저는 오버 피 필요 없어요. 오로지 손님이 편했으면 좋겠어요."

"그래도 일 끝나고 요게 없으면 서운하지. 더더군다나 우리는 통장지급이라 돈 맛 보기가 힘들잖아."

"그러긴 한데 주면 받고 안 주면 말고요."

"히히, 그래도 나는 무조건 줘야 한다는 게 맞아. 솔직히 캐디 피 4명이서 모아서 주는 거잖아. 한 사람이 주는 것이 아니라서 따지고 보면 많은 금액이 아니라고 생각해. 내가 일일이 한 사람씩 신경을 쓰면서 일하는 것 생각하면 끝날 때 한 장 챙겨주는 게 맞다고 생각해."

지아는 동료가 어떻게 생각할지 몰라도 자신은 아직 신입이라 일을 못하니까 오버 피는커녕 욕만 안 얻어먹어도 다행이라고 생각했다.

그녀는 휴대폰으로 시간을 확인한 후, 컨베이어 벨트로 가서 벨트를 타고 온 백을 내리고 정리를 했다. 그 자리에서 백 대기를 10분 하고나서 다음 근무자들이 오면 카트로 가서 앉아서 배치 받을 때까지 기다렸다. 그녀는 아직도 배치받기 전이 제일 떨렸다. 손님에 대한 두려움이 발바닥에서 심장을 지나 머리끝에 이르면 정수리에서 알 수 없는 통증이 느껴졌다. 그것이 너무 강해 가끔은 머리가 어지러웠다.

"첫 팀 이지아 씨, 배치표 나왔어요."

무전기에서 그녀를 찾자 심장까지 벌렁거렸다. 그녀는 가슴에 손을 얹고 경기과 앞으로 갔다.

"안녕하십니까. 88번, 15번 카트 이지아입니다."

목소리가 살짝 떨렸지만 짧은 문장이라 들키지 않았다.

"지아 씨, 여기 배치표. 수고해요."

"감사합니다. 다녀오겠습니다."

그녀는 백을 싣고 광장으로 나왔다. 회사에서 준 근무 수첩에 클럽체크를 했다. 클럽 브랜드명까지 꼼꼼하게 기록을

했다. 광장은 아직 아무도 안 나와서 조용했지만 무전기에서
는 연이어 배치표 나왔다는 소리가 들렸다. 곧이어 백을 실
은 카트들이 우르르 나왔다. 캐디들은 광장에 두 손을 가지
런히 모아 고객들을 기다렸다. 손님들이 하나 둘 나오자 모
두 한결같은 인사를 했다.

"안녕하십니까, 고객님."

"안녕하십니까, 고객님."

그녀는 자신의 카트로 온 고객에게 인사를 하고 눈을 내리
깔며 고객의 손이 어느 백을 만지고 있는지 유심히 살펴보았
다. 네 사람이 동시에 백을 만지기 전에 한 사람 나왔을 때,
그 사람만이라도 자세히 보려고 눈을 굴렸다. 백과 고객을
매치시키기 위해 고객들이 하는 행동을 유심히 봐두는 것은
꼭 필요했다. 자세히 봐두지 않으면 손님을 파악할 수가 없
다. 어느 백을 만지는지 어느 자리에 앉는 것을 좋아하는지
잘 관찰하면 일을 할 때 도움이 된다.

"언니, 연습그린이 어디야?"

한 고객이 그녀 앞에서 두리번거렸다.

"네, 저기 왼쪽으로 똑바로 가시면 보입니다."

그녀는 오른팔은 가슴에 놓고 왼팔을 쭉 뻗어 길을 안내했
다. 다른 팀 손님을 안내하고 나자 클럽하우스 식당 문이 열
리면서 세 사람이 우르르 나왔다. 그녀의 얼굴은 긴장돼 있
었지만 애써 표정을 감추면서 인사를 했다. 그렇게 떨면서
시작된 일이 어느새 다 끝났고, 배토 시간을 적기 위해 경기

과에 갔다.

"다녀왔습니다!"

지아는 문을 열면서 말했다. 아무도 없어서 시간을 적고 나오려는데 책상 위에 책이 한 권 있었다. 종이로 앞 글자가 가려져 있었고 뒤의 글자는 관계론이라고 돼 있었다. 종이를 치워서 보려고 하는데 문이 열리는 소리가 들렸다.

"어, 지아 씨. 이제 퇴근?"

주임이 밝은 목소리로 말했다.

"아니에요, 저 배토가요."

주임과 인사를 한 후 그녀는 밖으로 나왔다.

'관계론? 어떤 관계를 말하는 걸까. 물어볼까. 주임 정도 되려면 책 좀 봐야 하는 건가. 그나저나 나는 직장 생활 시작한 뒤로 제대로 된 책을 읽어본 적이 없어. 이러다 멍청이가 되는 것 아냐. 공부를 다시 하겠다는 마음이 언제 들었는지 모르게 시간이 많이 지나가 버렸어. 대학에 다시 가고 싶은데 이제 공부하면 늦을까 아니, 책이라도 좀 볼까. 차가 없으니 시내 한번 나가는 게 여간 어려운 게 아니야. 이번 주 시간을 내서 택시라도 타고 갔다 와야겠다.'

배토를 하면서 이런 저런 생각을 했다.

숙소로 들어와서 간단하게 샤워를 하고 외출 준비를 했다. 생각한 김에 바람도 쐴 겸 시내에 나가기로 결정했다.

"어디 가니?"

막 샤워를 끝내고 나온 동료가 물었다.

"언니, 저 시내 좀 나갔다 오려구요."

"웬일이니? 밖에도 나가고. 택시 불렀어?"

"아직요. 5분이면 오니까 다 준비되면 부르려고요."

"그럼 내 차 타고 가. 남자 친구 만나러 가는데 들어올 때는 알아서 하고."

"아, 정말요? 감사합니다, 언니."

"근데 외출도 잘 안 하던데 혹시 남자 생긴 것 아니야?"

동료가 지레짐작으로 자신을 떠본다는 것을 잘 안다. 그렇지만 항상 모른 척 하며 웃어넘겼다.

"남자 없이 어떻게 사니? 뭐 나름 다른 생각이 있겠지만 너도 인생이 심심하겠다."

"글쎄요, 전 인생에 대해 진지하게 생각해본 적이 없어서요. 근데 언니?"

지아는 남자에 대해 얘기하기가 싫어서 화제를 돌렸다. 왜 여태 남자도 없냐, 무슨 문제 있냐, 이해가 안 된다는 둥 쓸데없는 얘기를 듣기 싫기 때문이다.

"언니, 혹시 주임님 나이가 어떻게 돼요?"

"주임? 올해 서른 살이라고 들었어. 보기보다 어리지?"

"그러네요. 저는 훨씬 더 먹은 줄 알았는데…"

"아마 옷 때문에 그럴 거야. 보통사람들은 연예인이 아닌 이상 정장을 입으면 원래 늙어 보여. 근데 주임이 뭐라 그래?"

"아니에요. 그냥 아까 보니까 책상에 책이 있던데 책 좋아하시나 봐요."

"많이 읽는지 모르는데 2층에 살잖아. 지난번에 조장들하고 주임님 방에서 술 마셨을 때 보니까 책이 많이 있다고 그러던데. 무슨 책인지는 모르고 주임이 자기는 책 읽는 것 좋아한다고 얘기했대. 그리고 스페인어인가? 외국어 공부도 한다고 그래. 아무튼 골프장에서 공부 하는 사람을 별로 못 봐서 그런지 좀 독특해."

"근데 사람은 좋은 것 같은데요."

"맞아, 그건 인정해. 다른 사람들도 주임을 괜찮게 생각하더라고."

"언니, 저는 전에 있던 곳에서 마스터에게 존댓말을 들어본 적이 없었어요. 정말 무서운 사람이었어요. 선배들도 까다롭고 여긴 완전히 다른 세상 같아요."

"잘 왔어. 나도 다른 곳 많이 다녀봤지만 신설이라 어수선한 것 빼고 복지도 좋고 경기과 직원도 나쁘지 않은 것 같아."

차가 국도를 지나 시내로 접어들자 도시의 불빛이 발광하듯 빛을 뿌리고 있었다. 그녀는 도시의 간판에서 쏟아지는 빛들을 보며 미소를 지었다.

"언니, 나 저기에 세워줘요. 고마워요."

"누구든 데이트 재밌게 해!"

지아는 패스트푸드점 앞에서 내려서 거리를 걸었다. 시에게 가장 큰 서점을 미리 알아보고 나왔는데 겉은 허름했다. 그런데 문을 열고 들어가자 책도 많고 괜찮았다. 매일 초록의 잔디를 보면서 하늘과 사람들, 잔디와 동료들 밖에 없다고 생각했다. 그녀는 갑자기 자신이 우물 안 개구리로 살고 있다는 생각을 했다. 그동안 자신의 주위에 습기와 이끼가 끼지 않으면, 그것이 유일한 희망이라고 생각했다. 각오를 새롭게 하면서 책을 보고 있는데 어떤 사람이 다가왔다.

'주임님…'

그녀는 이 시간, 이 서점에서 주임을 만난 것이 운명이라고 생각했다.

"이 시간에 어떻게 나왔어요?"

"아, 네. 이제부터 책 좀 읽어보려고요."

"일하고 나면 안 피곤해요? 역시 젊음이 좋긴 좋네요."

"누가 들으면 주임님 나이가 아주 많은 줄 알겠어요."

"책 골랐어요?"

"아직요. 책이 너무 많아서 뭘 골라야 할지 모르겠어요. 주임님은 뭐 골랐어요?"

그녀가 묻자 주임은 책을 흔들어 보였다. 잘 모르는 경제 서적이었다. 자신은 요즘 화제가 되고 있는 베스트셀러 소설을 골랐는데 역시 차원이 다르다고 생각했다. 그녀는 몇 권 더 고르기 위해 돌아다니며 신중하게 봤다. 다 고르고 계산을 하려고 하니 그 사이 주임은 갔는지 보이지가 않았다. 그녀의 얼굴은 실망하는 표정이 가득했다. 한숨을 쉬면서 서점을 나오는데 맞은편에서 주임이 그녀를 불렀다.

"태워주셔서 감사합니다. 제가 다음에 식사 한번 대접할게요."

지아는 보조석에 앉아서 내일부터 꼭 달라지리라고 맹세
를 했다. 주임님보다 더 멋지게 변하고 말거라고 다짐했다.

*

"네, 고객님. 여기서는 저 멀리 보이는 언덕 중앙 보시면
좋습니다."

지아는 오늘도 어김없이 손님을 모시고 코스로 나왔다. 친
절하게 홀 설명을 하고 나서 세컨드에 있는 앞 팀이 빠지길
기다리고 있었다.

"지아 씨는 남자 친구 있어?"

고객의 뜬금없는 질문에 당황하며 아무 말을 못했다.

"왜 쓸데없이 사생활을 캐물어. 안 그래, 지아 씨?"

이빨이 유난히 누런 남자가 그녀를 느끼하게 쳐다보며 말
했다. 그녀는 고객이 이런 식으로 질문할 때마다 어떻게 해
야 할지 몰라 애써 시선을 피했다. 대답을 하면 얘기가 길어
져서 끝이 없을 것 같고 안 하자니 난처했다. 혹시 이것을 빌
미삼아 캐디가 서비스가 엉망이네, 일을 못하네 하는 억지를
부리며 컴플레인을 걸고 가는 경우도 많이 봤기 때문이다.

"몸매도 이 정도면 딱 적당하고 말이야. 난 개인적으로 여

자가 너무 말라도 재미없더라고."

카트에 앉아 있는 고객이 그녀의 몸을 힐끔 쳐다보면서 말했다. 몇 홀 돌면서 음흉한 시선으로 쳐다봤다고 생각하니 확 짜증이 났지만 화를 낼 수는 없었다.

"그래도 나는 가슴도 빵빵하고 허리도 잘록한 여자가 좋더라."

다른 고객도 그녀 앞에서 손으로 몸 모양을 만들며 말했다. 그녀의 시선은 넓은 페어웨이에 머무르며 이 시간이 빨리 지나가기를 바랐다. 그러나 앞 팀은 갈 생각을 안 하고 언덕에서 헤매고 있었다.

"야, 너희들은 숙녀 앞에서 못하는 말이 없어. 미안해요 지아 씨. 이 친구들이 원래는 안 그러는데 예쁜 사람만 보면 짓궂어요. 그래서 말인데 오늘 저녁 시간되세요?"

그녀는 고객이 장난스럽게 하는 사과에 어이가 없었다. 모두 한통속처럼 보였다. 그러나 얼굴을 찡그릴 수가 없었다.

"네? 저희는 손님을 만나면 안 됩니다."

도저히 안 되겠어서 무뚝뚝하게 말했다.

"에이, 그게 무슨 소리야? 지난번에 나 걔 만났는데… 같이 일하는 애들하고 나와서 술도 마시고 노래방도 가서 재밌게 놀았어. 아, 진짜 노래 잘 부르더라."

"걔는 가수해도 되겠어. 섹시하게 엉덩이를 흔들어대는데 밤에도 잘하겠어."

고객이 말하는 사람이 누구인지 모르겠지만 그녀는 그 말을 믿지 않았다. 처음에는 고객의 말을 다 믿었었는데 일부러 거짓말을 하면서 캐디 흉을 보고 같이 만나려고 말을 만들어낸다는 것을 알았기 때문이다. 특히 지금 그녀와 같이 있는 네 명의 고객은 비싼 회원권을 가진 고객으로 다른 캐디들에게도 진상목록에 올라와 있는 사람들이다. 돈 많다고 자랑하는 것까지는 괜찮은데 음담패설은 못 봐줄 정도였다. 음담패설에 같이 맞장구 쳐주면 돈도 짭짤하게 나온다는 얘기를 들었지만 이 정도까지인 줄 몰랐다.

"고객님, 이제 치셔도 됩니다."

이제 막 앞 팀이 세컨드 샷을 끝내자 티 그라운드를 보며 말했다.

"이 언니 우리말을 까고 있네. 아, 재미없다. 다른 언니들은 말도 잘하던데…"

한 고객이 그녀를 보며 기분 나빠하며 말했다. 그 뒤로 고객들은 그녀를 은근히 괴롭혔다. 먹을 것도 자기들끼리만, 뭘 물어볼 때도 반말은 기본이고, 클럽도 일부러 다른 홀에 놓고 와서 찾게 만들었다. 그래도 그녀는 중간에 체인을 안당한 것을 다행으로 생각했다. 다음에 만난다면 물론 고객들이 먼저 체인을 하겠지만 그래도 지금이 아니라서 나왔다.

지아는 일을 마치고 동료와 배토를 갔다.

"오늘 고객들 때문에 힘들었어."

"아참, 너 그 사람들 나갔지? 어우, 진상들… 나는 나가본 적이 없는데 진짜 못 봐주겠다고 하더라고. 어린애들한테 얼마나 집적거리는지 말도 못해."

동료는 어깨를 들썩이며 몸서리를 쳤다.

"근데 그 사람들이 많이 지나치긴 하지만 다른 보통 남자들도 비슷한 것 같아. 지난번에 나간 고객이 전화번호 알려 달라고 집요하게 굴어서 애가 열 살이라고 했더니 그때부터 말 안 하던데? 흥, 유부녀는 관심 없나 부지?"

동료는 비꼬면서 말했다.

"고객들이 남자 친구 있냐 혹은 몸매 좋다 이런 말을 하면 뭐라고 대답해야 할지 모르겠어."

"그냥 남자 친구 있다고 해. 그래야 관심을 덜 가져. 물론 남자 친구 있다고 해도 골키퍼 있다고 볼 안 들어가라는 법 없지, 라고 하는데 할 말이 없더라고. 그리고 쓸데없는 소리를 하면 그냥 대답 하지 말고."

"근데 남자 친구가 없는데 어떻게 있다고 해."

"진짜 없어?"

"글쎄, 학교 다닐 때도 아르바이트 하느라 바쁘게 살았고 그다지 관심도 없었고."

"음, 그럴 수도 있겠구나. 그래도 없어도 있다고 해. 자꾸 있는 듯 없는 듯 모호하게 얘기하거나 말을 얼버무리면 더 집적거려. 그리고 특히! 그럴 때는 웃으면 절대 안 돼. 서비스 교육 받을 때 했던 말대로 했다간 우리 속이 썩어 난다니까."

"그러다 컴플레인 걸고 가면 어떡해. 그리고 오늘 내가 나갔던 고객은 회원이라 무시할 수가 없었어. 근데 오늘 내가 좀 무뚝뚝하게 굴었는데 컴플레인 안 걸었겠지?"

"아휴, 우리가 왜 그런 것을 걱정해야 하는지 모르겠어. 회원이면 단가? 돈 있는 사람 중에 매너 있는 사람도 있지만 진짜 무식한 사람도 많은 것 같아. 무시하고 깔보고 거기다 성희롱까지 하고 말이지."

해는 저물어 가고 있지만 아직 파인 곳이 많아 둘은 모래통과 잔디를 왔다 갔다 하면서 모래를 뿌렸다.

"지아야, 이제 가자. 너무 힘들다."

"낼부터 배토 검사 한다던데 더 해야 되지 않을까?"

"누가 그래? 아이고, 참. 마스터님도 아무 말 안 하는데 왜 조장이 설쳐?"

"조장이 설치다니?"

"배토 검사하자고 한 게 3조 조장이잖아. 그냥 가만히 있지 지가 뭐라고 나서. 조장이 무슨 큰 벼슬도 아니고 자꾸 설치는 꼴이 가관도 아냐."

"좀 심한 것 같긴 해. 지난번에 나도 코스에서 무전 탔잖아."

"뭐라고 했는데?"

"너무 다리가 아파서 아주 잠깐 무릎을 구부리고 있었는데 지나가다가 그걸 봤나 봐. 바로 무전하던데."

"미친년! 또 짝다리 타령이야? 어떻게 맨날 꼿꼿하게 서있나?"

"짝다리 가지고만 얘기하면 다행이지 뭐. 나 처음 왔을 때 얼마나 눈치를 주던지 다른 언니들은 아무 말 없던데 유독 그

조장만 까칠하더라고."

"보통 또라이가 아니라니까. 지아야, 오늘은 그만하자. 이렇게 무료로 배토를 해주는 것도 어딘데 고마워하지는 못할망정… 그리고 지도 캐디면서 편을 들어도 모자랄 판에 지가 무슨 회사 직원인 줄 안다니까."

동료는 열을 내면서 배토 가방을 집어 던졌다.

여름이 가고 후반 시즌이 돌아왔다. 더위에 나올 수 없었던 고객들은 시원한 바람을 맞으며 그동안 못 친 것이 한이라도 된다는 듯 열심히 휘두르고 다녔다. 1부에 일을 하려고 회사에 올라온 지아는 회사 분위기가 어딘가 심상찮다는 것이 느껴졌다. 식사를 마치고 컨베이어 앞에서 백 대기를 할 때 그 이유를 알았다.

"3조 조장 그만뒀다며?"

"왜? 정말? 어제도 일 했었는데."

"바람났다는데 그게 사실인가 보네."

"어, 바람났다고? 정말 왜?"

갑자기 백 대기장이 술렁거리기 시작했다. 졸려서 내려간 눈꺼풀이 갑자기 올라갔다.

"누구랑 바람이 났데? 회사 사람이야?"

"나야 모르지. 나도 이제 들었어."

"내가 들은 바로는 어제 난리가 났었나봐. 그제 막 팀 다 들어오고 나서 경기과에 전화가 한 통 왔는데 김성태 회원 마누라라고 하더래. 그러면서 거기에 이우란 이라는 캐디와 자기 남편이 만나는 것 같다. 회원 마누라로서 너무 수치스러워서 얘기하기 싫었는데 캐디를 도저히 용서할 수가 없다, 내 남편은 내가 알아서 할 테니 캐디 관리에 신경 쓰라고 했나봐. 마침 그 전화를 누가 받은 줄 알아? 바로 영업팀장이야."

동료들은 조용하게 밀담을 나누듯 말을 했다.

"와, 대박! 마누라가 전화했다고?"

"아니 그렇게 잘난 척 하더니 유부남이나 만나고 있어?"

"목소리 너무 커! 쉿!"

한 동료가 주위의 눈치를 보며 말했다.

"으응, 너무 흥분해서. 평소에 그렇게 잘난 체 하더니만."

동료는 혀를 차면서 말했다.

"조장도 남자 친구 있다고 하지 않았어?"

"글쎄 양다리였는지 아니면 지가 말하던 남자 친구가 사실 회원이었을지도 모르지."

"아휴, 사람들이 또 그러겠네. 캐디들은 바람이나 피는 지저분한 인간이라고."

"맞아. 한사람 때문에 우리가 이상한 사람으로 취급되잖아."

"얘기가 이렇게 빨리 퍼진 것은 아무래도 영업팀장이 알았기 때문이겠네."

백 대기장에는 앉아있던 사람들 모두 한마디씩 하고 있었다.

"그 회원 당분간은 안 오겠네."

말이 끝남과 동시에 컨베이어 벨트에서 음악소리가 나고

모두 골프 가방을 내리려고 일어났다.

컨베이어 벨트는 계속해서 가방을 토해내고 있었다. 이어 무전기에서 캐디 이름을 부르고, 배치를 받은 사람들은 백을 싣고 광장으로 나갔다. 사람들은 방금 전에 할 말을 잊었다는 듯이 일에 집중할 준비를 하고 있었다.

하늘에서는 붉은 볼이 수줍은 듯 해가 서서히 몸을 내밀기 시작했다. 일단 일을 시작하면 시간이 언제 갔는지 어디로 갔는지 모르게 빠르게 흘러갔다. 캐디들은 방금 전에 티업 준비한 것 같았는데 어느새 18홀을 마치고 주차장에서 백을 실어주고 있었다. 투 라운드 시에는 1부 2부 시간 간격이 넉넉하지 않아서 여유가 없다. 그래서 낭비되는 시간도 없다. 오늘도 캐디들은 시간이 빠듯해 회사에서 주는 빵으로 끼니를 때웠다. 골프 치기 좋은 날이어서 그런지 1부에 나간 캐디들 모두 2부에도 근무를 했다.

지아는 일을 마치고 무전기를 꽂기 위해 경기과로 들어갔다.

"다녀왔습니다!"

"지아 씨, 마침 잘 됐네요. 할 말이 있었는데…"

"네? 제가 뭘 잘못 했나요?"

순간 깜짝 놀랐다. 자신을 경기과에서 찾았을 때 매번 불쾌했기 때문에 이번에도 그럴까 싶어 몸이 움찔했다.

"놀랄 것 없어요. 지아 씨가 이 일 한 지 얼마나 됐죠?"

"햇수로는 2년입니다."

"이제 막 걸음마를 뗐군요. 지금 회사 돌아가는 일 들었죠?"

"조장님 애기 들었습니다."

"음, 소문은 금방 퍼져버리죠. 우리 회사가 오픈한 지 얼마 안 돼서 아직 많이 체계가 안 잡혔어요. 이번 일 같은 경우에도 그래요. 제가 좀 더 교육에 신경 썼으면 이런 일은 안 생겼을 텐데 좀 답답하네요. 서비스 교육을 다시 해야겠지만 이건 차후 문제고 지금 당장 급한 것은 조장을 새로 뽑는 것이에요. 이제는 경력 많은 언니들한테 신물이 나요. 어디가나 경력이 오래되면 좋은 점이 더 많지만 단점도 있긴 있어요. 어차피 완벽하지 않을 거라면 경력에 상관없이 조장을 뽑아야 한다고 생각했어요. 이건 다른 조장과 주임이 상의를 해서 내린 결정이에요. 그래서 말인데 지아 씨가 3조 조장을 맡아줬으면 하는데 어때요?"

마스터는 진지하게 말했다.

"네? 제가요? 하지만 저는 초보나 마찬가지예요."

"알아요. 부담스럽고 아직 미숙하다고 느끼는 것. 하지만 지아 씨는 묵묵히 일만 하잖아요. 우린 그 점을 높이 샀어요. 물론 리더십을 갖고 조원들을 이끌어 나갈 수 있어야겠지만 그런 부분은 다른 조장들이나 주임하고 상의하면서 하면 돼요."

"그럼 제가 할 수 있을지 저녁에 생각 좀 해보면 안 될까요?"

"그래요. 그리고 조장을 하면 볼도 좀 배웠으면 하는데요."

그녀는 항상 골프를 배우고 싶었다. 고객들이 볼을 칠 때마다 부러웠었다. 특히 가족들이 와서 볼을 치거나 젊은 여자들이 와서 라운드를 하면 부럽다는 생각에 꼭 볼을 배우리라 생각했다.

"신입들은 계속 들어오는데 교육시킬 사람도 없고 기존의 조장들이 한다고 해도 힘든 부분이 많아요. 그래서 서로 분담을 하면 좋을 것 같아요."

"근데 제가 배워도 잘 못 칠 텐데… 요."

"그건 아무래도 괜찮아요. 물론 열심히 배워서 실력이 는다면야 좋겠지만 크게 상관하지 않아도 돼요. 그리고 배우고 나면 우리 골프장에서 머리 올려요."

"아, 머리요? 감사합니다."

그녀가 마스터에게 가볍게 목례를 하고 나오려고 하는데 마스터가 말했다.

"유주임이 지아 씨를 적극 추천하던데요."

지아는 주임이 왜 자신을 추천했을까 이유가 상상이 되지 않았다. 잠을 자려고 하는데 이런저런 생각에 숙면을 취하지 못해서 차라리 바람이나 쐬자고 바깥으로 나왔다. 마음이 답답할 때면 일단 탁 트인 공간으로 나와서 숨을 들이마시고 내뱉기를 반복하면 그나마 편안해진다. 지아는 자신이 작은 것이라도 뭐가 될 수 있을 거라고 생각해본 적이 없다. 그렇지만 무엇이 된다고 생각하니까 기분이 좋았다. 다른 사람이 보기에는 별것 없을 거라고 생각하지만 모든 것이 이 '별것 없음'에서 시작하는 것이라고 생각했다. 그러면서 주임을 떠올렸다.

'나한테 왜 이렇게 잘해주지?'

지아의 일기

J!

기뻐해줘.

내가 드디어 다른 골프장에 입사했어.

아, 잠깐만. 음악을 좀 틀고 밖에서 들릴지 모르니까 이어폰도 끼워야겠다.

4 Non Blondes의 what's up

25년이나 지났는데 내 삶은 아직 여기에 남아있고/ 목적지에 가려고 희망의 높은 언덕을 넘으려고 애쓰고 있어/ 여행을 시작했을 때 깨달았어/ 세상은 남자들의 형제애로 이루어졌다는 것을/ 그게 무슨 뜻인지 몰라 그래서 때론 침대에 누워 울어/ 머릿속에 있는 것을 다 끄집어내기 위해/ 그러면 난 약간 특별한 기분이 들어/ 그래서 아침에 일어나 밖에 나가/ 숨을 깊이 쉬면 기분이 좋아지지/ 나는 크게 소리를 질러/ 세상이 어찌 되어가니?

이 노래를 들으면 왜 그렇게 가슴이 뛰는지 모르겠어. 목소리도 죽이지. 호소력 있는 목소리와 가창력이 장난 아닌 것 같아. 그동안 내가 얼마나 힘들었는지 너도 잘 알지?

무식한 마스터와 냉랭한 선배들 사이에게 얼마나 힘들었는지 몰라.

돈도 군 골프장과 일반 골프장이 3만 원이나 차이가 나.

거기는 너도 알다시피 캐디 등급제가 있어서 등급에 따라 돈을 다르게 줬어. 나는 신입이라서 제일 적은 금액으로 시작했어. 내가 나올 때까지도 그 금액 그대로 받았는데 이제는 마음이 후련해. 그런데 여긴 어떤 줄 아니? 경력자는 무조건 같은 금액을 받으면서 일해. 1년이 됐건 3년이 됐건 모두 똑같은 돈을 받고 일해서 좋아.

여긴 사람들이 모두 친절하고 좋아. 일단 윗사람들에게서 반말이나 하대하는 말투를 듣지 않아서 살 것 같아. 거기에서는 내 자존감이 바닥을 쳤어. 모든 골프장이 원래 이런가 싶을 정도로 언니들도 그렇게 길들여져 있었어. 다니는 이유가 나름 있지만 만약 사람들이 아무 생각 없이 그곳을 다닌다면 빨리 다른 곳으로 이직하길 바라. 오늘따라 수정 언니가 보고 싶어. 같이 왔으면 좋았을 것… 언니는 그곳이 고향이라서 계속 다닐 것 같아. 언니도 나처럼 발톱이 빠지고 다리가 심하게 아팠더라면 다른 곳으로 옮겼을까. 차를 사면 언니랑 꼭 만나야겠어. 일기 쓰고 언니한고 통화해야지.

도로 바닥에 유도선이 깔려 자동 리모컨으로 운행하는 카트가 얼마나 편한지 몰라. 오픈한 지 얼마 안 돼서 카트도 새 것이라 깨끗하고 좋아. 무엇보다도 내가 이곳에서 제일 맘에 드는 것은 주임님을 알게 되었다는 것이야. 책도 많이 읽으시고 따뜻하고 특별한 느낌이 들어. 다른 사람들에게도 친절하게 대하는데 가끔 나한테 특별한 호의를 베푸는 것 같다는 생각이 드는데 나 혼자만의 생각일까.

J!

너도 그렇게 생각하지 않니?

왜 그렇게 나한테 친절한 것일까. 내가 어떤 위치에 올라 있을 때, 주임님처럼 누구나에게 공평하게 친절할 수 있을까. 말도 안 되는 소리야. 일단 내가 어떤 위치에 올라간다는 것 자체가 말이 안 되니까. 이렇게 생각하고 있었는데 말이 안 되는 일이 일어나고 말았어.

그것은 내가 조장이 되었다는 거야. 내가 조장이 되었다고! 골프장에 입사한 지 얼마 되지도 않았고 나이도 어리고 활발한 성격도 아닌데 어떻게 조장이 될 수 있냐고? 그건 주임님의 추천이 있었기 때문이야. 아까도 말했지만 주임님은 나를 특별하게 대하는 것 같아. 왜 그러지? 조만간 회식이 있다고 하니까 그때 꼭 물어봐야겠어.

내가 조장이 될 수 있었던 것은 현직 조장이 그만뒀기 때문이야. 조장이 왜 관뒀냐고? 솔직히 이건 창피한 일이야. 같은 캐디로서 몹시 부끄러운 일이야. 얼마 전에 나갔던 손님들이 치근덕거리는 것은 나를 만만하게 봐서 그럴 거야. 누군가 그런 빌미를 줘서 재미를 봤거나 사회가 그런 남자들 위주로 돌아가서 여자들은 늘 당하고 사는 것인지도 몰라.

조장이 유부남을 만나는 것도 나쁜데 고객을 만나는 것이 더 문제가 됐던 것 같아. 그것도 비싼 회원권을 가지고 있는 고객을 만나서 파장이 커졌어. 들리는 소문에 의하면 캐디가 먼저 들이댔다고 해. 그게 말이니 막걸리니? 소문은 도대체 어느 공장에서, 누가 빚어서, 취하기 좋아하는 사람들에게 팔아넘기는지 모르겠어.

남자들의 짐승적인 본능에 누가 당할 수 있겠니? 물론 조장이 잘했다는 것은 아니야. 나는 유부남인 회원이 더 잘못했다고 생각하니까. 나이도 먹을 만큼 먹었고 자식 또래의 여자를 만나는 것을 이해할 수 없어. 도대체 세상이 어떻게 되어 가니? 남자 위주의 세상에서 여자들이 살아남기 위해 얼마나 노력하는지 몰라.

조장이 평소에 다른 사람들에게 인정을 받고 착했더라도 사람들은 똑같이 조장을 욕했을 거야. 남녀가 바람이 나면 무조건 여자를 먼저 몰고 가는 잘못된 사고방식이 은근히 존재하기 때문이야. 그런데 대체 그들에게 어떤 속사정이 있는지 아무도 알려고 하지 않아. 단지 겉에 드러난 것으로 가십거리로 삼을 뿐이야. 명백하게 둘이 잘못한 것은 맞는데, 어느 한쪽만 몰아가면서 나쁘다고 하는 것은 좋지 않아. 오징어가 맥주의 안주로 질겅질겅 씹히고 있는 것처럼 그냥 물어뜯기고 있을 뿐이야. 그리고 정말로 만약에… 만약에 권력에 이용당했거나 다른 사정이 있는 거라면 그건 정말 아픈 일일 거야.

머리 아픈 얘기는 이제 그만 하고 조장이 그만둔 덕분에(?) 내가 조장을 하게 됐어.

조류에 휩쓸리고 있었는데 마침 초록의 잎사귀를 만난 개미처럼 좋아해야 되나…

이것을 잘 됐다고 해야 할지, 잘못됐다고 해야 할지 모르겠어.

J!
우리 잘 살자. 누구에게도 꿀리지 않으면서 당당하게 살자.

*

지아가 조장이 되고 일주일이 지난 어느 날, 경기과 직원과 조장들이 시골의 음식점에 모였다.

"자, 모두 건배해요."

모두 잔을 높게 들고 건배를 외쳤다.

"오늘 새로운 조장도 있고 회사에 불미스러운 일도 해서 이런저런 얘기를 하려고 회식을 준비했어요. 지금 오신 분들이 조장 4명, 사감 1명, 우리 셋, 이렇게 총 여덟 명이네요. 전조장일 모두 다 아시죠? 어떻게 그런 일이 생겼는지 제 상식으로는 도저히 이해가 안 돼요. 모두 그렇지 않아요?"

사람들 대부분이 동의의 뜻으로 고개를 끄덕였다.

"저도 위에서 엄청 깨지고 잘릴 뻔 했어요. 앞으로 캐디들의 인성교육을 더 해야 될 것 같아요. 이번 주 내로 석회 날짜 잡을 거예요. 그건 차차 상의하기로 하고 지아 씨 한 잔 받아요."

마스터는 미소를 지으며 술을 따라줬다.

"그리고 기존의 조장님들은 지아 씨가 아직 서투르니까 많이 도와줘요. 누구나 처음은 어려운 법이니까 신경 좀 써주세요."

고기가 연기를 피우며 지글지글 익어가고 사람들의 웃음소리가 연기와 섞여 천장에서 머물고 있었다. 지아는 무심하게 천정을 바라보고 있었다.

"뭘 그렇게 보고 있니? 축하해. 앞으로 우리 잘 해보자. 여기가 생긴 지 얼마 안 돼서 어려움이 많아. 경기과가 안정이 돼야 우리도 좀 편한데 아직은 좀 그래. 우리 건배 한 번 할까?"

"저도 같이 건배해요. 그리고 지아 씨, 축하해요. 저도 진행은 처음이라 아직 서툴고 그래요. 뭐랄까, 그런 면에서는 우리 비슷한데요."

지아가 1조 조장 미현과 건배를 하려고 하자 연습생이 끼어들면서 말했다.

"네가 일만 서투르냐. 싸가지도 없지."

다른 조장이 말했다.

"자연 누나도 참 너무하는 것 아니에요?"

"내가 너무한 게 아니고 네가 너무하지. 너 지난번에 내가 그렇게 얘기했는데도 언니들한테 말 좀 예쁘게 하면 안 되냐?"

"야, 니들 사랑싸움은 딴 데 가서 하면 안 되겠니? 남자 없는 사람 어디 눈꼴 시려서 살겠니?"

그 사이 4조 조장인 혜연이 와서 말했다.

"술 좀 더 마셔?"

연습생과 자연이 티격태격 하고 있는 사이 주임이 와서 물었다.

"아니에요, 원래 잘 안 마시는데 오늘 너무 많이 마셨어요. 주임님 한 잔 드릴까요?"

"아니야. 나도 됐어요. 마시고 싶은데 내일 조출이고 진행 보는 김 프로 녀석도 쉬니까 바짝 긴장하고 있어야 돼요."

"근데 주임님, 궁금한 게 있는데 주임님은 어떤 책 좋아하세요? 그때 보니까 책 많이 좋아하신 것 같아서요."

"나는 그냥 책이 좋아요. 공부하는 것도 좋아하고 항상 새로운 것이 좋아요. 그냥 호기심이 많다고 해야 할까."

주임은 잔을 만지작거리면서 말했다.

"지아 씨는 좋아하는 책 있어요?"

"좋아하기 보다는 읽어야 한다는 생각이 들어서요. 근데 책이 별로 없어요."

"그래서 지난번에 책 사러 갔군요."

"네, 일이 좀 익숙해져서 그런지 뇌에서 공부 좀 하라고 하네요."

"어떤 공부를 할지 모르겠지만 필요한 게 있으면 내 책 가져다 읽어도 돼요."

"정말요? 감사합니다."

주임과 같이 있으니 지아의 표정이 한층 더 밝아졌다.

"주임님, 절 어떻게 조장으로 추천해주셨어요? 제가 일을 못하면 주임님이 곤란하실 텐데요."

"나뿐 아니라 다른 조장하고 상의해서 말한 거예요. 그리고 난 지아 씨를 믿어."

주임은 예쁘게 미소 지으며 말했다.

'나를 믿는다고…!'

이때 마스터가 손짓을 하며 주임을 불렀다.

"잠깐만, 이리와 봐요."

마스터와 주임은 휴대폰을 보면서 비밀스럽게 얘기를 주고 받았다. 모두 아닌 척 하면서도 시선은 마스터와 주임을 향해 있었다. 이윽고 마스터가 말했다.

"여러분에게 양해를 구해야 될 일이 있는데요. 사람이 한 명 더 와도 되나요?"

"괜찮아요. 마스터님 술자리에 사람이 많으면 좋죠."

미현이 말했다.

"다른 분들은 어때요. 괜찮아요?"

여기저기서 괜찮다는 소리를 들은 마스터는 사람들을 향해서 말했다.

"사실은 이번에 영업팀장이 바뀌었는데 이 자리에 참석을 하고 싶다고 말씀하시네요. 그럼, 여러분들이 괜찮다고 하니까 오시라고 할게요."

모두 찬성한 것과는 달리 영업팀장이 온다고 오니까 표정이 어두워졌다.

"영업팀장님도 한때 캐디를 하셨다고 그러네요. 그래서 여러분들하고 소통이 될 것도 같은데요."

"글쎄요. 지난 번 영업팀장님은 우리를 어찌나 얕잡았는지 주임님도 잘 아시잖아요."

혜연이 불쾌한 표정으로 주임의 말에 대꾸했다.

"오해가 있긴 한데 그래도 보지도 않고 먼저 미워하지는 말아요. 사람은 모두 다르니까."

"사실 영업팀 뿐 아니라 코스 관리부네 레스토랑 직원들이 모두 우리를 무시하는 건 맞아요. 저도 캐디 생활을 했기 때문에 잘 알고 있어요. 그래도 그 사람들이 뭐라 하건 우리 방식대로 떳떳하게 행동하면서 살아야 하지 않겠어요? 이번에 벌어진 조장 일만 해도 사람들이 오해하기 좋게 만들었잖아요. 그러니까 여러분들이 먼저 무시당하기 않게 행동을 똑바로 해야 돼요. 사람들에게 먼저 빌미를 주지 말아야 해요."

주임의 말이 끝나자 마스터도 한마디 했다. 마스터의 말에 분위기가 더 가라앉았다. 이때 누군가 문을 두드리고 들어왔다. 훤칠한 키에 잘 생긴 남자가 들어오자 시선이 모두 그쪽으로 향했다. 먼저 마스터가 일어나서 인사를 했다. 그러자 모두들 일어나서 인사를 했다.

"자, 여러분 새로 오신 영업팀장님이세요. 다 같이 잔에 술을 채우고 아까 건배를 못했으니까 한 번 할까요? 그리고 건배사도 부탁해요, 팀장님."

마스터에 말에 모두 잔을 들었다.

"앞으로 영업팀을 이끌어나갈 서태환이라고 합니다. 일은 즐겁게, 인생을 활기차게!"

모두 태환의 말을 복창하고 유리잔 부딪치는 소리가 울려 퍼졌다. 사람들이 술을 마시는데 한 사람은 마실 수가 없었다. 지아는 그를 보고 너무 놀라 뒤로 넘어질 뻔했다. 웬일인지 그는 그녀를 모르는 척했다. 상대가 모른 체 하는데 먼저 아는 체 하는 게 예의가 아닌 것 같아서 아무 말도 하지 않았다. 그는 전 회사에서 말없이 가버린 후 연락 한번 안 했다. 정식으로 사귄 사이는 아니었지만 그녀에게는 그리움 비슷한 것이 있었다. 그가 어떻게 여기로 왔는지 모르겠지만 왠지 성공한 사람처럼 보였다. 순간 자신을 만나러 온 건 아닌가 의심을 했지만 그럴 리가 없다고 다시 생각했다.

"팀장님, 캐디도 좀 하셨다는데 정말이세요?"

자연이 호기심 가득한 표정으로 물었다.

"아, 네. 사실은 비밀로 하려고 했는데 벌써 말했나 보네요."

태환은 마스터를 보면서 말했다. 마스터는 무안했는지 고개를 돌려버렸다.

"들켰으니까 말해야겠네요. 사실 몇 개월 일하다가 때려치웠죠. 그때 캐디를 한 것은 골프장 일을 본격적으로 하려고 부서 외에 다른 경력을 쌓으면 어떨까 싶어서 들어갔는데 생각보다 손님들이 보통이 아니더라고요. 도저히 못 참겠어서 그만 뒀어요. 저는 지금도 생각하는데 캐디 분들 정말로 대단하다고 생각해요. 육체노동만으로도 충분히 힘든데 네 사람의 비위까지 맞춰가며 일을 해야 하죠. 그리고 날씨는 어떤가요? 추우면 추운대로 더우면 더운대로 그걸 다 감당하면서 일해야 하죠. 바깥에 온풍기가 있는 것도 아니고, 에어컨이 있는 것도 아닌데 그런 환경에서 최선을 다해서 일한다는 것이 존경스러울 정도라니까요. 그리고 또 하나, 경기과는 어떤가요?"

그의 말에 모두 놀라며 마스터를 쳐다봤다.

"물론 여기를 말하는 건 아니에요. 전 오늘 왔거든요. 제가 다녔던 곳의 경기과는 정말 말도 못할 정도였어요. 캐디들을 얼마나 하대하고 무시하는지 기가 막히더라고요."

그는 목이 타는지 물을 따라 마셨다. 모두 아무 말 없이 그의 말을 기다리고 있었다.

"거기와 비슷한 곳이 많이 있겠죠. 그런 곳에서 참으며 어쩔 수 없이 일을 하고 있는 사람들 심정은 말도 못할 것입니다. 제가 그 골프장을 그만 둔 이유는 사람 대접 못 받는 게 정말 싫더군요. 아직까지는 남자 캐디를 인정해주는 골프장이 별로 없어요. 근데 앞으로는 남자 캐디를 많이 쓸 수밖에 없는 상황이 올 거예요. 물론 여긴 아직 먼 나라 이야기이겠지만요."

"어머, 팀장님. 어쩜 그렇게 말씀도 잘하세요."

순간 미현이 그의 말에 끼어들었다. 마스터는 미현에게 인상을 쓰며 눈치를 줬다.

"제 얘기가 너무 길었나 봅니다. 이제 저는 신경 쓰지 마시고 즐기세요."

지아는 일부러 그와 마주치지 않으려고 다른 사람들을 보며 술을 마셨다. 주임은 태환이 온 후 지아의 행동이 부자연스러워 보였는지 일부러 그녀 옆자리에 앉았다.

"여기에 앉아있는 미인들은 조장들이에요. 이쪽은 이번에 새로 조장이 된 이지아 씨고요."

갑작스런 마스터의 행동에 그녀는 당황해했다. 뭐라 말을 할 수가 없어서 고개만 까딱하고 말았다. 그녀는 그가 난처할까봐 일부러 피하는 것이라 생각하고 자신은 당당하게 행동을 해야겠다고 생각을 했다. 그러나 그건 마음 속 바람일 뿐 입도 떼지도 못하고 계속 시선을 피했다. 그녀는 이런 상황이 답답해서 화장실 간다는 핑계로 밖으로 나와 버렸다. 화장실을 다녀왔는데 들어가기가 망설여져 밖에서 서성거렸다. 사방은 온통 어둠에 둘러싸였고 외로운 가로등만

이 이곳을 지키고 있었다. 불빛에 모여든 벌레를 보면서 어쩌면 죽을지도 모르는 곳에서 살겠다고 몰려드는 것이 안쓰러워 보였다.

그녀는 어쩐지 자신이 벌레를 닮았을지도 모른다고 생각했다. 무엇이 있는지도 모르는 곳에서 살겠다고 무작정 달려가는 벌레로 보였다. 등 안에는 새카맣게 타죽은 벌레들이 있었다. 빛이 희망을 주지만 때때로 희망을 가두고 질식시킨다는 것을 몰랐던 것일까. 어둠속에 있는 것이 많이 무서웠던 걸까 라는 생각을 하고 있는데 누군가 말을 걸었다.

"뭘 그렇게 보고 있니?"

그녀는 낯익은 목소리를 듣고 고개를 돌렸다.

"오빠! 오빠 맞지?"

"그래, 나 태환이야. 사람들 있는 곳에서는 네 입장이 곤란할 수도 있을 것 같아서 아는 체를 못했어."

"그런 것 같더라고. 괜찮아. 근데 그건 상관없는데 왜 그동안 연락 한번 없었던 거야?"

"야반도주한 주제에 어떻게 연락해. 사실 그날 그만 두려고 작정했었어."

그녀는 그의 말이 마지막 식사를 하던 날을 생각나게 했다. 그때는 엄청 슬퍼보였는데 오늘은 완전히 다른 모습이었다.

"아무튼 연락 못해서 미안했어. 여기 오기로 결정이 났을 때, 네가 여기에 있다는 것을 알고 나도 깜짝 놀랐어."

"내가 여기 있는지 알고 있었어?"

"오늘 내가 회식에 참석한 이유가 뭔지 아직도 모르겠니?"

"오빠…"

어두웠지만 그의 눈빛이 강하게 빛나고 있다는 것을 느꼈다. 그녀는 그가 자신을 잊지 않았다는 사실에 심장이 뛰었다. 그러나 곧바로 그녀의 생각이 착각이었다는 것을 깨달았다.

"근데 지아야, 회사에서 내가 너랑 같은 곳에 다녔다는 말을 안 했으면 좋겠다. 내 입장이라는 것도 있고 너하고 나는 위치가 다르니까."

지아는 무심하게 말하는 그가 멀게만 느껴졌다. 그래서 이제 그에 대한 생각을 접어야겠다고 생각했다.

5부. 헛된 꿈

*

    회식이 끝나고 나서 지아는 바쁜 나날들을 보내고 있었다. 조장이 된 후 할 일이 많아졌다. 일은 일대로 하면서 경기과가 바쁠 때는 배치 보면서 직원들 업무를 대신했다. 아무런 대가 없는 건 아니었지만 그건 새 발의 피 정도 밖에 안 되는 해택이었다. 배토를 안 하고 근무 시간을 자유롭게 조정할 수 있다는 것 외에는 없었다. 그녀는 뭐가 어찌됐든 자신이 선택한 일에 대해 군소리 없이 일하는 스타일이었다.

    그날 이후 태환의 우려와는 달리 서로 마주칠 일이 쉽게 일어나지 않았다. 그녀는 그와 만나서 무슨 얘기라도 나누고 싶었지만 좀체 기회가 나지 않았다. 회식 때는 보는 사람들이 많아서 아무 말도 할 수가 없었지만 자신과 멀게 지내야만 하는 이유를 듣고 싶었기 때문에 만나고 싶었다. 그에게 문자를 할 수도 있지만 그건 자존심이 허락하지 않았다. 그런 그에 대한 생각도 어느새 일에 쫓겨 잊어버렸다. 아니 잊으려고 노력을 하니까 잊게 되었다.

다시 몇 달이 흐르고 봄이 찾아왔다. 그녀는 일 나가기 전에 경기과 회의를 한다고 해서 시간보다 일찍 올라갔다. 일을 하기도 전에 잔소리를 들을 생각을 하니까 골치가 아팠지만 먼저 와서 앉아있는 미현의 표정은 여유가 있어보였다. 그녀는 조장 중에 제일 나이가 어리고 경력도 짧아서 다른 조장들의 말을 따르기만 했다. 직접 제안이나 의견을 내지만 그것을 강하게 주장하거나 다른 사람의 의견을 반박하지도 않았다.

"오늘은 무슨 일로 회의를 한데요?"

"배토도 그렇고 신입 교육 문제도 그렇고 해서 아무튼 이 동네는 항상 똑같다니까."

미현의 말이 끝나기 무섭게 경기과 문이 열렸다.

"자, 아직 다 안 왔어요?"

마스터는 들어오면서 말했다. 지아가 뭐라 말하려는 순간 다른 조장들이 들어왔다.

"이제 시작할까요?"

마스터는 단호한 표정을 지으면서 말했다.

"오는 유 주임은 쉬고 김 프로는 코스에 있고 다 됐네요. 각 조장님들, 배토 문제 생각해 봤어요? 그래도 한 달에 15

번은 해야 하지 않을까요? 아니면 일할 때 배토를 하는 것은 어떨까요? 신입은 빼고 배토하려다 코스 다 막아놓으면 안 되니까. 참, 미현 씨는 전에 있던 골프장에서도 배토 가방을 매고 근무했다고 했죠?"

"그럼요. 지금 하는 것은 아무것도 아니에요. 배토 검사는 매주 하고 일할 때 배토 안 하면 무전 날아오고 난리도 아니었어요."

"우리 회장님은 코스가 지저분한 것을 엄청 싫어해요. 지난번 미현 씨가 나가 봤지만 회장님 어때요? 볼은 대충 치시고 코스만 살피시죠?"

"네, 맞아요. 운동하러 오신 게 아니라 코스 살피러 오신 것 같았다니까요. 저도 티 박스에서 어디 쓰레기 없나 확인하고 치우기 바빴다니까요."

"회장님도 그렇고 회사 차원에서도 그렇고 모두 배토가방을 매는 것으로 하는 것이 좋을 것 같은데 어때요. 다른 분들 생각은 어때요?"

"근데 마스터님, 그럼 진행이 안 되지 않을까요? 신입뿐만 아니라 경력자 중에서도 진행 안 되는 언니가 많거든요."

혜연이 걱정된다는 듯 말했다.

"진행이 안 되면 그것에 상응하는 대가를 줘야줘. 경력자든 신입이든 진행이 안 되면 조장들이 나서서 따끔하게 얘기해요. 안 되면 벌당을 주든지 특단의 조치를 취해야죠."

마스터는 단호하게 말했다.

"그리고 각 조원들에게 티나 쓰레기 수거도 좀 하도록 해요. 새벽에 코스 한번 돌고 오면 부러진 티에 뭐에 쓰레기장이 따로 없을 정도로 지저분해요."

"마스터님, 저희도 각 조별로 티 통을 만드는 건 어떨까요?"

자연이 말했다.

"그거 괜찮은 것 같은데 애들이 잘 주워올까?"

"경기과 앞에 빈 박스 4개 갖다 놓고 부러진 티를 거기에 넣는 거예요. 월 말에 티를 가장 많이 모은 조에게 선물을 주면 좋을 것 같아요. 그러면 코스도 좀 깨끗하지 않을까요?"

"괜찮은 것 같아요. 여러분은 어때요?"

마스터가 흡족한 표정으로 묻자 모두 찬성 한다고 표시를 했다.

"이것은 만장일치군요. 그리고 참 신입들도 많이 들어왔는데 우리 교육을 어떻게 할까요? 동반은 각자 분담을 하면 되는데 라운드는 볼 칠 사람이 필요해요."

"지아도 이제 교육라운드를 같이 해야 될 것 같은데요."

미현의 말에 지아는 올 것이 왔다고 생각했다. 그녀는 지난 겨울에 볼을 배우려고 했는데 어영부영 미루다가 시간만 까먹고 말았다. 그녀는 혼자 연습장을 다니는 것도 그렇고 낯선 것에 대한 두려움을 아직도 깨지 못하고 있었다.

"이제부터 연습장 다닐게요. 근데 배우고 나면 바로 교육을 하나요?"

"머리부터 올리고요. 일 마치고 언니들이랑 볼도 치면서 배우면서 천천히 해요."

"그래, 지아야. 얼른 배워. 골프 배워두면 좋아."

자연은 미소를 지으며 말했다.

"그리고 요즘 애들 복장이 엉망이고 머리 망도 안하는 사람이 있던데 어떻게 된 거에요?"

회의는 대체로 일방적으로 진행됐다. 의견을 묻기 보다는 안건을 통보하여 동조를 구하는 식이었다. 조장들의 얼굴은 얼핏 보면 불만이 없어 보인 듯 했으나 눈빛은 뭔가 만족스럽지 않아 보였다. 매번 비슷한 회의를 하니까 서로 지치기도 했다. 매일 같은 일을 하는데 매번 돌아가면서 같은 실수를 반복했다. 지아는 가끔 인간은 신이 아니어서 모든 일이 완벽하게 흘러가지 않는다고 생각했다. 그러나 인간은 신이 아니기에 항상 최선의 노력을 해야 한다는 것도 잊지 않았다.

며칠 뒤, 그녀는 골프장 바로 옆에 있는 연습장에 등록을 했다. 두 달 동안 하루도 빠짐없이 연습장을 나갔다. 수정처럼 그녀도 똑딱이만 한 달 내내 하고 풀 스윙을 배웠다. 지아는 수정과 만나지는 못했지만 가끔 통화도 하면서 지냈다. 골프연습장에서 레슨 받는다고 하니까 언제 한번 날 잡아서 라운드 나가자는 문자를 받고 피식 웃었다. 아무튼 그녀에게는 매일 재밌는 날이 계속되고 있었다. 열심히 연습장을 다닌 덕에 회사에서 조장들과 함께 머리를 올리게 되었다.

"오, 지아 씨. 이렇게 보니까 달라 보이네. 역시 옷이 날개네. 골프화도 예쁘고."

"글쎄요, 누가 골랐는지 잘 어울리고 몸에 착 달라붙네요."

회식을 한 뒤 그녀는 주임의 방에 자주 갔다. 친해진 뒤로 같이 밥도 먹고 쇼핑도 했다. 주임은 그녀에게 필요한 골프웨어와 신발을 골라줬다. 그녀는 옷 고르는데 영 젬병이었다. 보통은 청바지에 티셔츠 차림으로 다니는 일이 많아서 옷에 대한 관심이 없었다. 그래서 주임의 코치를 받으며 옷을 골랐다. 확실히 자신은 그런 쪽으로 감각이 뒤떨어진다는 것을 느꼈다.

"머리 올린다는데 같이 운동하면 좋을 텐데. 하필 오늘 오후에는 아무도 없으니 원."

주임은 몹시 아쉬워했다. 그녀도 아쉬운 마음이 들었는지 안타까운 표정을 지었다.

"다음에는 꼭 같이 하는 거다."

주임은 그녀의 어깨를 톡톡 치며 말했다. 주임이 들어가고 자연이 카트에 백을 싣고 나왔다.

"이제 가요."

"잠깐만 자연아, 막 팀 빠졌는지 무전 좀 하고."

미현은 무전기를 들면서 말했다.

"그나저나 열심히 연습했어?"

"연습장에서는 열심히 했는데 좀 떨리네."

"떨긴 뭘 떨어. 나도 백순이야."

"그래도 언니는 많이 쳐 보기라도 했지."

"근데 얘들아. 막간을 이용해서 정하자. 오늘 내기 어떻게 하지? 지아가 머리를 올리니까 라스를 할 수도 없고."

미현이 모두에게 말했다.

"머리 올리는 사람이 무슨 내기예요."

지아가 정색하면서 말했다.

"그럼 우리 셋이 스크라치 하는 건 어때? 안 하면 좀 밋밋하지?"

"언니 스크라치가 뭐냐? 스트로크지. 그리고 나도 지아랑 같은 수준이야. 그러니까 핸디나 줘."

자연이 능청스럽게 말했다.

"야! 무슨 핸디 우리 다 백순이인데…"

"언니는 구십 개 치잖아. 얼른 핸디 15개 줘."

자연은 손바닥을 내밀었다.

"내 참, 그래 알았다 알았어. 여기 10개."

"언니들 하는 거 보니까 며칠 전 나갔던 고객들 보는 것 같네. 데자뷰 같아."

혜연이 한심하다는 듯 말했다.

"야, 우리도 사람이야. 너는 핸디 안 줘도 되지?"

"그래 주지 마세요. 근데 이제 이동해도 되지 않아?"

홀에 도착한 지아는 티 그라운드에 티를 꽂고 공을 올렸다. 연습 스윙을 한 다음 어드레스에 들어갔다. 그런데 팔이 움직이지 않았다. 눈은 공에 고정돼 있고 팔은 굳어버렸는지 뒤로 넘어가지 않고 한참 뒤에 '틱'하는 소리와 함께 공이 굴러갔다. 순간 뒤에서 자연이 웃는 소리가 들렸다. 지아는 창피해서 어쩔 줄 몰라 했다.

"미안, 나도 모르게 그만 웃어버렸네."

"으이구, 너도 참, 너는 처음부터 잘 쳤어?"

미현이 자연을 째려보면서 말했다.

"괜찮아 다시 한 번 쳐봐. 자아 힘 빼고 연습 스윙 한 번하고 준비 됐으면 공 끝까지 보고 하나, 둘, 셋!"

다시 셋업을 하고 드라이버를 공 뒤에 놓은 다음 미현의 구령에 맞춰 쳤다.

"굿 샷! 이 정도면 훌륭해."

자연이 미안한지 큰소리로 외쳤다.

"그럼 처음인데. 잘했어."

"지아는 나하고 스트로큰데 다음에 할 때 지아랑 내기 해야겠어."

사람들의 격려를 받으니 가슴이 뿌듯했다.

지아는 생에 첫 라운드를 했다. 이제 조금은 손님들의 마음을 알 것 같았다. 못 치는 사람들이 얼마나 힘들게 뛰면서 따라오는지 절실하게 느꼈다. 카트는 언감생심 탈 수가 없었다. 카트는 볼 잘 치는 귀족이나 타는 황금마차처럼 다가갈 수가 없는 존재였다. 어쩌다 한 번 볼이 잘 맞으면 그렇게 기분 좋을 수가 없었다. 그리곤 당당하게 카트를 탔다. 손님들이 골프는 자기 자신과의 싸움이라고 했던 말이 생각났다. 자신도 골프에서 뭔지 모를 승부욕을 느꼈다. 자신과 잔디가 한 몸이 되어 홀을 정복하는 짜릿한 승부욕을 느꼈다.

*

지아는 첫 라운드 이후에도 연습장에 꾸준히 다녔다. 이제 한 발자국씩 걸음마 연습을 하고 있었다. 동료들과 근무 후 라운드도 자주 했다. 재밌고 흥미진진한 날이 계속되면서 얼굴도 많이 좋아졌다.

"언니, 이제 볼 좀 칠만 해요?"

룸메이트가 그녀에게 물었다.

"응. 근데 네가 지난번에 사준 볼 다 잃어 버렸어. 해저드 생각 못하고 쳤는데 하필 네 볼이잖니. 너무 아까워. 똥 볼로 쳤어야 했는데 잃어버려서 미안해."

"볼을 잃어버리면서 배워야 늘죠. 나도 배우고 싶다."

"배워. 그래서 같이 라운드 하자."

"근데 돈이 많이 들어가잖아요. 전 아직 그럴 여유가 없어요."

거실로 나온 룸메이트는 커피포트에 물을 넣어 끓였다.

"언니, 커피 한 잔 할래요?"

"응, 다 나갔나 보네."

그녀는 꼭 닫혀져 있는 문들을 보면서 말했다.

"다 1부 근무던데요. 언니는 오늘 일 안해요?"

"하루 쉬기로 했어. 이따 연습장에 가려고. 어제 보니까 미현 언니 너무 잘 치더라고. 깜짝 놀랐다니까. 부럽기도 하고 볼 치고 여유 있게 기다리고 있는데 내가 미안하더라고."

"그 언니도 연습장에서 살 때가 많더라고요."

"그래? 나도 열심히 해야겠는걸."

골프를 배우며 행복한 시간을 보내고 있던 그녀에게 새로운 고민이 생겼다. 조장이 된 뒤 사람이 많지 않지만 관리가 생각보다 쉽지 않았다. 휴무 문제와 배토 하는 것, 근무 태도와 동료 간의 예의 문제가 있다. 아무래도 수십 명이 같은 공간에서 일하는데 트러블이 없을 순 없겠지만 머리에 쥐가 나도록 스트레스를 받았다. 문제가 안 되는 것도 스스로 문제를 만드는 사람들을 그녀는 이해할 수가 없었다. 남한테 피해를 주지 않고 자기 일만 하면 된다고 생각하는데 다른 사람들은 그렇게 생각 안하는 것 같아서 속상했다.

"주임님, 너무 한 것 아니에요?"

"무슨 일 있니?"

"아니, 걔는 집안에 우환이 있나 봐요."

"해수 말하는구나!"

"주임님도 들었어요?"

"아까 퇴근하는 길에 들었어."

사람이 다닐 것 같지 않는 시골길을 따라 오솔길로 들어서

면 반짝거리는 간판에 김이 모락모락 나는 차와 시원해 보이는 생맥주 사진이 그려져 있다. 주임의 차는 익숙하게 좁을 길을 들어가고 있다. 외식하자고 하는 것은 주로 주임이 먼저 제안을 하는데 오늘은 지아가 먼저 가자고 했다. 그녀는 술이 나오자마자 500cc 생맥주를 벌컥벌컥 마셨다.

"이번엔 큰아버지가 쓰러졌대요. 지난번엔 아버지가 저번 달에는 할머니가 아프셨고 그 집안 고사 좀 지내야 하는 게 아닌지 모르겠어요."

"그러게 나도 참 이해가 안 가. 그런데 그게 정말 사실이라면 정말 큰일이야."

"아니에요. 걔는 거짓말 하고도 남을 애란 말이에요!"

그녀는 잔뜩 인상을 쓰며 말했다.

"알았어. 화내지 마. 그래서 아침부터 지아 얼굴이 퉁퉁 부어있었구나! 맥주만 마시지 말고 낙지볶음도 먹어 봐. 오늘은 소면이 아주 잘 삶아졌네. 음, 맛있겠다."

주임은 낙지와 소면을 섞으면서 말했다.

"조장을 해보니까 보통일이 아닌 것 같아요. 사실 그 동안 조장님들이 하는 것에 대해 불만이 있었는데 이제 어느 정도 이해가 되는 것 같아요."

"모두 상대방의 입장이 돼봐야 안다니까. 그리고 상사도 아니고 조를 대표해서 관리하는 같은 캐디잖아. 그러니 겉으로 드러내지는 않지만 은근히 무시하고 그래."

"그리고 해수는 마스터님하고 친하던데. 쉬는 날 같이 골프도 치고 왔다던데요."

"마스터님이 데려온 친구니까. 그렇겠지 뭐."

"웃긴 게 그런 것을 지가 일일이 말하고 다녀요. 친하다고 자랑하는 건지."

"친할 수도 있지 뭐."

"주임님 제가 얘기하는 것은 그게 아니잖아요. 자꾸 그런 애를 봐주면 다른 조원들이 뭐라고 하겠어요. 그리고 걔가 조퇴하는 바람에 투 안 할 사람들이 하는 거잖아요."

그녀는 아무런 감정 없이 말하는 주임이 답답하게 느껴졌다.

"어쩜 그렇게 자기 생각만 하는지. 그리고 자연 언니도 자꾸 해수를 감싸고 그런다니까요."

"자기 조원 감싸는 거니까 뭐. 이제 그만 화내고 낙지 좀 먹어 봐. 매워서 그런지 스트레스 날아가고 있는 중이야."

주임은 한결같은 목소리로 말했다.

"그래도 저한테 주임님이 있어서 다행이에요."

"나도 지아가 있어서 다행이야. 자, 먹어봐."

주임은 미소 지으면서 그녀의 접시에 낙지를 담아줬다.

"근데 주임님 궁금한 게 있는데 그때 영업팀장으로 오셨던 분 잘 안 보이시던데 다시 그만두신 거예요?"

"팀장님 회식하고 나서 집에 일이 생겨서 계속 안 나오시다가 다시 복귀하셨어. 근데 왜?"

"아니, 그냥 궁금해서요."

"네가 봐도 괜찮아 보이지? 인상도 좋고 친절하고 친절이 아예 몸에 배어 있더라니까. 왜 억지로 나오는 친절이 아니라 당연히 해야 되는 것처럼 사람들에게 잘 해. 역시 회장님께서 보는 눈이 있다니까."

"회장님이 직접 면접을 보신 거예요?"

"아니, 회장님이 직접 데려오셨어. 원래 인사에 대해서는 꼼꼼하신데 당신 마음대로 들이신 것 보니까 여간 잘하지 않겠어?"

"일종의 낙하산? 우리 마스터님처럼요?"

"어허, 그렇게 남의 얘기 함부로 하면 안 돼."

주임은 인상을 쓰면서 말했다.

"앗, 죄송해요."

"사실 팀장 얘기도 너한테 안해야 되는데 널 믿으니까 하는 거야. 소문이든 뭐든 사실이든 사실이 아니든 근거 없이 떠들어 대는 것은 용납 못해. 그리고 이렇게 다른 사람에 대해서 왈가왈부 하는 것도 싫어."

주임은 진지하게 말했다.

"다음부터는 조심할게요."

"그새 우리 지아 주눅 들었네. 소면 비벼줄까?"

"네."

"그거 아니? 지아 여기 처음 왔을 때하고 많이 달라졌어."

그녀는 주임의 태도에 놀랐다. 계속 만나면서 그렇게 발끈하는 것을 처음 보았기 때문이다. 그래도 그녀는 주임이 원망스럽거나 싫지 않았다. 모두 자신을 위해서 하는 말인 것을 알기 때문이다. 그녀가 생각하기에도 요즘 자신이 너무 세지고 있다는 것을 느꼈는데 주임도 그렇게 느낄 줄은 몰랐다.

반성이 필요하다고 느꼈지만 그건 한순간이었다. 다음날 1부 첫 팀으로 나갔는데 전반 나인 홀이 끝나고 잠시 대기하던 중에 참을 수 없는 일이 일어났다. 1부 막 팀들이 광장에 대기하고 있었는데 동료들의 자세가 엉망이었다. 어떤 사람은 다림질도 제대로 안 돼 있었다.

"영란 언니, 언니 어제 옷 다렸어요?"

지아는 나이가 많이 먹은 동료에게 말했다.

"응, 다렸는데… 왜?"

"근데 옷이 너무 구겨져 있는데요. 봐요, 다른 사람들 옷은 반듯하잖아요."

그녀는 다른 사람들 쪽을 쳐다보면서 말했다.

"출퇴근 하면서 유니폼 입고 운전하니까 그랬나봐. 알았어."

영란은 입을 삐죽 내밀면서 말했다. 그녀는 누군가를 관리하려면 자신이 완벽해야 된다고 생각했다. 그래서 사람들에게도 완벽을 강조하며 잔소리를 했다.

"이번에 마스터님이 복장 검사도 하고 광장에 대기할 때 근무 자세도 본다고 하니까 지금 서 있는 것처럼 열중 쉬어 자세와 짝다리는 절대 안돼요. 언니들도 알다시피 마스터님 요즘 심기가 안 좋아요."

그녀의 눈에 거슬리는 것은 그것뿐이 아니었다. 그린 홀 아웃 할 때 고객이 깃대를 꽂아주면 옆에 같이 서서 인사해야 하는데 먼저 나가 버리고 심지어 캐디 본인이 꽂아도 인사를 하지 않고 나갔다. 옆 홀로 볼이 넘어갈 것 같으면 포어를 해야 하는데 외치기는커녕 무전도 오지 않았다. 그럴 때마다 참지 못하고 무전에 대고 한마디 했다.

'방금 8번으로 볼 치신 분 누굽니까? 우리 고객님 볼 맞을 뻔 했는데 무전 안합니까?'

"앗, 죄송합니다."

이런 무전이 안 오면 일이 끝나고 누구인지 꼭 찾아내서 한마디 해야 직성이 풀렸다.

"무전 왜 안 했어? 고객님 얼마나 놀란 줄 아니? 포어를 안 한 상태에서 사고 나면 너에게도 책임을 묻는단 말이야. 사고 나면 회사가 모든 것을 책임져주지 않아. 앞으로 신경 좀 써."

주임이 말한 대로 지아는 점점 변해가고 있었다. 성격뿐만 아니라 볼 실력도 늘었고, 일하는 스킬도 초보 때하고는 완전히 달라져 있었다. 라운드 횟수가 늘어감에 따라 옷장의 옷도 점점 늘어났다.

"지아 생각나니? 벌써 이년이 넘었네. 그때는 아마 이 옷장이 텅텅 비어있었겠지?"

주임은 그녀의 옷장을 열어보면서 말했다.

"그러네요. 언제 이렇게 많아졌지? 저도 모르게 누가 사다

놓은 것처럼 많아졌네요."

"그러다 지아 지갑 구멍 나는 것 아니니?"

"이 정도는 감당할 수 있어요."

주임은 회사에서 지급하는 이불과 베개 재고 조사를 하러 숙소에 들렀다.

"그나저나 벤치마킹 어디로 간데요?"

"아마 뻔하지. 우리 자회사 있잖니 거기로 갈 것 같아."

"누구누구 간데요?"

"관심 있는 거 보니 가고 싶구나!"

"그럼요. 공짜에다가 지난번에 골프장 다녀왔는데 너무 재밌더라고요."

"지난번에 난 볼이 안 돼서 속상했는데 좋았나보네."

"그냥 무조건 좋아요. 이래서 고객들이 골프장을 찾는 구나라는 생각이 들 정도로요."

"너무 맛들이면 안 되는데 그러다 거덜 나는 것 아니야?"

"제가 유일하게 하고 있는 취미생활이에요. 다른 곳에는 돈 안 써요."

"하긴, 내 술값이나 네 라운드비나 비슷하긴 하겠다. 그래도 네가 좀 더 쓸 것 같은데?"

"그래서 말인데요. 회사에서 쉬는 날도 라운딩 허용해줬으면 좋겠어요."

"그건 아무리 말해도 안 될 걸? 그리고 나도 반대야. 우리 쉬는 날 잔디도 좀 쉬고 링거도 맞아야 하지 않겠니?"

"그렇군요. 제가 잔디 생각을 못 했네요."

"사람들이 그렇게 밟고 떠들어 대서 스트레스 엄청 받을 거야. 잔디의 입장에서 생각해보면 사람들이 얼마나 원망스럽겠어? 그런데 원망은커녕 사람들을 위해서 살아가고 있잖아. 그래서 우리는 그들에게 최소한 할 수 있는 배려를 해줘야 한다고 생각해."

그녀는 주임의 다른 면도 좋지만 이런 따뜻한 마음을 더 좋아했다. 남을 먼저 생각하고 사랑이 많은 사람이라고 생각했다.

*

보통 회사에서는 경쟁업체를 따라잡기 위해 업체의 경영 방식을 알고 면밀히 분석을 하기 위해 벤치마킹이라는 것을 한다. 골프장에서는 임원들이 다른 골프장을 방문해서 직접 라운드를 하면서 분석을 한다. 이때 캐디들도 합류를 하게 되는데 보통은 캐디들에게 휴가를 주는 의미가 대부분이다.

지아는 그렇게 원하는 벤치마킹을 가게 됐다. 옷도 새로 사고 이것저것 준비를 했다. 그런데 애초에 가기로 했던 주임이 빠지게 되고 마스터가 가게 됐다. 경기과 직원 모두 갈 수가 없어서 한 명만 가기로 했는데 주임이 양보를 한 것이다.

"주임님이 못 가신다고요?"

"마스터님이 원래는 안 가시기로 해서 내가 가려고 했는데 무슨 바람이 불었는지 다시 간다고 그러시네. 너라도 잘 다녀와."

그렇게 해서 마스터와 캐디 3명, 영업팀장까지 같이 가는 것으로 확정이 됐다.

"일단 우리가 먼저 가 있으면 회장님과 영업팀장이 뒤따라 올 거야."

마스터는 해수와 친해서 그런지 말도 편하게 했다.

"어머, 마스터님. 오늘 더 예쁘신 것 같아요."

해수는 마스터의 팔짱을 공항으로 들어갔다. 지아는 난생 처음 비행기를 타서 그런지 떨었다. 바다를 하나 건너 도착한 곳은 우리나라에서 제일 큰 섬이었다. 바다가 가까워서 그런지 가슴이 설레고 떨렸다. 호텔로 가서 방을 배정 받았는데 착오가 생겨 네 명이 쓰는 방을 쓰게 됐다. 해수의 꼴불견 행동을 숙소에서까지 보면 스트레스 받을 게 뻔하지만 꾹 참아보기로 했다.

혜연의 표정도 썩 좋아보이지는 않았다. 마스터와 해수는 벌써부터 화장을 고치며 거울을 보고 있었다.

"근데 방을 왜 이렇게 잡아줬대요. 불편하게."

"착오가 있었다고 하니까 어쩔 수 없지. 오늘은 회장님 오시면 간단히 식사하고 쉬라고 하셨어."

"근데 회장님하고 누가 오신대요?"

"영업팀장하고 회장님 지인이 오기로 했나 봐. 원래는 다른 직원들도 오기로 했는데 뭣 때문인지 모르겠는데 안 오기로 했다고 그러네."

지아는 혜연과 어설프게 침대에 걸터앉아 짐 정리하는 척하며 둘의 얘기를 들었다.

"그렇구나. 이제 우리는 숙소에서 뭘 하죠?"

"뭘 하긴 저렇게 바다가 넓고 예쁜데."

마스터는 바다를 보면서 말했다. 유리창에서는 에메랄드빛 바다가 거친 숨을 쉬고 있었다. 멀리서 사람들이 모래를 밟으며 걷는 모습이 보였다.

"와, 너무 예뻐요."

"그렇게 예뻐? 여태 한마디도 안하다가 이제 겨우 한마디 하네."

혜연이 지아를 보며 무뚝뚝하게 말했다.

"그럼 우리 지금 당장 나가는 건 어때요?"

해수는 좋아 죽는 표정이었다.

"오케이. 근데 이번에 여기 오려고 수영복 샀는데 한 번 봐주라."

마스터는 화장실에서 옷을 갈아입고 나왔다. 가슴이 커서 살이 터져 나올 것만 같은, 아슬아슬한 수영복을 입은 모습을 보니까 지아는 자신이 민망해졌다.

"어머, 마스터님. 너무 예뻐요 그럼, 제 것도 봐주세요."

"해수 너도 몸 관리 잘하고 있구나. 어쩌면 그렇게 군살이 없니? 나도 네 나이 때는 좋았는데."

"몸매 죽이는데? 이런 좋은 몸매를 가졌으면서 어쩌면 남자가 없을까?"

혜연이 비꼬면서 말했다.

"몸매 안 좋고 남자 없는 게 더 불쌍할 것 같은데?"

해수도 지지 않고 말했다.

"둘은 어떻게 할 거니? 같이 나가려면 지금 준비하고."

혜연이 인상을 쓰며 한마디 하려는데 마스터가 먼저 말을 했다.

"수영복 안 가져왔는데 반바지 입고 나가도 돼요?"

지아는 날씬한 몸매를 자랑하는 그들 앞에서 주눅이 들었다. 자신은 단 한 번도 수영복을 입어본 적이 없었다. 바닷가도 처음인데 수영복은 창피할 것 같다는 생각이 들었다. 그런 옷을 입고 사람들 앞에 당당하게 나서지 못하는 자신이 한심하다는 생각이 들었다. 몸매와는 상관없이 다른 사람들 눈에 자신이 어떻게 비춰지며 어떻게 평가를 할지 두려운 마음도 들었다.

"뭐 상관없지만, 그럼 우리 먼저 나갈 테니까 둘은 알아서 해."

둘은 기다릴 것도 없이 그냥 나가버렸다.

"내 저것들하고 같이 오는 게 아니었는데. 옷 입는 꼴 좀 봐. 배꼽이 훤히 드러나게 입고 누굴 꾀려고 저러는지 몰라."

"언니, 누가 들으면 어떡하려고요. 근데 여기 오기 싫었어요?"

"들을 테면 들으라지 뭐. 내가 저 사람들 꼴 보기 싫어서 안 오려고 했는데 너 때문에 왔어. 주임님이 너 좀 잘 챙겨주라고 부탁하신 것도 있지만 사실 그때는 오고 싶었어. 근데 막상 와서 저 둘을 보니까 급 후회가 되네."

"어떡해. 내가 미안해, 언니."

"괜찮아. 그니까 기죽고 그러지마. 우리도 빨리 옷 갈아입고 가자."

둘은 티셔츠에 반바지 차림으로 바닷가로 갔다. 지아도 이런 상황이 생기면서 괜히 왔나 싶었는데 같은 생각을 하고 있다니까 외롭지가 않았다. 둘은 어디로 갔는지 보이지 않고 바다만이 물고기를 잔뜩 먹었는지 비늘 같은 은빛 거품을 잔뜩 토해내고 있었다.

"언니, 사진 한 장 부탁해."

지아는 바다를 뒤로 한 채 어색하게 서 있었다.

"너무 뻣뻣하다 얘. 한 장 더 찍을 테니까 손을 들고 브이 표시라도 하는 게 자연스러울 것 같아."

그녀는 어색하게 웃으면서 브이 자를 만들었다. 이번엔 반대로 그녀가 사진사가 되어 혜연을 찍었다. 그들이 사진을 찍으며 풍경을 만끽하고 있을 때 멀리서 태환이 걸어왔다. 그녀는 사진 찍기를 멈추고 그가 있는 쪽으로 왔다.

"안녕하세요, 팀장님."

"사람들 없을 때는 편하게 불러도 돼."

"그때하고는 또 달라진 모습이네. 아니면 기억력이 안 좋은 건지도…"

"아, 그때 일로 화났니? 나는 혹시라도 실수할까봐. 그냥 한말인데."

"실수할까봐? 내가 뭐를 실수할지 모르겠지만 오빠가 그런 말 했다는 자체가 이해가 안 돼. 전에 있던 골프장에서 우리가 뭐라도 하긴 했어?"

그녀는 이렇게 말하고 싶지 않았지만 자신도 모르게 말이 튀어나와 버렸다.

"네가 뭔가를 오해하고 있는 것 같은데… 내가 지금 너한테 묻고 싶은 말은 대체 왜 이런 곳에 왔는지야."

"이런 곳이라니…"

"음, 곧 너도 알겠지만 좀 낯선 것을 보더라도 그냥 모르는 체해."

그녀는 도대체 그의 말을 알아들을 수가 없었다. 자신에게 어떤 말을 전해주러 온 것뿐이고 자신에게 하나도 관심이 없다는 것을 느꼈다. 근데 그가 말한 낯선 것이란 것이 무엇인지 궁금했다.

"좀 있으면 알게 돼. 넌 역시 내가 생각한대로야."

무슨 말인지 모를 소리만 하는 그가 답답했지만 곧 마스터와 해수가 와서 물어볼 수가 없었다. 그는 둘의 옷차림을 훑어보듯 유심히 쳐다봤다. 다행이 둘은 그런 표정을 못 봤는지 싱글벙글 웃고 있었다.

"어머, 팀장님 오셨어요. 옷 갈아입고 같이 수영하시겠어요?"

"저는 괜찮습니다. 재밌게 노세요. 이따 6시까지 로비로 나오시면 저랑 같이 식사하러 가면 됩니다."

"팀장님은 수영복이 잘 어울리실 것 같은데 아쉽네요."

해수는 아쉬운 듯 쳐다보다 마스터와 소리를 지르며 바다로 뛰어갔다.

저녁 식사시간이 되어 태환은 여자 넷을 태워 호텔을 빠져나와 근사한 식당으로 갔다. 이 섬에서 제일 잘한다는 한정식집이라서 그런지 겉부터가 남달랐다. 화려한 기와와 멋진 기둥, 그리고 마당의 조경들이 꽤 고급스러웠다. 지아는 고풍스러운 건물과 우아한 소나무의 자태에 눈이 휘둥그레졌다. 정장을 깔끔하게 차려입은 사람이 안내한 곳은 아늑한 방이었다. 모두 방에서 회장이 오기를 기다리고 있었고, 태환은 회장을 맞이하러 입구까지 나가 있었다. 잠시 뒤, 회장과 회장 친구라는 사람이 같이 왔다.

"오셨어요, 회장님!"

마스터가 일어나자 사람들 모두 자리에서 일어났다.

"자자, 이제 앉게. 먼 곳으로 여행 오느라 애썼네."

회장이 부드럽게 말했다.

"자네 따라 와서 이렇게 예쁜 꽃들 옆에 있으니까 아주 기분이 좋네그려."

머리가 벗겨진 남자가 말했다.

"그래서 내가 이 회장 데려온 것 아닌가."

회장이 말하자 회장은 마스터 쪽을 바라보면서 싱글벙글 웃었다. 음식이 나오고 지아는 아무 생각 없이 먹고 있는데 이 회장 옆에 앉은 해수는 뭐가 불편한지 표정이 좋지 않았다. 마스터도 그렇고 혜연도 얼굴이 굳어있고 분위기가 조금 묘했다. 웃고 있는 사람은 회장과 이 회장 뿐 이었다. 그녀는 신경 쓰지 않고 밥을 맛있게 먹었다. 이윽고 술이 나오자 마스터가 자연스럽게 회장 잔에 술을 채웠다. 해수도 마스터처럼 이 회장의 잔에 술을 따랐다. 지아는 술병 모양이 특이해서 자세히 보다 눈을 감아버렸다.

"이것 좀 보시게들."

회장은 술병을 들면서 말했다.

"이렇게 아름다운 장면이 또 있을까. 나는 말이지 이렇게 인간의 기본적인 감정과 자연스런 모습에 충실한 그림이 좋단 말이지."

"그렇지. 인간의 본성을 숨기고 거짓으로 살아간다는 것은 가치가 없는 인생이지."

"역시 내 친구라니까."

술병의 모양은 남녀가 섹스를 하려는 장면이다. 남자의 큰 성기와 여자의 음부를 절묘하게 맞닿게 만들었다.

"육체는 서로를 통하게 하는 마음의 통로요."

"섹스는 몸을 새롭게 가꾸는 육체의 양식이리니."

"둘은 하나가 되어 밤새 꽃을 피게 하리."

얘기를 주고받다가 마지막 문장은 합창을 하듯 말했다.

"아름다운 꽃들이 어두운 밤을 비추고 있으니 아름답다. 아름다워."

"근데 자네 이름은 뭔가?"

이 회장의 말이 끝나자 느닷없이 회장은 그녀를 보며 말했다.

"이지아입니다."

"거 참하게 생겼네. 손님 잔이 비었으면 채워야지 뭐해?"

"네?"

그녀의 표정이 일순 구겨졌지만 마스터의 눈빛과 회장의 눈빛이 단호하여 술을 따라 주려고 일어났다. 그러자 갑자기 태환이 일어나며 말했다.

"이 회장님, 처음 뵙겠습니다. 제가 한 잔 따라드리겠습니다."

말이 끝남과 동시에 술을 따랐다. 이 회장은 떨떠름한 표정을 짓고 술을 단숨에 마셔버렸다.

어색하게 식사가 끝나고 회장은 2차를 가자고 제안했다.

"회장님, 내일은 아침 라운드라 좀 일찍 일어나야 할 것 같은데요. 낼 오후에 시간이 많으니까 그때 하시는 건 어떨까요?"

마스터의 말에 순간 얼굴이 굳어졌지만 이내 평정을 찾고 말했다.

"그럼 마스터! 낼은 꼭 술 한잔 하자고."

"네, 회장님."

"서 팀장, 여자들 숙소에 데려다 주고 자네는 여기로 다시 와."

태환은 차 안에서 아무 말이 없었다. 그녀는 아까 태환의 행동에 당황했다. 그냥 한 잔 따라주면 조용히 넘어갔는데 괜히 분위기만 어색하게 했다. 해수는 충격을 받은 듯 한동안은 말이 없다가 방에서 맥주를 마시면서 제자리로 돌아왔다.

"근데 영업팀장이 지아 너한테 관심 있는 것 아니야? 내가 그 늙은 할아버지 술 따라줄 때는 가만있다가 왜 네 일에는 나서는지 모르겠다니까."

해수는 일부러 들으라고 크게 말했다. 그녀는 신경이 쓰였지만 달리 할 말도 없고 해서 그냥 누워 있었다. 자신도 태환이 왜 그렇게 행동했는지 이해를 할 수 없었다. 아는 체 하지 말라고 한 것 같은데 자신이 그의 말을 잘못 이해하고 있는지도 모른다고 생각했다.

"근데 마스터님, 그분 내일도 오신데요?"

"아마도 오시겠지. 회장님하고 어렸을 적 친구였대. 내가 생각하기에는…"

순간 둘은 지아와 혜연을 의식하며 귀에 대고 속닥거렸다.

"내가 그럴 줄 알았다니까."

"근데 그 사람이 그렇게 돈이 많다던네 우리 회장님은 그것에 비하면 아예 없는 것이고. 그러니까 너…" 둘은 혜연과 지아의 눈치를 보며 속삭였다. 둘이 하려는 얘기가 무엇인지 모르겠지만 은밀해 보이는 이유가 뭔지 알고 싶었다. 혜연에게 물어보려고 했지만 벌써 이불을 뒤집어쓰고 누워 있었다.

*

다음날, 태환의 안내로 근처의 골프장에 갔다. 탁 트인 곳에 커다란 호수가 펼쳐져 있었다. 지아는 여자들끼리 치기를 바랐는데 그가 끼어서 조금 어색했다. 마스터와 해수는 회장님 팀과 치기로 했다.

"그래도 회장님 팀에 안 낀 것을 다행으로 알아. 회장도 그렇고 회장 친구라는 사람도 변태같이 보이는 것은 나만 느끼는 건가."

"변태? 난 잘 모르겠던데."

"어제 식사자리에서 그렇게 변태 짓을 했는데도 몰랐다고?"

"진짜? 난 몰랐는데 정말 무섭다!"

"너 너무 무딘 것 아니니?"

"그래서 해수 표정이 썩어 있었구나!"

"지가 그 자리에 좋다고 앉았으면서 설마 그럴 줄 몰랐던 건 아니겠지. 하여간 속 빈 여자들하고 더러운 남자들이 모이니까 아주 개판이야."

혜연이 말을 마치자 태환이 왔다. 그는 제법 유명 브랜드 골프웨어로 한 벌로 쫙 빼입고 나왔다.

"팀장님, 그렇게 입으시니까 프로 같아요. 정말 잘 어울리세요."

"감사합니다."

"멋지네요, 팀장님."

지아는 마지못해 말했다. 그러다 갑자기 자신이 태환에 대해서 아무것도 모른 다른 것을 새삼 깨달았다. 그가 보여준 모습은 아마도 빙산의 일각에 불과할지도 모른다고 생각했다. 사람의 화려한 겉모습이 주는 효과는 오래가기 때문에 그의 모습도 충분히 착각을 일으킬 수 있다.

어느 고장이나 그 지방마다 사투리가 있는데 특히 이 고장은 사투리가 심하기로 유명했다. 토박이들이 아무리 표준말을 쓴다고 해도 억양에서 티가 난다.

그들의 담당 캐디는 나이도 있지만 표준어와 사투리가 섞인 말을 쓰고 있었다. 경력이 오래 되어서 그런지 서브는 나무랄 데가 없었다. 자신도 고객에게 어떻게 비춰질까 생각하니 친절해야겠다는 생각이 들었다. 이런 것이 벤치마킹이 아닌가 싶었다. 손님의 입장에서 다른 골프장의 캐디들이 어떻게 일을 하는지, 어떤 친절을 베푸는지, 잘못된 점이 무엇인지 보고 배우라는 것이 진정 벤치마킹이라고 생각했다.

"오빠, 이렇게 볼을 잘 쳤어?"

혜연이 멀리 있을 때마다 그녀는 말을 걸었다.

"너도 잘 치는데."

"나는 머리 올린 지도 얼마 안 됐어. 열심히 하기는 했지만."

"오늘 저녁에 잠깐 나올 수 있니?"

"왜? 사람들하고 같이 있는데 어떻게 나와?"

"너 마스터랑 해순지 뭔지 걔 싫어하잖아. 같이 방 쓰니까 답답하다고 나와."

"오빠가 그걸 어떻게 알아?"

"내가 경기과 돌아가는 걸 몰라? 다 내 손바닥이야."

"글쎄, 나도 할 말이 있긴 하지만 생각 좀 해보고."

"지금 튕기는 거냐? 어이가 없네."

"평소에 아는 체 하지도 않으면서 밤에 불러내서 뭐하게?"

태환은 어드레스를 하다 말고 그녀를 빤히 봤다.

"빨리 볼이나 치시지 뒤에 기다리는데."

뒤 팀은 회장님 팀이었다. 해수와 마스터는 몸매 자랑이라도 하듯 초미니 스커트와 딱 달라붙는 상의를 입었다. 멀리서 봐도 티가 났다. 그녀가 잠깐 딴 생각을 하고 있을 때 굿샷 소리가 났다.

"오우, 올라간 것 같아. 진짜 수상해 너무 잘 친단 말이야."

"쓸데없는 소리 하지 말고 가자."

둘은 카트로 가서 각자 클럽을 꺼내 들고 걸었다. 혜연은 벌써 그린 주변에서 어프로치를 하고 있었다.

"늦어서 미안해, 언니. 팀장님이 보기보다 기도를 오래 하시네."

지아는 태환에게 혀를 내밀고는 그린으로 올라갔다. 나인 홀을 마치고 그늘 집에서 이 회장과 마주쳤는데 입이 귀에 걸렸다. 마스터와 해수가 말을 할 때마다 회장들은 좋아 죽었다. 그도 그럴 것이 마스터가 고개를 숙일 때마다 풍만한 가슴이 눈길을 끌었다.

"정 회장네 식구들은 다 미인이야."

"회장님 자제분들도 회장님 닮아서 잘생겼을 것 같아요."

"싹싹하기까지 하네. 자네는 복 받았네 그려."

옆 테이블에 있는 이 회장의 말을 들은 혜연은 갑자기 자리에서 일어났다.

"어디 가려고?"

"정말 못 있겠다. 카트에 가 있을게."

혜연이 그녀의 귀에 대고 말했다. 태환은 옆에서 무슨 대화가 오고 가든 일행이 나가든 신경 쓰지 않고 짜장면을 맛있게 먹었다.

"언니 이상해. 아까 볼 칠 때는 신나 죽더니만."

그녀는 혜연을 따라 나오면서 말했다.

"너는 진짜 모르겠니?"

"나도 썩 좋은 건 아니지만 놀러왔으니까 즐겁게 보내야지."

"아이고, 너 잘났다."

라운드를 마치고 그들은 숙소에서 휴대폰을 만지며 시간을 때웠고, 마스터와 해수는 관광을 하겠다고 나갔다.

"지아야, 너 오늘 회장들 하고 식사하는 자리에 나갈 거니?"

"안 나가면 찍히지 않을까?"

"난 오늘 몸살 난 거다. 아까 일부러 회장이 보라고 카트에서 힘없는 척 했어."

"언니가 안 가면 나도 가기 싫은데… 근데 나까지 안 나가면 좀 그러겠지?"

"너도 안 나가면 좋겠지만 선택은 네가 해. 내가 이럴 것 같아서 안 오려고 했는데. 내가 안 오면 자연이가 오기로 되어 있거든. 자연이가 여기 오는 꼴은 못 보지. 그래도 공짜로 볼 치는데."

"자연 언니가?"

"응. 그리고 너는 몰랐겠지만 여기 회장 소문이 그렇게 좋지가 않아. 여자를 그렇게 밝힌다고 소문났는데 직접 겪어보니까 소문이 사실이었어. 같이 데리고 온 친군가 뭔지 하는 사람도 그런 부류인가 봐. 말하는 거랑 아주 똑같다니까."

"난 회장님 처음 봤을 때 그렇게 안 보였는데 확실히 사람은 가까이서 봐야 아나봐."

"작년에 벤치마킹 다녀온 애가 있었는데 그 후에 무슨 일인지 바로 그만둬버렸어. 병가 처리하다가 그만 둬서 우리는 아픈 줄 알았는데 지금 생각해보니 뭔가 있는 것 같아. 소문과 지금 상황에 근거하자면."

혜연은 한숨을 쉬면서 말했다.

"근데 영업팀장도 웃겨. 왜 이런데 같이 온 거야? 어차피 막아주지도 못할 거면서."

"사정이 있겠지. 월급 받고 일하는 사람들이 별수 있을까."

"아무튼 네가 이따 팀장하고 식사하러 갈 때 말 좀 잘해줘."

"알았어, 언니."

혜연은 정말로 참석하지 않았다. 회장이 찝찝한 표정을 짓자 마스터가 나서서 말했다.

"단체 생활하는데 빠지는 사람들은 정말 매너가 없는 것 같아요. 회장님 죄송합니다. 제가 다시 잘 가르치겠습니다."

"마스터가 무슨 죄야. 우리끼리 식사 하자고."

회장은 마스터의 허벅지를 주무르면서 말했다. 식사하는 내내 태환은 오로지 음식만 먹었다. 지아 역시 눈치를 보며 음식을 먹었다. 술기운이 올라오자 회장들은 대놓고 몸을 쳐다보면서 주물러 댔다. 그녀는 자신에게 그러지 않아서 다행이라고 생각하는 한편 회장들 옆에 앉아 있는 사람들이 걱정되었다.

"자, 이제 먹을 만큼 먹었고 노래방 가서 한 곡 불러야지."

"자네도 갈 텐가?"

회장은 태환에게 물었다.

"제가 있어봤자 별 도움이 안 되니까 저는 모셔다드리고 가겠습니다."

"그래. 그럼, 이따가 전화하면 곧장 달려와. 그럼 서 팀장 빼고 우리끼리 신나게 흔들어 보자고."

회장은 신이 난다는 표정이었다.

"아, 회장님. 정말 죄송합니다. 제가 머리가 너무 아프고···
혜연 언니도 아픈데 일찍 가봐야 될 것 같습니다."

지아가 말하자 회장의 표정이 오히려 좋아보였다. 그녀는
그들에게 무슨 꿍꿍이가 있는지 짐작하고 있지만 설마라는
마음이 더 강했다. 태환은 일행을 노래방 앞에 내려줬다. 해
수는 못이기는 척 가기 싫은 표정을 지었지만 마스터는 오히
려 당당하게 걸어 들어갔다. 그와 그녀는 숙소로 바로 가지
않고 어느 바(bar)로 들어갔다. 그녀는 색소폰이 흐르는 테
이블에서 음악을 들으며 생각에 잠겼다. 그는 웨이터에게 알
아서 와인을 주문했다. 그녀는 와인을 처음 먹어봤다. 첫 맛
은 씁쓸한데 목 넘김은 부드러웠다.

"괜찮니?"

"이거 맛 괜찮은데. 항상 맥주만 먹다가 분위기 좋은 곳에
서 먹으니까 좋네."

한 모금 더 마시자 치즈를 건네줬다.

"음, 치즈도 정말 고소해."

그녀는 와인이 달달하고 술 같지 않다고 생각이 들어서 계
속 마셨다.

"너무 무리하는 것 아니니? 그거 은근 취해."

"괜찮아. 나 소주도 좀 마셔. 근데 이거 완전 맛있다."

그는 입으로는 말리면서도 술잔을 계속 채웠다.

"생각나니? 그때."

그때를 생각하자 그녀의 고개가 절로 숙여졌다.

"나는 아직도 그때 일을 못 잊고 있어."

그의 말에 그녀는 감동을 받았다. 술이 취해서 그런지 아주 멋있다는 생각을 했다. 낮에는 골프웨어에 밤에는 정장차림을 한 모습이 부잣집 아들처럼 보였다. 예전에 낡은 유니폼을 입었던 그가 아니었다. 그녀는 마음은 점점 풀어지고 있었고 몸은 술기운에 축 늘어지고 있었다.

"그때 키스했던 것? 가볍게 하는 얘기처럼 그냥 농담 같은 것 아니었어요? 그때 오빠는 그냥 가버렸잖아."

그녀의 말에 그는 화가 나는 듯 와인을 연거푸 2잔이나 마셨다.

"내 말에 화났어?"

"아니 조금 실망스럽네. 아직 날 좋아하고 있다고 생각했어."

"정말요? 그럼 회식 때 말한 거는 뭔데?"

"그때 그렇게 말하고 나서 후회했어. 모진 말을 하고 나니까 왠지 더 미안하고 보고 싶었어."

그의 눈은 그녀의 눈을 뚫어버릴 듯 쳐다보고 있었다. 갑자기 그의 몸에 빛이 나는 것이 보였다. 조명등에 눈이 부셔서 그럴지 모른다는 생각에 눈을 잔뜩 찡그리면서 그를 쳐다봤다.

"혹시 고백?"

"그렇다고 볼 수도 있지."

"오빠…"

그녀는 그 뒤로 아무것도 기억이 나지 않았다. 눈을 뜬 것은 몇 시간 뒤 호텔에서였다. 그가 진심이었다는 말을 듣고 난 뒤 무슨 일을 했는지 기억이 나지 않았다. 그러다 목이 타고 머리가 깨질 듯이 아파서 일어났는데, 옆에 그가 누워있었다. 깜짝 놀라서 자신의 몸을 만져봤다. 고개를 들어 거울을 보니 속에 비친 모습은 적나라한 누드. 그녀는 무슨 일이 일어났었는지 곰곰이 생각했다. 그러고 보니 그에게 업혀서 이 방에 들어온 것이 기억났다. 그녀는 놀라서 정신없이 옷을 입기 시작했다. 그때 그가 인상을 쓰면서 눈을 떴다.

"가려고? 내가 데려다 줄게."

"이게 어떻게 된 거야?"

따져 묻자 그가 알몸으로 다가와 안았다.

"괜찮아. 내가 널 많이 좋아해서 그랬어."

그녀는 자신을 좋아한다는 말에 안심한다는 듯이 품에 안겼다. 어찌됐든 그가 자신을 좋아한다고 하니 괜찮았고 비록 자신에게 허락을 구하지 않았지만 쉽게 용서할 수 있었다. 그는 졸린 눈을 하고 그녀를 데려다줬다. 차에서 내리려고 할 때 그가 물었다.

"근데 지아야, 너 처녀였어?"

"응?"

"내가 복이 많네."

그는 씩 웃으면서 갔다. 그의 웃는 모습이 왠지 찝찝했지만 사랑받았다는 생각에 마음을 진정할 수가 없었다.

지아의 일기

J!

일기를 쓰지 않을 수가 없어.

우선 음악을 틀고 이어폰을 준비할게.

영화 보디가드의 주제곡 Whitney Houston의 I will always love you

가창력 끝내주지. 아, 누가 나를 지켜줄 사람 없나.

내가 만약 머무른다면/ 난 그저 당신의 앞길을 막겠죠./ 그러니 난 갈 거예요. 하지만 난 알아요./ 걸을 때마다 당신을 생각한 거란 것을/ 그리고 난 당신을 항상 사랑할 거예요./ 나는 언제나 당신을 사랑해/ 당신은 내 사랑/ 달콤 씁쓸한 추억들/ 내가 간직한 것들이에요……

태환 오빠가 우리 회사 영업팀장으로 왔다는 사실에 깜짝 놀랐어.

캐디 생활 그만 두고 골프장과 관계없는 일을 할 줄 알았는데 어떻게 영업팀장이 된 거지?

그날 노래방에서 괴로워하던 오빠를 보고 키스한 것이 마지막이었어.

내가 오빠에 대해서 아는 건 나이와 이름 전화번호였어. 솔직히 키스한 사인데 말이지.

연락해도 답장을 해주지 않으니 내가 뭐가 아쉬워서 전화하나 싶어서 연락을 안 했어. 그러니 자연스럽게 끊어졌지. 그동안 먼저 연락을 끊고 지내다가 이렇게 만난 건 인연이 아닐까라고 생각해. 우린 정말 인연일까?

2박 3일로 벤치마킹 다녀왔는데 거기에서 특별한 인연이 되어 버렸어.

벤치마킹에 태환이 온 것도 놀라웠는데 그의 옷차림이나 행동들이 평범해 보이지 않았어.

옷이 날개라는 말이 맞는가봐. 차려입으니까 더 잘생겨 보였어. 그래서 마음을 놓아 버렸나봐.

식사 때 처음 먹어본 포도주의 달콤한 유혹에 빠진 것도 잘못 됐어.

오빠는 취할 거라고 경고했지만 내가 무시하고 먹었어.

치즈와 와인을 먹으면서 지금 나처럼 행복한 사람은 아무도 없을 거라 생각했어.

같이 수다를 떨면서 회장님들과 노래방에 간 사람들이 은근 걱정됐지만 그것도 금방 잊어버렸어. 너무 재밌고 유쾌한 시간이었어.

술을 얼마나 마신지 모르고 잤는데 목이 타서 깼어. 근데 깜짝 놀랐어. 옷을 하나도 안 입고 있었고, 옆에는 태환이 자고 있었던 거야. 갑자기 소름이 돋고 어찌해야할지 몰라서 일단 옷을 입었어. 다 입으니까 태환 오빠도 깼어. 오빠는 실오라기하나도 걸치지 않은 상태에서 나를 껴안아줬어. 나를 위로 하려는 거였어. 널 좋아해서 그랬다는 말에 긴장했던 마음이 풀렸어.

그래도 어쩌나 걱정이 되긴 했어. 숙소까지 데려다 주면서 자기가 직접 연락할 테니 연락하지 말라고 했어. 아무래도 많이 바빠서 그렇겠지? 나하고 근무시간도 맞지 않으니까.

왜 그런지 모르겠지만 나는 그 말을 따르기로 했어.

일기를 쓰고 있는 지금 나도 모르게 웃음만 나와.

솔직히 섹스에 대한 기억은 없어. 진짜 필름이 나갔었나 봐. 방으로 들어온 것까지는 어렴풋하게 기억나는데 말이지. 어쨌든 너무 행복해. 나를 사랑해주는 사람이 있어서 행복해. 하고 싶은 말이 더 있지만 부끄러워서 말을 못 하겠어.

이제 다른 얘기를 해줄게.

나 머리 올렸어. 조장 언니들과 함께 첫 라운드를 다녀왔어.

볼을 굴리고 다녀서 그렇지 더 배워서 잘 치게 되면 재미있을 것 같아서 그 뒤로 열심히 라운드를 다녔지. 우리 골프장에서도 치고 다른 골프장에 가서도 치고 정말 재밌었어. 골프만 하고 오면 생기가 돌았어. 룸메이트도 운동 다녀온 날은 얼굴 좋아 보인다고 할 정도였으니까.

육체와 정신의 건강을 위해서 열심히 운동하기로 했어.

그런데 정신의 건강은 운동만으로 해결이 될까 의문이 들어. 요즘 걱정되는 것이 있는데 내 성격이 아주 이상하게 변해가고 있어. 이건 정말 심각한 문제가 아닐 수 없어. 성격이 점점 거칠게 변해가고 사람들에게는 엄청 까칠하게 대하고 있어. 아는데 계속 밀고 나가는 이유는 내가 약하면 조원들이 무시할게 분명하다는 생각 때문이야. 나이가 어리니까 만만히 봐서 말을 듣지 않을게 뻔해 나는 그게 두려워. 사람들의 욕보다 무서운 것은 내가 무너지는 거야. 나 자신이 무너지지 않으려면 강하게 해야 된다고 생각하거든.

이런 식으로 자신을 버려보려고 애를 쓰지만 이건 어쩌면 사람들에게 강하게 대하면서 나의 나약한 모습을 숨기는 건지도 몰라.

이제 여기까지만 했으면 좋겠어. 근데 내일이 되면 난 그대로 일거야.

지금은 어쩔 수 없다고 생각해.

아참, 궁금한 게 있는데 마스터와 해수는 그날 잘 들어왔는지 모르겠어.

나도 늦었지만 그 둘은 나보다 더 늦게 들어왔으니까.

갑자기 궁금해졌어.

내가 지금 남 생각 할 때는 아니지만.

6부. 언제까지나 너를 사랑해

*

"잘 다녀왔니? 마스터님 복귀하자마자 쉬었더니 우리 지아 얼굴 잊어먹을 뻔 했어."

"주임님은 알고 있었어요?"

"뭘 말이야?"

"회장님하고 친구분요."

"내가 얘기하려고 했었는데 꼭 가고 싶다고 해서 모르고 가는 편이 좋을 것 같아서 말 안했어. 그리고 내가 못간 것은 마스터가 꼭 가고 싶다고 우기는 바람에 어쩔 수 없게 됐어. 내가 갔으면 회장님이 그렇게 까지도 않아 내 성격 잘 알거 든. 그래서 말이야…"

"전 그냥 알고 싶어서 그랬어요. 그래서 혜연 언니가 온 거잖아요. 주임님, 저 괜찮아요. 저는 돈이 있는 사람이 더하다고 생각하니까 조금 씁쓸해서요. 그리고 그것에 빌붙어서 아부하고 잘난 척 하는 사람들이 불쌍해 보여서요."

지아는 일을 마치고 마침 혼자 있는 주임과 얘기를 했다. 태환의 얘기를 하고 싶어 입이 근질근질 했지만 나중에 하자고 다짐했다. 사람일이 어떻게 될지 모른다는 생각도 한몫했다.

"맞아. 나도 그런 것은 좀 안타까워. 나중에 일이 생겨도 불리한 건 약자고 이용만 당할 뿐이니까."

"혜연 언니라도 있어서 참 다행이에요."

"아 참, 영업팀장님 말이야."

"네?"

그녀는 영업팀장 얘기가 나오자 깜짝 놀랐다.

"왜 그렇게 놀래?"

"아니에요. 영업팀장님이 왜요?"

"사실은 결혼했더라고. 깜짝 놀랐지 뭐야. 외국 나갔던 와이프가 귀국했다면서 공항에 배웅 나간다는 얘기를 우연히 들었어. 반지도 안 끼고 다닌 것이 영락없이 미혼으로 보였는데 말이야. 팀장님이 거짓말 한 것은 아니지만 조금 의외야. 왠지 느낌이 별로야."

지아는 놀라서 뒤로 넘어질 뻔 했다.

"지아야, 왜 그래?"

"아니에요. 주임님. 갑자기 머리가 아파서요. 저 이만 먼저 가볼게요."

그녀는 정말 머리가 아팠다. 그가 당연히 결혼을 안했을 거라고 속단했던 이유가 무엇이었을까 생각해보았다. 모든 것을 차치하고서라도 유부남이면서 어떻게 자신과 잠을 잘 수 있는지 도저히 납득이 가지 않았다. 너무 답답하고 궁금해서 참을 수가 없었다. 당장에 만나고 싶었지만 안 만나 줄 것 같아서 주차장에서 기다렸다.

"오빠, 내가 미안한데 오늘 이상한 소리를 들어서 저녁에 만날 수 있을까."

새로 생긴 카페의 겉은 화려하지만 안으로 들어가니 소박하고 간소했다. 사람들의 조용한 말소리와 찻잔 부딪치는 소리가 간간히 들렸다.

"내가 그렇게 보고 싶었어? 깜짝 놀랐잖아."

막상 만나니 말을 어떻게 꺼내야할지 망설여졌다. 태환은 여유 있는 자세로 차를 음미하며 마시고 있었다. 그녀는 머그컵을 만지작거리며 아직도 입을 떼지 못하고 있었다. 말을 하는 순간 그와 이별을 할 수밖에 없을 거라는 생각에 마음이 무너졌다.

"하고 싶은 말이 뭔데 뜸을 들이니?"

"결혼은 언제 했어?"

"어떻게 알았어? 하여간 이놈의 골프장에서는 비밀이란 게 있을 수 없지."

그는 누군가를 비웃듯 말을 했다.

"어떻게 그럴 수 있어. 결혼을 했으면서 어떻게 그런 일을 저지를 수 있어?"

그녀는 울먹이면서 말했다.

"그게 뭐. 내가 결혼한 게 무슨 상관인데 신경을 써? 실은 너도 나랑 하고 싶었던 것 아니야?"

"뭐라고… 어떻게 나를 불륜이나 저지르는 여자로 만들 수가 있어. 오빠 원래 이런 사람이었어?"

"나 원래 이러는데 네가 몰랐을 뿐이야. 그리고 그날 밤 '오빠 좋아요, 더해주세요.'라고 말한 게 누군데 이제 와서 몰염치한 사람 취급이야?"

그의 말에 너무 당황하여 손을 떨었다. 입에 끈적끈적한 송진이라도 붙어 있는 것처럼 아무 말도 할 수가 없었다.

"그리고 앞으로 이런 일이든 저런 일이든 연락하지 마. 아는 체도 하지 마. 그런 일이 있었다고 알려지면 이 회사 못 다니게 될 테니까. 그때 그 일 알잖아. 캐디 조장했던 애, 걔도 참 미친년이지. 놀려면 곱게 놀지 어디 귀하신 사람한테 깝죽대며 협박을 해. 너도 그 꼴 나기 전에 조용히 지내라고. 알았어?"

그는 인상을 쓰면서 마지막 말에 힘을 줬다.

"말 다했어?"

"아니, 아직 할 말 많은데 참는 거야."

그는 물 한 모금 마신 뒤에 가버렸다. 그녀는 다리가 후들거려서 일어날 수가 없었다. 머릿속에서는 빨리 이곳을 벗어나라고 외치면서 몸이 움직이지 않았다. 겨우 가슴을 진정시키고 화장실에 갔는데 정신이 없었는지 실수로 남자 화장실로 들어갔다. 화장실 문을 여는 순간 남자의 목소리에 깜짝 놀랐다. 자세히 들어보니 태환이 누군가와 통화를 하고 있었다.

"마누라 귀국하고 나니 완전히 묶였어. 아쉽지, 그럼. 걔 처녀더라고. 요즘 세상에 어디 처녀가 있긴 하냐? 당연히 밋밋했지, 새끼야. 근데 그것이 작아서 그런지 짜릿하더라고. 한 번 더 할 수 있었는데 일찍 깨는 바람에 아쉽게 됐지. 오늘 만나자고 해서 좋아했더니 김치국만 마셨지 뭐야. 내가 미쳤냐? 강제로 하면 체한다고… 그리고 그런 일로 집안 시끄럽게 하고 싶지 않아…"

그녀는 귀를 틀어막고 밖으로 나와 버렸다. 이게 꿈이길 바랐다. 무작정 거리를 걷다가 도저히 숙소까지 혼자갈 수가 없어서 주임에게 전화를 걸었다.

지아는 며칠 동안 끙끙 앓았다. 창피하고 부끄러운 마음이 들었지만 할 수 있는 것은 없었다. 주임이든 누구라고 이 일을 알게 하고 싶지 않았다. 괴로움과 원망으로 며칠을 보내고 정신을 차리기 시작했다.

"언니, 이제 괜찮아요?"

동료들이 걱정하는 소리에 기운을 내야겠다고 생각했다.

"아파본 적이 없는 언니가 아프다니까 깜짝 놀랐어요. 이제 괜찮은 것 맞죠?"

"네, 괜찮습니다!"

그녀는 일부러 씩씩해지려고 노력했다. 주임이 걱정하는 눈초리로 물어봐도 아무 말도 하지 않았다. 말을 하면 모든 것을 털어놔야 할 것 같아서 할 수가 없었다. 음식을 잘못 먹어서 체하고 감기에 걸렸다고 둘러댔다.

"지아야, 정말 말 안 할 거야? 그날 대체 무슨 일이 있었던 건데?"

"주임님, 저 이제 나아서 괜찮으니까 아무것도 묻지 않으면 안 될까요. 제가 다음에 얘기해드릴게요."

그럴수록 주임은 더 챙겨주려고 애를 썼다. 지아는 한동안 뭐에 미친 사람처럼 일만 했다. 바쁘게 일을 하면 생각이 나지 않을 거라고 말도 안 되는 착각 때문이었다.

*

몇 개월이라는 시간이 지난 뒤에도 가끔 악몽처럼 떠올라 정신을 차리려고 애를 썼다. 처음에는 숨을 쉬는 것조차 힘이 들었지만 시간이 지나면서 조금씩 나아지고 있었다. 그러나 인간의 기억력이란 잊고 싶지 않아도 금방 잊어버리거나 잊고 싶다고 해서 쉽게 잊을 수가 없다는 것이다. 영혼의 밑바닥에 자신만이 아는 과거의 진실을 묻어두고 새로운 삶을 살아가는 사람들이 많다. 지아도 그렇게 되기를 간절히 원하고 있었다. 간절한 기도가 통한 것인지 요즘 그녀의 삶이 조금씩 변하고 있었다.

"지아야, 너 어딘지 모르게 달라진 것 같아."

컨베이어 벨트에서 대기를 하고 있던 동료가 물었다. 자신의 일을 왈가왈부하지 않는 그녀라서 누군가 자신에 대해 직접적으로 얘기하면 불편해했다.

"요즘 많이 예뻐진 것 같아."

"언니, 혹시 남자 친구 생겼어요?"

"차도 없는 사람이 외출도 자주하는 것 같은데."

동료들이 한마디씩 하자 양손으로 화끈거리는 볼을 만지면서 쑥스러워했다.

"어머, 얼굴 빨개진 것 봐. 진짠가 보네."

"언니, 정말 귀가 빨개요. 뭐하는 사람이에요?"

"축하해요. 드디어 솔로탈출인가요. 부럽다!"

"어, 아니야. 잠깐만 나 화장실 좀 갔다 올게."

그녀는 자리에 계속 있다가는 동료들에게 물어 뜯길지도 모른다는 생각에 급하게 화장실로 와버렸다. 화장실에 달린 거울을 보면서 자신의 얼굴을 뚫어지게 쳐다봤다. 고개를 갸우뚱거리며 거울 속 얼굴을 계속 쳐다봤다. 거울 속에는 자신뿐 아니라 그의 얼굴도 보였다. 그의 얼굴이 나타나자 갑자기 웃음이 나왔다. 그렇게 한참을 바보처럼 웃었다.

"지아, 뭘 그렇게 생각해?"

화장실로 들어온 동료가 넋 놓고 서 있는 그녀의 등을 쳤다.

"앗, 깜짝이야!"

"아이고, 내가 더 놀랬네. 정신을 어디에 두고 있어? 지금 너 찾는 무전 오잖아."

"어어, 무전? 고마워."

놀란 가슴을 쓸어내리며 무전을 받았다.

그녀가 사촌을 통해 남자 친구를 소개 받은 것은 몇 주 전이었다.

"잘 지내고 있니?"

현주의 목소리는 전화기에서도 힘이 넘쳤다.

"언니도 잘 지내지?"

"나야 늘 똑같지. 애들 뒤치다꺼리에 시부모 수발에 정신 없지 뭐. 근데 너는 맨날 여자들만 있는 곳에 심심하지도 않니? 아휴, 나 같으면 산골에서 못 살아. 일하고 어디 갈 데도 없고 더군다나 너는 차도 없잖아."

"이제는 익숙해져서 괜찮아. 어디 안 나가니까 돈 굳어서 좋지 뭐."

"돈보다도 그렇게 살면 인생이 너무 허무할 것 같아. 하긴 나하고 성격이 다르니까. 그나저나 이제 슬슬 결혼도 해야 되지 않겠니?"

"언니, 나 아직 이십대야. 결혼은 무슨."

"어머, 결혼은 일찍 하는 게 좋지. 나처럼 히히…"

"그런 거 별로 생각해 본 적이 없어서."

"그럼 결혼은 아니더라도 남자 만나 볼 생각은 없니?"

"글쎄, 어떤 남자가 나를 만나줄까?"

"네가 뭐 어때서. 착하고 조용하고 성실하잖아. 더 이상 뭐가 필요하니?"

"그래도 남자가 나를 싫어할 것만 같아."

"무슨 그런 말도 안 되는 걱정을 하니? 언니가 좋은 사람 소개시켜 줄게."

순간 태환의 얼굴이 떠오르면서 다시는 사랑을 못할지도 모른다는 생각이 들었다. 좋은 사람이라고 하니 순간 흔들렸지만 사람마다 좋은 사람의 기준이 달라서 종종 안 맞는 인연을 만나는 경우도 있다. 그런 두려움도 있지만 자신이 이미 남자를 만나본 경험이 있다는 생각에 괜히 두려웠다.

"남자를 소개시켜준다고? 근데 나는 아직은 아닌 것 같아."

"아직 뭐, 그냥 언니가 하라는 대로 해. 남자 친구 한 번도 사귀어보지도 못하고 시집갈래? 고모도 네 걱정 많이 하더라."

"엄마들은 원래 그렇잖아."

"지난번 친척 결혼에 오셨는데 네 얘기 하면서 한숨 쉬시는데 내가 좀 그랬어. 고모는 네가 학교도 졸업 못해서 어디에서 무시당하지 않을지 또 제대로 된 사람을 만나서 결혼을 잘 할 수 있을지 걱정하더라고."

지아는 늘 잔소리하고 걱정하는 게 엄마의 일이라면 남자를 만나서 결혼을 하고 아이를 낳는 일이 쉽지 않을 것 같다는 생각을 했다. 그런데 현주는 아주 착실하게 잘하고 있지 않는가.

"고모도 그렇지만 나도 네가 좋은 사람 만났으면 하는 바람이 있어."

"평생 안 만나겠다는 것이 아니야. 신경 써줘서 고마워, 언니."

"고맙긴. 고마우면 소개팅 나올 거지?"

"어, 아니 그 말이 아니고 고마운 건 고마운 건데 소개팅은 좀 그래."

"뭘 그렇게 걱정하고 그래. 그러지 말고 너 언제 시간 돼?"

"매주 월요일 휴장이야."

"오케이, 그럼 다음 주 월요이이다. 쇠뿔도 당김에 빼라고 했어."

"아니, 그게 아니라… 알았어. 근데 뭐하는 사람이야?"

현주의 말에 말려든 그녀는 할 수 없이 승낙한 것이 되어 궁금한 것을 물어봤다.

"공무원. 철 밥통. 공무원이라는 직업이 안정적이니? 너희 형부도 공무원이면 얼마나 좋겠어. 언제 잘릴지도 모르는 직장에 다니고 있으니 불안해. 참고로 너보다 두 살 많아."

"공무원? 그래 언니 생각해서 한번 나가볼게."

"야호, 잘 되면 옷이 한 벌이다."

"잘 안 되면 뺨맞을 수도 있어."

지아는 소개팅이 은근히 신경 쓰였다. 대학시절 소개팅에서 만난 남자는 몇 번 만나고 헤어졌다. 둘 다 너무 소극적이어서 처음 가졌던 호감이 이어지지 못했다. 결국 자연스럽게 연락이 끊겼다. 전혀 슬프지 않았고 약간 허무하다는 생각을 했었다. 그 다음에 만난 사람이 태환이다. 소개팅 남과 태환의 공통점이 있다면 둘 다 몇 번 만나지 못하고 끝났다는 것이다. 새로운 사람을 만나려고 버스를 타니 오만가지 잡생각이 들었다. 생각들은 서로 엉켜서 풀리지 않고 그대로 한쪽에 방치되어 있었다. 굳이 풀고 싶은 생각도 없었다. 그냥 내버려두면 저절로 풀릴 수도 있다고 생각했다.

　오래간만에 나온 도시 풍경이 낯설기만 했다. 지아가 현주 때문에 소개팅을 하지만 마음 한쪽에서는 과거를 잊으라고 외치고 있었다. 어느 책에서 보니 사랑의 상처는 사랑으로 치료한다고 했다. 멍청한 자신을 자책하고 후회하는 것을 노동으로 잊으려고 했지만 가끔 불현 듯 떠오르는 것들은 쉽게 잊히지 않았다.

　현주의 전화가 자신에게 어떤 변화를 줄 거라 생각하면서 거리를 걸었다. 오늘따라 거리는 따뜻하고 바람도 몹시 달다고 생각했다. 그녀는 은행나무가 많은 어느 거리의 카페로 들어갔다. 카페 안은 조용한 음악이 흐르고 향긋한 커피 냄새가 났다. 자리에 앉자 휴대폰 알림이 울렸다.

　〈곧 도착〉

문자를 확인하고 두리번거리다 생머리를 늘어뜨려 만졌다. 잠깐의 시간이 흐르고 출입문에서 방울소리가 울리자 한 남자와 그녀가 동시에 문을 바라봤다. 그리곤 문을 열고 들어오는 여자에게 서로 손을 흔들었다.

"어, 뭐해? 이쪽으로 와."

여자는 남자를 보며 손짓을 했다. 그녀도 남자가 있는 쪽으로 고개를 돌렸다. 검은 정장을 입은 남자가 그녀의 자리로 걸어왔다. 순간 그녀는 똑바로 보지 못하고 고개를 숙였다.

"지석아, 안 본 사이에 더 잘생겨졌네. 서로 인사해. 이쪽은 내 사촌동생 지아야."

"처음 뵙겠습니다. 김지석입니다."

"안녕하세요. 이지아에요."

지석은 당당하고 밝은 목소리로 말한 반면 그녀는 고개를 똑바로 들지 못하고 작게 말했다. 자리에 앉은 뒤에도 그녀는 떨리는지 고개를 똑바로 들지 못했다.

"고개 좀 들어."

현주는 옆구리를 치면서 말했다. 조심스럽게 고개를 들자 그와 눈동자가 마주쳐 깜짝 놀랐다. 그래서 다시 고개를 숙였다.

"얘가 아직 부끄럼이 많아."

"미인이십니다."

"우리 지아 미인이지. 그치? 역시 보는 눈이 있어. 그리고 그럼 난 이만 가는 게 좋을 것 같아. 둘이 하고 싶은 얘기 실컷 하고 즐거운 시간보네."

"목마를 텐데 음료수라도 한 잔 마시고 가."

"그래 언니, 좀 이따 가도 돼."

그녀는 불안하게 현주를 쳐다봤다. 그러거나 말거나 현주는 할 일을 마쳤다는 듯 유유히 밖으로 빠져나갔다. 현주가 간 후 그녀는 찻잔을 잡고 잔속의 커피를 보고 있었다.

"커피에 뭐가 들어갔나요?"

지석은 얼굴을 그녀의 커피 잔에 가까이 대면서 말했다.

"아니요. 그냥 무슨 말을 해야 될지 몰라서요."

그녀는 흠칫 놀라며 얼굴을 뒤로하고 눈을 내리깔았다.

"네에, 여기 분위기 좋은 것 같아요. 역시 누나가 센스가 있어요."

"저도 좋은 것 같아요. 음악도 좋고요."

"지아 씨는 어떤 음악 좋아하세요?"

"저는 예날 노래 좋아해요. 음, 원 썸머 나잇 같이 슬프고 아름다운 노래가 제 귀에는 달콤하게만 들려요."

"저도 그 노래 좋아하는데 지아 씨도 좋아한다니까 왠지 벌써 친해진 느낌이 드는데요."

지아는 그제야 고개를 들어 지석을 봤다. 갸름하면서 길쭉한 얼굴에 미소가 넘치고 있었다. 눈은 맑고 코는 적당하게 높고 입술이 부드러워 보였다. 동시에 눈이 마주치자 그녀는 또 고개를 숙이고 말았다.

"누나 말이 꼭 맞네요."

"언니가 저에 대해서 많이 얘기했어요?"

"수줍음이 많으시다고요."

"저는 처음 보는 사람은 잘 못 쳐다봐요."

그녀는 얼굴이 자꾸 화끈거려서 고개를 들 수가 없었다. 처음 보는 사람 중에 손님 빼고는 남자 얼굴을 쉽게 쳐다보지 못했다.

"지아 씨, 골프장에서 일하신다고 들었어요."

"네, 골프장에서 캐디를 해요."

"중노동이라 많이 힘들다고 하던데 할만 해요?"

"몇 년 하니까 좀 익숙해져서 괜찮아요. 처음에는 엄청 힘들었지만요."

"저는 군 제대하고 공부만 했어요. 사실 다른 것을 하고 싶었지만 취직이 쉽지 않더라고요. 집에서도 그렇고 해서 공무원이 되기로 결심했죠. 얼마 안 됐지만 조직생활을 한다는 것이 쉽지만은 않은 것 같아요. 그런데 골프장은 사람도 많고 손님들을 몇 명씩 상대하니까 사람에 대한 인내력이 강해야 될 것 같아요."

"골프장에 대해서 잘 아시나 봐요. 사람들하고 친해지고 손님들하고도 소통이 잘되려면 열심히 해야 하는데 그 부분이 정말 어려운 것 같아요."

그녀는 어느새 고개를 들고 얘기를 했다.

"고개를 드니까 보기 좋아요."

그는 뭐가 그리 좋은지 싱글벙글 웃으며 말했다. 잠깐 말의

흐름이 끊어질 때 그는 고심하며 말을 꺼냈다.

"배 안 고파요? 우리 같이 저녁 먹을래요?"

"저녁식사요… 네, 그렇게 해요."

식사를 마치고 그는 그녀를 자신의 차로 골프장까지 데려다 주었다.

"괜찮아요. 저는 버스 타고 가면 돼요."

한사코 거절했지만 그는 꿈쩍도 안했다. 그녀는 사실 뛸 듯이 기뻤지만 겉으로 표현을 할 수가 없어서 거절을 했다. 한순간 그냥 가버리면 어떡하나 걱정을 했다.

"제가 안 괜찮습니다. 그리고 누나한테 혼나요. 여자를 집까지 바래다주지 않는 남자가 어디에 있냐고 난리 나요."

"그래도 너무 멀어요."

"지아 씨라면 어디든지 괜찮습니다."

그렇게 해서 골프장에 도착했다.

"죄송한데 기숙사까지 가시지 말고 근처에서 내렸으면 좋겠어요. 숙소에 낯선 차가 들어오면 사람들의 관심을 받거든요."

차는 골프장 입구에 멈췄고, 그녀가 내리기 전에 지석이 먼저 내려 문을 열어줬다.

그녀는 그의 행동이 영화에서나 나오는 잘 생긴 남자들이 여자를 유혹하기 위해 매너 있게 행동하는 것이라고 생각했다. 갑자기 너무 많은 대접을 받다보니 의심을 할 정도였다.

"저, 지아 씨, 전화해도 될까요?"

전화해도 괜찮냐는 말에 생각도 없이 연락처를 준 자신이 한심하게 느껴졌다. 그만큼 그에게 반한 것이라고 생각했다. 현주는 둘의 데이트가 궁금했는지 그녀가 방에 들어오기 무섭게 전화벨이 울렸다.

"오늘 어땠어?"

"언니, 너무 예의 있는 사람 같아. 그래서 전화해도 되냐는 말에 오케이 하고 말았어. 그 사람 원래 그런 사람인지. 아니면…"

"지석이 원래 예의가 있어. 남을 많이 배려하고 마음도 따뜻한 편이야. 그 녀석이 네가 맘에 들었나보네. 근데 넌 맘에 드니?"

현주는 그녀의 말을 자르고 말했다.

"괜찮은 것 같아. 근데…"

"근데는 무슨 근데 야. 괜찮으면 그냥 만나면 되는 거지."

현주의 거침없는 말에 할 말을 잃은 지아는 순간 그가 '미인이시네요'라고 한 말이 생각났다. 예쁘다는 소리는 가끔 들었지만 미인이라는 소리는 처음 들었기 때문이다. 화장을 지우면서 한참동안 거울을 봤다. 그녀는 거울 속에 있는 자신을 보면서 고개를 흔들었다.

다음날 아침 일찍 문자가 와있었다.

〈어제는 정말 즐거웠습니다. 내일 연락드려도 될까요?〉

지아의 가슴이 쿵쾅거리며 뛰기 시작했다.

*

지석과 지아는 그날 이후 일주일에 한 번씩 만났다. 만나서 맛있는 밥도 사먹고 늦은 밤까지 같이 영화도 보고 산책도 하고 골프장 앞 차 안에서 많은 시간을 보냈다. 몇 달이 그렇게 지나가고 그날도 그녀를 바래다주려고 골프장 앞에 차를 세웠다. 쌀쌀해진 날씨에 창문을 꼭 닫고 히터를 켰다. 잔잔한 음악을 틀고 그는 눈을 감고 생각에 잠겼다.

"오빠, 무슨 생각해요?"

그녀가 귀에 대고 속삭이자 깜짝 놀라 눈을 떴다.

"오빠? 이제 오빠라고 부르는 거예요?"

"아니에요. 자는 줄 알고 잠 깨우려고 그랬어요."

"흥, 너무하네. 남들은 다 오빠라고 부르던데. 아직 나를 진짜로 좋아하는 것은 아닌가 봐요."

그는 어린아이처럼 토라진 척 말했다.

"아직은 어색해서 그렇죠."

"그래도 가끔 친구의 여자 친구가 친구한테 오빠라고 부르면 부럽던데…"

"그러면 다음에 불러보도록 노력해볼게요. 전 어쩐지 낮

간지러워서요."

"지아 씨, 우리 언제 주말에 놀러 가면 안 될까?"

"글쎄 저도 가고 싶은데 휴무를 빼줄지 어떨지 모르겠어요. 주말에는 항상 팀이 많아서 어떻게 될지 몰라요."

"주말에 1박 2일로 여행가고 싶다."

그는 혼잣말을 하는 것처럼 한숨을 쉬면서 말했다.

"1박 2일요?"

"왜 둘이만 가는 게 걱정 돼요?"

"그게 아니고 시간이 될지 모르겠어요."

핑계는 그렇게 댔지만 그녀의 가슴은 거짓말이라도 하는 것처럼 두근거렸다. 그 마음을 아는지 모르는지 그는 지석은 말없이 손을 잡았다. 순간 그녀는 이 남자라면 뭐든 들어주고 싶다는 생각이 들었다. 따뜻한 손이 마음을 놓아버리게 만든 것이라고 생각했다.

"손이 따뜻해요."

"지아 손도 따뜻한 걸."

둘은 손을 잡고 말없이 바라보고 있었다. 처음에 수줍어서 눈도 마주치지 못했던 그녀는 이제 피아노 음악을 들으며 여유가 있었다.

"피곤하죠? 매번 저 바래다주느라고 왔다 갔다 하니까 제가 미안해요."

그녀는 말을 마치고 그의 얼굴을 부드럽게 스치듯 만졌다. 그러다 갑자기 웃으면서 볼에 뽀뽀를 했다.

"힘내요. 있다 한참 운전해야 되잖아요."

그는 대답 대신 그녀의 입술에 키스를 했다. 놀랐지만 순식간에 그의 입술에 빨려들고 말았다. 차 유리가 성에로 가득 차도록 달콤한 키스를 했다. 음악이 갑자기 멈추고 달콤한 입맞춤 소리가 차 안을 가득 메웠다. 그는 갑자기 키스를 멈추고 짙어진 성에에 글씨를 썼다. '사랑해 지아' 그녀는 글자를 보고 수줍게 미소 지었다. 그는 미소 짓는 입술에 다시 키스를 퍼부었다. 꿈을 꾸는 것만 같았다. 몸이 끝을 알 수 없는 밑바닥으로 추락하고 있는 것만 같았다. 끊임없이 쾌락으로 떨어지고 있는데 아무것도 붙잡고 싶지 않았다. 이대로 멈추고 싶지 않았다. 그도 마찬가지로 마지막까지 입술을 놓지 못하고 탐하고 또 탐했다. 한바탕 꿈처럼 화려한 시간이 지나고 난 후 떨리는 마음을 진정시키며 바로 화장실로 갔다.

'키스는 언제나 달콤한걸까? 느닷없이 들어왔지만 차분하게 나를 인도했어. 달콤한 꿈이 혀로 전해지는 순간 숨을 쉴 수가 없었어. 나는 어떻게 해야 할지도 몰라서 입만 벌리고 있었던 것 같아. 그의 입술이 닿는 순간 동시에 들어온 부드러운 혀를 생각하니 지금 이 순간 온몸이 찌릿해. 나는 거울을 보며 손으로 입술을 만지고 있어. 입을 살짝 벌려 입속을 봤어. 붉은 동굴에 갇힌 혀가 잠시나마 행복에 빠져 있었어. 후~ 입김을 불어 거울에 글씨를 썼어.'

'나도 사랑해요!'

그녀는 누가 볼세라 글씨를 지웠다가 다시 써보고 지웠다.

다음날, 지아는 세수를 하고 나오는데 동료의 말을 듣고 깜짝 놀랐다.

"마스터 좀 있으면 그만 두고 주임이 마스터 된다는데 너도 알고 있었니?"

깜짝 놀라 얘기를 듣자마자 주임 방으로 달려가 느닷없이 껴안았다.

"축하드려요, 마스터님!"

"아직 아니야. 그리고 몸 좀 풀고 얘기하자."

"그동안 제가 좀 바빠서 죄송해요. 주임님 얘기를 딴 사람한테 듣고 있다니."

"바쁘다더니 얼굴이 많이 좋아졌네. 역시 여자든 남자든 연애를 해야 된다니까."

"그런 것 아니에요."

"사랑이 별거니. 매일 보고 싶고 가슴이 쿵쾅거리고 머릿속에서 그 사람의 모습이 떠나가지 않는 것이 사랑이지. 안 그래?"

주임의 말에 그녀의 고개가 절로 숙여졌다.

"키스는 했니?"

"네? 그런 것을 어떻게 얘기해요."

주임은 부끄러워하는 지아의 손을 꽉 잡으며 눈을 똑바로 쳐다봤다.

"왜 이래요. 유도심문에 안 넘어가요."

손을 빼면서 말했다.

"이렇게 웃는 보니 좋다. 얼굴이 다 환해졌지 뭐야."

"근데 왜 갑자기 그만두시는 건지 아세요? 어디 다른 좋은 곳 가시나."

"글쎄, 나도 잘 모르지. 매년 연봉협상을 하는데 타협이 잘 안 됐겠지."

주임은 뭔가 알고 있는 듯 했으나 워낙 남 말하는 것을 안 좋아해서 길게 얘기하지 않았다.

"그렇구나. 그럼 주임님 마스터 되는 것도 미리 제안 받은 거예요?"

"그래. 마스터 관둔다고 하니까 나를 조용히 불러서 묻던데. 나는 그래도 예의상 생각해보겠다고 했어. 그리고 오늘 최종적으로 내 생각을 통보했어."

"와, 다시 한 번 축하드려요."

"축하는 마스터 첫 근무 날 해 줘. 아직 마스터님이 있는데 자꾸 그러면 좀 그래."

"네, 알겠어요, 마스터님. 월급도 오르고 좋으시겠어요."

"지금도 겨우 목구멍에 풀칠하고 살았는데 뭐, 월급도 조금 밖에 차이 안 나. 팀장 이상 급이나 되면 모를까."

"근데 경기과 일이 만만치 않은데 월급은 왜 이리 짠지 모르겠어요."

"글쎄, 캐디에 비하면 정말 형편없지. 근데 여기는 다른 골프장하고 비교했을 때 그래도 괜찮은 편이야."

"음, 저도 경기과 일 할 수 있을까요?"

"이 일에 관심 있구나!"

"나중에요. 다리가 너무 아파서요."

"어느 일이나 장단점이 있어. 돈 못 벌고 일 배운다고 미리 각오한다면 한 번 해보는 것도 나쁘지 않아."

"그냥 생각만 해봤어요."

"그나저나 네 연애 얘기나 해봐. 흥미진진한 걸. 정말 키스도 안 해본 거는 아니지?"

어제 처음 키스 했는데 어떻게 알고 물어보는지 지아는 간이 졸아드는 기분이 들었다. 여자들의 촉이란 못 말리는 것이라고 생각했다.

지아와 지석은 그로부터 몇 주 후 새해기념으로 일출 여행을 떠났다.

"일출을 가까이에서 본 적이 있어요?"

지석은 다정하게 물었다.

"티브이에서? 따로 본 적 없어요."

"아, 내일 아침 날씨가 좋아서 꼭 해가 떴으면 좋겠어요. 당신하고 함께 보고 싶어요."

"지석 씨는 본 적 있어요?"

"몇 살 때인지 모르겠는데 아빠 손잡고 바닷가 어딘가에서 본 기억이 있어요."

"어렸을 때 추억이 많은 가 봐요. 전 기억나는 게 별로 없어요."

"저도 그렇게 많은 편은 아니에요. 엄마는 늘 장사하셨고, 아버지는 그리 다정한 편은 아니었어요."

기차가 나무와 함께 경주라도 하듯 스치며 지나가고 마침내 어느 해안 도시로 실어다 줬다. 바닷바람이 뺨을 스치고 지나갔다. 지석은 지아가 바람 때문에 고개를 숙이면서 걷자 자신의 목도리로 얼굴을 감싸줬다.

"바람이 많이 부니까 그만 걸을까요? 바람이 지아 씨 삼키면 어떻게 해요?"

"어떻게 그래요?"

그녀는 웃으면서 목도리를 풀어 그의 목에 감았다.

"난 괜찮아요. 남자가 이 정도쯤은 참아야죠."

"저도 목도리 했잖아요. 그리고 남자도 사람이에요. 왜 안 춥겠어요."

"그럼 우리 산책은 내일 하고 맛있는 밥 먹으러 갈까요?"

둘은 식사를 마치고 일찍 숙소로 왔다. 밖에 더 있고 싶었지만 날씨가 허락해주지 않았다.

"생각보다 방이 아늑한데요."

"따뜻해 보여요."

붉은 침대가 활활 타오르는 것처럼 보였다. 커튼을 활짝 열고 밖을 바라봤다.

"여기 좀 봐요. 빛들이 반짝거려요. 정말 예뻐요."

지아는 창문으로 보이는 빛을 바라보며 말했다. 지석은 천천히 창 쪽으로 와서 그녀의 등을 감싸 안았다.

"어? 지석 씨…"

흠칫 놀라 몸을 돌리려고 하자 지석이 못 움직이게 잡았다.

"잠깐만, 가만히 있어 봐."

혼자 무슨 생각을 하는지 한참을 안더니 몸을 자신 쪽으로 돌렸다.

"하늘에 있는 별이 지아 씨 보는 것 싫어요. 나 외에는 누구도 당신을 차지할 수 없어요."

지석의 눈이 타들어갈 정도로 타오르고 있었다. 지석은 얼굴을 만지고 입술을 만지자 지아는 고개를 숙였다. 그러자 턱을 잡아당겨 입을 맞췄다. 입맞춤이 계속되자 얼굴을 만지던 손이 허리로 가고 다시 엉덩이를 힘껏 끌어당겼다. 혀가 입안에서 춤을 추고 있을 때, 지석의 손이 거칠게 블라우스의 단추를 풀었다. 순간 그녀는 그의 손을 잡았다. 키스는 멈추고 잠시 침묵이 이어졌다.

"지석 씨, 나 씻고 싶어요."

그녀는 손등을 입에 대며 말했다.

"아, 미안해요. 너무 아름다워서 흥분했나 봐요."

잠시 후, 그들은 목욕가운을 입고 테이블에 앉아 있었다. 어색한 침묵이 흐른 뒤에 그가 맥주를 따랐다.

"우리 맥주 한 잔 할래요?"

"네. 좀 더운 것 같아요."

맥주 따르는 소리가 정적을 깨뜨렸다. 그는 갈증이 났는지 벌컥벌컥 마셨다.

"이제 좀 살 것 같아. 미안해요. 건배도 안하고."

"괜찮아요. 다시 건배하면 되죠."

"지아 씨는 화장 안한 게 훨씬 예뻐요."

"원래 일할 때 빼고 화장 거의 안 해요. 평소에 화장을 너무 두껍게 하는 게 싫어서요."

"앞으로 나 만날 때는 화장 안 해도 돼요."

"정말요? 그러면서 나중에는 밉다고 할 거면서."

"안 그럴 거예요."

"피."

다시 대화가 끊어지고 어색한 침묵이 흐르자 맥없는 술만 축내고 있었다. 그는 머뭇거리다 용기를 내어 말을 했다.

"내일 일출도 보려면 빨리 일어나야 할 것 같은데 이제 그만 잘까요?"

"벌써요?"

그의 완고한 표정에 그녀는 떠는 가슴을 진정시키며 침대로 올라갔다. 은은한 조명 아래서 이불을 목까지 올리고 누웠다.

그가 다가와 키스를 하자 그녀는 어느새 받아들이고 있었다. 그는 일어나서 과감하게 가운을 벗어던져 버렸다. 그러고는 누워 있는 그녀의 가운을 풀었다.

"아, 너무 아름다워요. 지아 씨."

그녀는 보고 있다는 사실에 부끄러워 팔로 눈을 가렸다. 그러자 조심스럽게 그녀의 팔을 내렸다.

"앗!"

그녀는 아무것도 입지 않는 그의 몸을 보면서 깜짝 놀랐다. 너무 놀라서 다시 팔로 눈을 가렸다. 그는 이제 아랑곳 하지 않고 그녀의 몸 구석구석 부드럽게 피아노를 쳤다. 어둠과 별이 만나서 밤을 만드는 것처럼 밤하늘에 파묻힌 상아빛의 건반으로 그들만의 화음을 만들었다. 굳은 마음을 열기 위해 낮은 음으로 느리게 속삭이며 다가왔다.

어느새 그녀의 입에서 빠른 숨소리가 들리고 그의 숨도 거칠어져 갔다. 피아노 연주는 점점 강해지고 요란스러운 화음이 방 안 가득 울려 퍼졌다. 피아노와 바이얼린을 위한 협주곡은 계속됐다. 끝나지 않을 것만 같던 연주는 마침내 클라이맥스에 다다르고 바이얼린의 가녀린 울음과 피아노의 진중한 저음이 그들의 가슴 깊이 들어왔다. 협주곡이 여운이 가시기 전에 그는 달콤하게 속삭였다.

"사랑해."

그녀는 그의 사랑이 진짜라고 믿고 싶었다. 비록 자신은 사랑한다는 말을 하지 않았지만 이 행복이 오래가길 바랐다.

＊

'아랫도리가 무겁고, 뭐가 뭔지 모르게 밤이 지나갔어. 그는 정말 나를 사랑하는 것 같아. 좋아하는 감정과 사랑하는 감정은 어떻게 다른 걸까. 많이 좋아한다는 것은 알겠는데 사랑은 또 뭘까. 어쨌든 이제 사랑이라는 것이 진짜 시작된 건 확실해. 우린 일출을 봤어. 저 멀리 바다에서 시작된 빛은 너무 아름다웠어. 태어나서 처음 세상이 아름답다고 느꼈어. 이 아름다움은 지석 씨가 나에게 선물해 준 거야. 우리 이대로 서로 마음이 변하지 않았으면 좋겠어. 나는 기도했어. 하느님, 우리 사랑 이대로 영원하게 도와주세요. 서로의 마음이 흔들리지 않도록 옆에서 지켜주세요. 하느님! 하느님! 신을 믿지도 않는 내가 신을 찾을 정도로 나는 이 사랑이 영원하기를 빌었어.'

"지석 씨, 아니 오빠, 너무 아름다워요."

그녀는 감탄사를 연발했다.

"마침 날씨가 좋아 일출을 볼 수 있게 돼서 정말 다행이에요."

"이렇게 멋있는 곳은 태어나서 처음이에요. 고마워요."

"나도 몇 년 만에 왔는데 그때는 뭐가 뭔지 몰랐지만 지금은 확실하게 느낄 수 있어요."

"어떤 것을요?"

"역시 세상은 살만 하구나. 이렇게 사랑하는 사람과 함께 있는 것이 얼마나 행복한 것 인지도요."

"저도 행복해요. 그리고 이런 날이 올 줄은 생각도 못했어요."

그들은 암벽을 밟으며 조금 높은 곳을 올라갔다. 태양은 바다 건너에서 곧장 사람들이 있는 곳으로 달려올 것처럼 펼쳐져 있었다.

"태양이 더 가까이에 있는 느낌이에요. 쳐다만 봐도 따뜻해지는 것 같아요."

그녀는 꿈을 꾸듯 말했다.

"지아 씨, 소원 빌었어요? 빌었으면 혹시 무슨 소원인지 말해줄 수 있어요?"

"저의 소원은 비밀이에요, 비밀."

손가락을 입술에 대며 말했다.

"흥, 그렇다면 나도 말하고 싶지 않네요. 그래도 한 가지는 말할 수 있어요. 아니, 나는 말하고 싶어요."

"그게 뭔데요?"

그는 중대한 발표라도 하는 듯 진지해졌다.

"당신과 결혼해서 아이 낳고 행복하게 살게 해달라고 빌었어요."

"네에?"

"왜, 맘에 안 들어요?"

"아니에요, 너무 갑작스러워서."

"오늘 아침 잠에서 깼을 때 아름다운 여인이 나와 같은 침대에 누워있었어요. 나는 시간이 멈추길 바랐지만 시간은 어김없이 가버리더군요. 그리고 나 궁금한 것 있어요."

그의 표정은 진지하면서도 말을 할지 말지 망설이고 있

었다.

"너무 기분 나쁘게 듣지 마요. 그냥 남자로서 궁금해서요. 지아 씨, 처음이죠?"

"네? 아, 네. 여기 처음 와봤죠."

"아니요. 그게 아니고 어젯밤 일… 미안해요."

그는 고개를 숙이며 말했다. 그녀는 그제야 처음이라는 말을 이해했다. 그러나 도대체 어떤 의미에서 처음인지 물었는지 이해하지 못했다.

"정말 미안해요. 그렇지만 저는 궁금한 것은 못 참거든요."

"아, 네…"

그녀는 그의 엉뚱한 질문에 어색했는지 시선을 어디에 둬야할지 난처해하고 있었다. 그러자 그는 말없이 그녀의 손을 제 주머니에 넣었다. 그렇게 나란히 서서 한참동안 바다를 바라봤다.

"있죠. 우리 이제 같은 곳을 봐요. 같은 곳을 보며 함께 걸어가요."

그의 말이 어떤 것을 의미하는지 알았다. 그래서 그녀는 아무 말도 하지 않았다. 그 상황에서 할 수 있는 것은 최대한 입을 다무는 것이었다. 굳이 안 좋은 기억을 들춰내서 분위기를 망칠 수 없다고 생각했다. 그에게 솔직하지 못한 자신이 싫었지만 그와 잘해보고 싶기 때문에 속일 수밖에 없었다.

지석과 행복한 단꿈에 젖어 있던 어느 날 전화기가 몸을 부르르 떨며 지아를 불렀다.

"아빠가 돌아왔어."

지수는 가라앉은 목소리로 말을 했다.

"아빠가?"

"응, 어제 왔어. 근데… 근데 말이지…"

지수는 말을 잇지 못했다.

"왜? 무슨 일인데 그렇게 뜸을 들여."

"시신으로 왔어."

"뭐라고?"

지수의 전화를 받고 정신없이 집으로 갔다. 그녀에게 아빠에 대한 기억은 거의 없었다. 어렸을 적에 지아는 아빠 손을 잡고 지수는 엄마 손을 잡고 공원에 갔던 기억과 단편적인 기억 몇 가지마저도 가물가물했다. 그것도 끊어질 듯 끊어질 듯 이어져 오고 있었다. 장례식장에는 몇몇 사람들이 술을 마시며 얘기를 하고 있었다. 그녀는 벽에 기대어 축 늘어져 있는 엄마를 향해 걸어갔다.

"엄마, 이게 어떻게 된 일이야?"

"아이고, 내 팔자야. 나도 모르겠어. 뭐가 어떻게 됐는지 모르겠어. 그래도 살아있을 줄 알았어. 타지 생활을 접고 언젠가는 식구들 앞에 나타날 줄 알았지. 오기만 한다면 모든 것을 용서하고 새롭게 살고 싶었는데… 무정한 사람."

그녀는 엄마의 어깨를 감싸 안고 눈물을 흘렸다.

"바닷가에서 발견됐다는구나."

"뭐가?"

"시신이 바닷가에서 발견됐네. 자살인지 타살인지 모르겠다고 하더구나."

"근데 엄마 전부터 궁금했었는데 아빠는 왜 집을 나간 거야?"

"그건 병이야."

지수가 밖에서 들어오면서 말했다.

"지수야, 너 꼭 말을 그렇게 해야 되겠니?"

"사실이잖아. 아빠는 우리를 버리고 나갔어. 여자가 있는지 없는지는 모르겠지만 집을 나갔다는 것은 우리를 안 보겠다는 거잖아. 아빠에겐 우리 따위는 없었던 거야. 정신적으로 뭔가 문제가 있지 않고서야 그럴 수가 없지."

"언니, 그럼 아빠가 정신병이라도 있었던 거야?"

"내 말은 뭐 아빠를 직접 대해 보지 않았으니까 모르겠지만 가끔 볼 때면 아빤 정신이 딴 데 있는 사람처럼 보였거든."

"지수 네 말이 맞긴 하지만 그래도 그렇게 얘기하면 안 되지, 네 아빤데."

엄마는 한숨을 쉬면서 말했다.

"네 아빠는 보통 사람들하고 달랐어. 아주 오래전 얘긴데 나도 데이트라는 것을 몇 번 해봤지. 만날 때마다 그는 문고판 책들을 들고 나왔어. 처음엔 나한테 잘 보이려고 그러는 줄 알았어. 그런데 그게 아니었어. 자기한테 소중한 책이라고 절대 손에서 놓을 수 없다고 그랬어. 무슨 책이었는지 기억이 안 나는데 어떤 인물이 그려진 것 같았어. 나도 잘 모르는 사람이었어. 난 그런 것을 별로 신경 쓰지 않았어. 조용하고 말이 없던 그는 가끔 말할 때 정말 다정한 눈빛으로 나를 봤으니까.

　우린 데이트도 조용한 찻집이나 공원 같은 곳에서 했어. 나는 이국적이면서 몽환적인 네 아빠의 분위기에 빠져들었어. 결혼하고 나서 조금 실망한 게 있었는데, 그건 자식을 천천히 낳자는 것이었어. 아이가 있으면 우리가 하는 일에 제약을 받는다나 어쩐다나. 나는 이해할 수 없었어. 결혼을 하면 당연히 자식을 낳아야 하는 거 아니니? 그런데 그는 아이가 있으면 자유는 끝난다고 말했어."

　"그건 무책임이야."

　지수가 말했다.

　"지수 너를 낳고 나서 지방으로 발령을 받게 됐는데 싫어하는 기색이 없었어. 보통은 아쉬워하는데 말이지. 지금 생각해 보니 혼자 있고 싶었던 거지. 매달 생활비를 보내주기만 하고 집에는 거의 오지 않았어. 지방으로 간 뒤로부터 얼굴색이 좋아지기 시작했어. 네 아빠는 집에 오는 것보다 거기가 좋았나 봐. 처음에 아빠를 의심했어. 당연 여자가 생겼을 거라고 생각했으니까. 근데 가보니까 여자의 흔적은 발견할 수가 없었어. 그가 지냈던 방에는 온갖 책들과 담배 냄새에 찌들어져 있었거든."

　"엄마, 그래도 이건 말이 안 돼."

지수는 화를 내며 말했다.

"나도 네 아빠를 모르는데 너희들이 어떻게 알겠니? 그리고 세상에는 말도 안 되는 일들이 빈번하게 일어나. 그게 너희에게 해당된다는 것이 속상하긴 하지만 그래도 아빠를 이해해주면 안 되겠니?"

"난 절대 이해 못해. 아니, 이해 안 해!"

지수는 잔뜩 화가 나 있었고, 지아는 아무 말 없이 듣고 있었다. 화장을 마치고 나자 엄마는 몸져눕고 말았다.

"지아야, 나 괜찮아. 조금 쉬면 괜찮으니까 가도 돼."

"엄마, 괜찮겠어? 그러지 말고 이참에 푹 쉬어."

"내가 쉬면 되겠니. 유산이라고는 한 푼도 안 남기고 어떻게 살라고 하라는 건지 모르겠다."

"빚 없는 게 어딘데. 괜찮아."

"그나저나 너는 일하기 괜찮니?"

"나는 괜찮아. 아직 젊잖아."

"공부는 조금씩 하고 있는 거야? 너한테는 항상 미안하구나. 일하면서 공부를 하는 게 어디 쉽니."

"일하고 나면 정말 피곤한 날이 많아."

"그래도 혹시 시간이 나면 뭐든 배워두면 좋을 것 같아."

"내가 알아서 할게."

지아는 얘기가 길어지는 게 싫어서 밖으로 나와 버렸다. 엄마가 얘기를 시작하면 끝장을 보기 때문에 적당히 말을 끊고 나와 버렸다.

"야! 말도 없이 가려고?"

조용히 신발을 신고 있는데 지수가 불렀다.

"응, 언니."

"잘 지내라."

"언니도 잘 지내."

"그래 근데 너 요즘 남자 친구 생겼다며? 현주한테 들었어."

"소식 빠르네."

"잘해 봐. 너라도 시집가서 잘 살아야지."

"아직 거기까지는 아니야. 시집을 가도 언니가 먼저 가야지."

"나는 관심 없어. 이번에 더 확실해졌어."

"아빠 때문에?"

"엄마 사는 것 봐봐. 평생 한 남자만 사랑하고 기다리다 지쳐 저렇게 힘들어 하잖아."

"그래도 모두 아빠 같지는 안잖아."

"그래도 난 결혼하지 않을 거야. 직장도 있겠다, 잘못 하면 인생을 망칠 수도 있는데, 내가 쓸데없이 그런 모험을 하니?"

"언니에게 결혼은 모험이구나!"

"고생할 것 뻔히 아는, 굳이 하지 않아도 되는 모험이야."

"그래도 나는 후회를 하더라도 모험을 하고 싶어."

"네 말도 틀리진 않지만 지금은 엄마 걱정이 제일 우선이야."

"결국 엄마 때문이구나."

"아주 아니라고는 할 수 없지만 그래도 내가 싫어서 안 하려고 하는 거야."

"나는 항상 멀리 있어서 신경 못쓰는데 엄마한테 언니가 있어서 참 다행이다."

"지금부터는 안 돼. 너도 관심을 좀 가져봐."

지수의 생각은 확고했다. 그러나 지아는 한번 뿐인 인생인데 결혼을 꼭 하고 싶었다. 자신의 아빠 같은 사람은 흔하지 않을 것이라 생각했다. 그녀는 아빠하고 많이 닮았다. 외모 뿐 아니라 말이 적은 것도 닮았다. 그것뿐이다. 그것 외에 아는 것도 없고 다정한 기억도 없었다. 엄마는 왜 그런 사람과 결혼을 했을까, 라는 생각이 가슴을 아프게 했다. 한편으로는 자신과 언니는 아빠의 자식이라는 생각에 가슴이 답답해졌다.

지아의 일기

나의 일기장 J!

우선 음악을 틀고 생각을 정리해야할 것 같아

유명한 영화, 아름다운 영화 타이타닉의 주제곡 My heart will go on이다.

도입부에서 흐르는 피리 같은 악기 소리가 귀에 머물러 기억에 남아. 나중에 알고 보니 그것은 틴 휘슬이라는 아이리쉬 피리였어. 그래도 피리소리인 건 맞췄어.

매일 밤 꿈속에서/ 그대를 봐요. 그대를 느껴요/ 그렇게 난 그대가 곁에 있음을 알 수 있어요/ 저 멀리 우리 사이의 공간을 가로질러 와서/ 그대가 곁에 있음을 보여 주었어요/ 가까이든 멀리든 그 어디에 있든/ 내 마음은 늘 그대로 임을 믿어요/ 다시 한 번만 문을 열어주세요/ 그러면 그대는 여기 내 맘속에 있어요/ 그러면 내 마음은 늘 그대로일거에요./ 사랑은 한순간 우리에게 다가와/ 평생 계속될 수 있어요/ 그리고 우리가 죽을 때까지 떠나지 않을 거예요…

요즘 내게 천국과 지옥이 왔다 갔다 했어.
천국은 누군가 나를 사랑한다는 것이고 지옥은 사랑이 거짓이었다는 거지.
너도 알다시피 내가 태환 오빠를 막연히 그리워만 하고 있다가 이 회사에서 다시 만났어. 오빠는 사람이 많이 달라진 것 같았지만 그래도 예전처럼 다정했어. 지금 생각해보니 나한테 다정한 이유가 따로 있었던 것 같아. 나는 아무것도 모르고 늑대의 가면을 쓴 사람을 만난 거였어. 내가 당한 것은 내가 선택해서 한 일이라 할 말이 없지만 나는 순수하게 좋아하는 마음에서 만났던 거야. 그런데 사람을 이렇게 농락하고 기만하다니 난 충격에 잠을 잘 수가 없었어. 죽으라고 일만 하면서 잊으려고 해도 같은 회사에 있다 보니 입에 오르내리기도 하고 마주칠 수 있어서 잊기란 쉽지 않았어. 피하면서 다녀도 한 번씩 경기과에 와 있거나 지나가다 보니까 불편하고 답답해. 지금도 그래. 처음보다 나아졌지만 아직은 불편해서 힘들어.

현주 언니한테도 전화가 온 것은 어쩌면 나에게도 희망이 남아있을지 모른다는 생각이 들었어.

공무원인 남자를 소개받았는데 모든 게 평범해. 그런 평범함 때문일까. 그는 지루하지도 않고 그렇게 재밌지도 않지만 마음만은 편했어. 그와 함께 있으면 모든 게 편안해서 좋았어. 그는 늘 헤어질 때 기숙사까지 바래다줬어. 왕복 한 시간이 넘는 거리를 데려다 주는 그가 너무 고맙고 좋았어. 처음에 여행가자고 했을 때 깜짝 놀랐어. 왜냐하면 그가 내가 과거가 있다는 것을 알까봐 두려웠어. 요즘 같은 세상에 누가 그걸 따지냐고 묻는 다면 할 말이 없지만 마음이 불편한 건 어쩔 수 없었어. 그리고 내가 그런 일을 당하고도 진실한 사랑을 할 수 있을까라는 생각도 들었어. 자격이 없다는 생각에 잠깐의 갈등이 있었지만 간곡한 부탁을 거절을 할 수가 없었어.

일출 여행을 하면서 행복한 단꿈에 젖고 말았어.

첫날밤은 무사히 지나갔어. 다행히 지석은 아무것도 모르는 것 같았어. 오히려 나를 순수하게 봐줬어. 솔직히 말하면 섹스는… 잘 모르겠어. 태환과 하룻밤을 보냈다고 하지만 전혀 기억이 없고 아침에 아랫도리가 조금 불편한 정도였어. 지석은 나를 최대한 배려하려고 거칠게 하지 않고 부드럽게 내 몸을 이끌었어. 그렇지만 성적으로 어떤 느낌, 오르가즘? 이런 것은 잘 모르겠어. 그 사람이 나를 사랑하고 있다는 것이 기쁜 거지 성적으로 즐거웠던 건 아니야.

나는 한동안 지석에게 빠져 있었어. 그런데 그 생각을 멈추게 한 것이 아빠의 죽음이야.

아빠는 시체가 되어서 돌아왔어. 아내와 자식들을 버리고 간 사람이 죽어서 돌아왔어.

엄마를 생각하면 슬픈 것도 있지만, 언니처럼 나도 아빠가 원망스럽기만 해. 엄마 앞에서 둘 다 아빠 욕을 하면 엄마가 얼마나 서운하겠어. 그렇다고 언니처럼 미워하진 않아. 사람이니까 그럴 수도 있는 일이 수없이 일어나고 있는 세상이니까. 아빠는 평범함을 거부하고 오직 자신 자신만을 위해 살았던 것 같아.

아빠는 강을 따라 바다로 잘 들어갔을까. 그곳은 분명 아빠가 원하는 세상이길 바라.

7부. 추락하는 시간

*

지아가 살아온 인생을 통틀어 봤을 때, 요즘처럼 힘들다 회복되다 다시 힘들어지는 것이 반복된 시기는 없었다고 생각했다. 아빠의 죽음 소식은 잔잔해보였지만 며칠 동안 마음을 불편하게 했다. 보는 사람들마다 위로의 말을 할 때 그랬다. 자신이 아무렇지 않다고 해도 남들은 그렇게 생각하지 않았다.

지석은 장례식에 참석하지 못해서 미안하다는 말을 했다.

"아니에요. 아직 서로 인사한 사이도 아닌데 그렇게까지 마음 안 써도 돼요."

그렇게 말하자 지석의 표정이 안 좋았다.

"제 말이 기분 나빠요?"

"난 당신이 오라고 하길 바랐거든요. 근데 마음 쓰지 말라고 하니까 서운한데요."

"그런 뜻은 아니에요. 난 단지 불편할까 봐 그런 거예요."

"알아요. 그 마음 다 알아요. 그래도 난 지아 씨를 이 세상에 있게 한 사람에게 인사를 하고 싶었거든요."

"그럼 다음에 아빠가 뿌려진 곳에 같이 가요. 가서 그때 정식으로 인사해요."

지석에게 미안한 마음이 들어서 말은 했지만 정말로 그가 가자고 하면 어떻게 하나 고민을 했다. 지석에게는 아버지에 관련된 얘기를 하고 싶지 않았기 때문이다.

며칠 뒤, 지아는 오래간만에 마스터와 식사를 했다.

"마스터님, 요즘 저 못 만나서 서운했죠?"

"아니야. 요새 많은 일이 있었잖아. 그리고 아버지 일은 유감이야. 아마 좋은 곳에 가셨을 거야."

"이제 생각하지 않기로 했어요. 좋은 일만 생각해도 시간도 부족한데 굳이 슬픈 일을 머릿속에 담아둘 필요는 없는 것 같아요."

"그렇게 마음먹어서 다행이다. 정말."

"마스터님, 저 걱정해줘서 정말 고맙습니다. 저한테는 마스터님 밖에 없어요."

지아는 마스터의 손을 만지면서 말했다. 주임이 마스터가 되고 나서도 여전히 자신을 챙겨주고 있다는 것을 잘 알고 있었다. 사실 캐디라는 직업이 자유스러워 보여도 경기과에서 정해 놓은 규칙은 까다롭고 불합리하게 되어있다. 쉬는 것이든 휴가나 병가에 대해서도 눈치 주는 것이 여간 괴로운 일이 아니다. 모든 사정을 봐줄 수 없다는 것이 경기과의 규칙이라고 하지만 때론 불합리가 판을 치기도 한다.

"고마워. 우리 오래간만에 건배할까?"

맥주잔이 부딪치는 소리가 들리고 둘은 단숨에 맥주를 마셨다.

"그나저나 전 이해가 안 되는 부분이 있어요. 그만둔 마스터님요. 그렇게 회장님하고 친하게 굴더니 왜 그만둘까 싶어서요."

"또 이상한데 관심 갖는다!"

마스터의 눈썹이 약간 치켜 올라갔다.

"그냥 물어 본건데 너무 화내지 마세요."

"그래도 남의 사생활에 대해 일부러 꼬치꼬치 캐묻는 것은 아니라고 생각해. 그런데 이왕 물어 보니 대답을 안 할 수도 없고 아는 것을 모른다고 하는 것도 정말 힘들다. 특히 친한 사람한테는."

"마스터님은 뭔가 알고 계시는구나!"

지아는 벤치마킹 다녀오면서 마스터와 해수가 달라졌다고 확실히 느꼈다. 뭔가에 허둥지둥하면서 정신없이 굴었다. 마스터는 자리를 자주 비우고 해수도 쉬는 날이 많았다. 그러다 그만둔다는 소식을 들었다. 해수는 마스터가 그만두기 전에 그만뒀다.

"사실은 그날 벤치마킹 갔던 날 있잖아. 너는 서 팀장 말로는 일찍 데려다 줬다고 하고 마스터하고 해수는 회장님들과 노래방 갔었다며."

서 팀장 얘기가 나오자 머리가 띵하면서 가슴이 답답하고 불안했다.

"지아야, 왜 그래?"

"아니에요."

"표정은 안 그런데? 어쨌든 그날 노래방에서 사고가 좀 있었나 봐."

"사고가요?"

"말로는 회장님 친구 분이 해수를 그렇게 만지더래. 그러면서 하룻밤 같이 자면 두둑한 보상을 해주겠다고 그랬나 봐. 해수는 회장 때문에 만지는 것도 참고 있었는데 그런 말까지 들으니까 화가 나서 욕을 했나 봐. 욕하고 밀치고 나오려는데 마스터가 말리더란다. 그렇게 가면 자신이 잘리니까 좀 봐달라고 했나 봐. 그래도 해수는 그냥 와버렸대. 그리고 회사에 와서 증거를 내밀며 성추행으로 신고하겠다고 했나 봐."

"그냥 신고하면 되지 굳이 회사에 말하고 신고하라는 이유가 있었어요?"

"사과를 바랐거나 돈을 바랐겠지."

"근데 제가 보기에는 우리 회사 회장이 더 문제인 것 같은데요. 마치 일부로 친구를 데려와서 놀려고 했던 것 같았어요. 그리고 이것이 한두 번이 아니었을 것 같기도 하고요."

"나도 소문을 듣긴 했는데 혜연이가 말한 것 보니까 상습범은 맞는 것 같아."

"그래서 해결은 어떻게 된 거예요?"

"타협을 보긴 본 것 같아. 마스터가 그만두면서 이제 한동안 일 안 하면서 집에서 쉰다고 한 걸 보니 보상은 받았겠지."

"이것도 갑질이겠죠?"

"갑질 맞지. 자기보다 약한 사람들을 괴롭히는 강자들이니까. 마스터가 행동을 어떻게 했건간에 무슨 힘이 있겠어? 회사에서 하라고 하면 할 수밖에 없는 게 현실이지 뭐."

"갑자기 우울해지네요. 더러운 회사를 다녀야 한다는 사실이 속상하고요."

"너까지 그럴 필요 없어. 우리는 그들에게서 필요한 것을 얻어야 살 수 있잖아. 그만 둔다고 해서 달라질 건 없어. 어딜 가도 그런 사람은 꼭 있으니까. 그런 사람들에게 끌려 다니지 않으려고 죽을힘을 다해서 살아야지."

지아와 마스터는 술잔에 술이 흐르도록 따라서 마셨다.

"아, 더러운 세상이네. 내가 이 더러운 세상의 구정물을 다 마셔버리겠어. 사장님, 여기 술 한 병 더 주세요!"

"근데 놀라운 사실이 또 있어."

"어, 마스터님 취했나 보다 남 말 안하시면서…"

"에잇, 몰라. 오늘은 취했어. 내일이면 나는 모르는 거야. 서 팀장 말이지. 알고 보니 회장님 조카야."

"영업팀의 서태환 팀장이 회장님 조카라고요!"

어이가 없다는 생각을 하면서 웃었다.

"근데 왜 그렇게 웃어?"

"이건 완전 갑질이네요. 재벌가의 조카라니 갑질 같아서 웃음밖에 안 나와요."

"서 팀장이 재벌이건 아니건 우리하고 무슨 상관이야. 그냥 먼 나라 이야기지."

"그래 맞아요. 우리하고 아무 상관이 없죠."

지아는 땅으로 꺼질 듯 한숨을 쉬었다. 그들은 가게의 문이 닫힐 때까지 주거니 받거니 술을 마셨다. 다음날 일을 어떻게 했는지 기억을 못할 정도로 술이 안 깬 상태에서 일을 했다. 속도 안 좋고 기분도 별로여서 오자마자 자버렸다.

그러던 어느 날, 몇 달 동안 생리가 없다는 것을 알았다. 지아는 마스터를 찾아가 조심스럽게 물었다.

"마스터님, 마스터님은 생리가 규칙적이에요?"

"나는 항상 규칙적이야. 근데 생리통이 너무 심해."

"저는 생리가 불규칙적이어서요. 근데 이번에는 좀 기간이 긴 것 같아요. 그리고 가끔 배도 아픈데 되게 기분 나쁘게 아파요."

"그래? 무슨 일 있을 수 있으니까 검사한번 받아 봐. 아니면… 혹시 둘이 피임은 하니?"

"네? 피임요?"

"그렇게 말하는 것 보니까 안하는구나!"

"생각도 못 해봤어요."

"피임을 안 했으면 임신일 수도 있겠는데."

"아니에요. 우리 그렇게 막 그러지 않아요."

"진짜? 순진한 사람이 많이 변했네. 그래도 어쨌든 성관계 횟수에 상관없이 임신이 한 번에 되는 경우도 있으니까 배제할 수는 없어. 병원 가기 뭐하면 약국 가서 테스기라도 사서 한번 해 봐."

테스트 결과 임신이었다. 지아는 결혼도 안 했는데 어떻게 해야 할지 몰라 지석에게 말했다.

"정말요? 아기가 생기다니 그럼 내가 아빠가 되는 거예요?"

"그렇게 좋아요?"

"그럼요. 좋다마다요. 내가 아기를 얼마나 좋아하는데요. 우리 당장 검사받으러 가요."

지석과 같이 병원에 가서 초음파 검사를 받은 결과에 깜짝 놀랐다.

"자궁외임신입니다."

자궁외임신은 다른 방법이 없다. 수술을 통해 다른 곳에 착상되어 있는 아기를 없애는 방법밖에 없었다. 그러기 위해서는 나팔관을 제거하는 수술을 해야 했다.

수술은 잘 끝났지만 마음이 쓰렸다. 아기가 아직 자신과 지석을 원하지 않아서 그런 거라고 생각했다. 병원에서 밤을 지새운 지석의 얼굴이 푸석푸석했다.

"괜찮아요?"

"네, 괜찮아요. 지석 씨… 미안해요."

"지아 씨가 뭐가 미안해요."

"어떻게 이런 일이 생겼는지 모르겠어요."

"앞으로 생각할 것은 몸을 잘 추스르는 일이에요. 이참에 좀 쉬어요."

지석은 누워있는 지아의 손을 잡으며 말했다.

"저도 당신이 좋아하는 모습을 보니까 좋았는데 아직 우리가 준비가 덜 된걸 알고 아기가 오기 싫었나 봐요."

"그런 것 같아요. 우리 나중에 충분히 준비한 뒤에 아기 가져요."

지아가 대답하려고 할 때 마스터가 달려왔다.

"이게 무슨 일이니?"

지석이 잠시 자리를 비우자 지아는 마스터 앞에서 끝내 눈물을 흘리고 말았다, 덩달아 마스터도 눈물을 글썽였다.

"그래 울고 싶으면 실컷 울어. 이것도 네 운명이야. 그러니 받아들이기 전에 실컷 울어. 그리고 기운내서 일어나자. 아기는 또 가지면 돼."

마스터는 눈물을 닦아주면서 말했다. 지아는 울지 않으려고 참아보지만 마스터가 눈물을 닦아주니 더 슬펐다. 지석이 있을 때 참아왔던 눈물이 마구 쏟아지고 있었다.

"마스터님, 이 운명의 장난을 친 사람은 대체 누굴까요? 신일까요 나 자신일까요?"

＊

수술 후, 한동안 쉬었다가 다시 일을 시작했다. 아픔을 겪은 뒤에 지석과의 사랑은 더 불타올랐다. 만나는 기쁨이 컸기에 슬픔은 과거 속으로 점점 사라졌다. 어느 화창한 날, 지석은 데이트를 마치고 어김없이 지아를 데려다줬다. 차 안은 잔잔한 클래식 음악이 흐르고 있었다.

"저, 할 말 있어요."

지석은 잔뜩 분위기를 잡으며 말했다.

"우리 여태 얘기하지 않았어요?"

"이건 조금 다른 얘기예요."

"왜 무슨 일 있어요? 지석 씨 표정이 갑자기 심각해졌어요."

"잠깐만 눈 좀 감아볼래요?"

살짝 감은 눈 사이로 어떤 움직임이 있었지만 참고 기다렸다.

"이제 눈 떠봐요."

"어, 이게 뭐예요?"

지석은 꽃을 내밀고 작은 상자를 열었다.

"지아 씨, 나랑 결혼해 줄래요?"

지아는 아무 대답 없이 꽃향기를 먼저 맡았다. 청혼을 받았다는 사실이 믿어지지 않아서 빨리 대답하고 싶지 않았다.

"손도 내밀어 봐요."

망설이다 손을 조심스럽게 내밀며 지석을 봤다. 환하게 웃는 모습이 오늘따라 더 다정해보였다.

"제가 별로 가진 것은 없지만 행복하게 해 줄 자신은 있어요. 그리고 당신만을 영원히 사랑할 것을 맹세해요."

지아는 손가락에 반지가 끼워지자 마음을 받아들이기로 했다.

"제가 주변머리가 없어서 청혼을 어떻게 해야 할지 몰라서 이렇게 했는데 서운하지 않아요?"

"전혀요. 당신의 마음을 받았으니까요."

"사랑해요."

지석은 사랑한다는 말과 함께 지아의 입술에 키스를 했다. 그녀는 눈을 감고 행복한 꿈을 꾸고 있었다.

청혼을 받고 친정에 인사를 간 후에 시댁에 인사를 갔다. 지석은 도시의 한 아파트에 부모님과 살고 있었다. 지아는 차에서 내리자마자 떨리는 가슴을 진정시키려고 애를 썼다.

"지아 씨, 괜찮아요?"

"후, 떨려요. 지석 씨 부모님이 절 좋아하실지 모르겠어요."

"좋아하실 거예요."

"제 옷차림 괜찮아요?"

"아주 예뻐요. 지아 씨는 원피스가 잘 어울려요."

엘리베이터의 문이 열리자 지아는 조심스럽게 발을 밀어 넣었다.

"어서 와요."

지석의 아버지, 어머니가 반갑게 맞이했다.

"안녕하세요? 처음 뵙겠습니다."

"이리로 들어와요. 오느라 애썼어요."

지석의 아버지가 말했다.

"일단 식사 먼저 해요. 이쪽 식탁으로 와요. 같이 식사하려고 눈 빠지게 기다렸다우."

지석의 어머니가 식탁으로 안내하며 말했다. 커다란 식탁 위에는 음식이 가득 있었고, 처음 본 요리들이 식탁에 차려진 것을 보고 깜짝 놀랐다. 식사를 마치고 거실에 모여 과일과 차를 먹으면서 얘기를 나눴다.

"그래 부모님은 무고하시고?"

지석 아버지가 물었다.

"어머니 혼자세요. 아버지는 작년에 돌아가셨어요."

"어, 그거 참… 내가 괜한 걸 물었나 봐요."

"아니에요, 괜찮습니다."

"그럼 형제는 어떻게 돼요?"

지석 어머니가 물었다.

"언니와 둘이에요."

"적적하게 자랐네요. 우리는 이 녀석 위로 형제가 셋이나 더 있어요. 모두 사내라 무뚝뚝한데 그래도 우리 막둥이가 같이 살고 있어서 아주 좋다니까."

"막둥이도 이제 떠날 때가 됐지 뭐."

"막둥이가 가버리면 난 이제 무슨 낙으로 사나."

"아주 어디가? 남편은 없고 자식만 맨날 끼고 산다니까."

"아이고, 아버지 어머니, 지아 씨 앞에서 왜 그래요?"

지석은 당황하면서 말했다.

"아니, 뭐. 나쁜 말 한 것도 아닌데. 하고 싶은 말도 못하게 네 아버지는 꼭 그런다니까."

지석 어머니는 뚱하게 말하자 아버지의 표정도 굳어버렸다. 그러거나 말거나 지석의 어머니는 지아에게 물었다.

"지금 무슨 일 하고 있어요?"

"네, 저는 골프장에서 일하고 있어요."

"골프장이라면 골프 치는 곳에서 일한다는 말이죠?"

"네."

"골프장에선 무슨 일 하는데요? 그리고 너무 외진 곳에 있지 않나?"

"네, 저는…"

"어머니, 지아 씨 골프장 사무실에서 일해요. 직원 숙소가 있어서 거기서 생활해요."

지석은 지아가 대답하기도 전에 갑자기 끼어들면서 말했다.

"결혼하면 직장생활 힘들겠네."

"네에…"

지아는 말을 자르고 거짓말까지 하는 지석이 어이가 없어서 할 말을 잃었다. 그리고 자신의 기분은 아랑곳하지 않고 다른 말을 하면서 얼렁뚱땅 넘어가려고 하는 것도 불쾌했다.

"아버지 요즘 골프 배우신다면서요?"

"네 큰형이 운동 삼아 다니라고 끊어줬어. 이렇게 재밌는 줄 알았으면 진즉 배웠을 것을."

"잘됐네요. 이제라도 열심히 해보세요."

"아휴, 아깝게 그런 걸 배워서 돈만 버리고 그러니."

지석의 어머니는 못마땅한 표정을 지으면서 말했다.

"아니, 당신은 내가 집에서만 멍청하게 있으면 좋겠어?"

"그럼 내 일 좀 도와주던가? 나는 죽으라고 장사하는데 당신은 죽으라고 쓰시네요."

"나도 여태 일만 하고 살았어. 이제부터 하고 싶은 것 하고 살아야지."

"저기, 어머니 아버지. 지금 손님 있잖아요."

지석은 부모님을 보며 난처해하며 말했다.

"아휴, 미안해요. 우리가 툭하면 이렇다니까. 너무 신경 쓰지 마요."

지석 아버지가 말하자 어색하게 웃었다.

"제가 말했었죠. 아버지는 공무원을 오래 하시다가 올해 퇴직하셨고, 어머니는 작은 식당을 하세요."

"어머니는 그럼 그냥 집에 계시는 분인가 아니면 무슨 일 하시나?"

지석이 말하자 어머니가 물었다.

"네, 좀 건강이 안 좋으셔서 집에서 쉬시고 계시는데요. 저희 엄마도 식당 운영하셨어요."

"오, 그래요?"

지아는 시부모와 일상적인 얘기를 나누며 무탈하게 인사를 마치고 돌아왔다. 그녀는 그의 행동을 이해할 수가 없어서 똑바로 보고 있을 수가 없었다. 그래서 기숙사로 가는 내내 아무 말도 하지 않았다.

"지아 씨, 오늘 집에서 기분 나쁜 거 있었어요?"

"뭐가요?"

"여기까지 오는 내내 아무 말도 안 하고 표정도 안 좋아서요."

"그랬어요? 이런 저런 생각을 하느라고요."

그녀의 표정은 굳어 있었다. 덩달아 그도 말이 없었다. 그녀는 기숙사에 도착하고 내리려다 말고 물었다.

"도저히 안 되겠어요. 말하지 않고 보내면 오늘밤 잠을 못 잘 것 같아요. 왜 제 직업을 다르게 얘기했어요?"

"그건… 부모님이 아직 이해를 못 하실 것 같아서요."

"그래도 얘기를 해야 되는 것 아니에요?"

"지아 씨, 결혼하고도 계속 이일 할 거예요?"

"저는 당분간은 다닐 생각이에요."

"나는 결혼하면 지아 씨가 이 일 안 했으면 해요. 만약에 일을 안 한다면 굳이 부모님께 뭐하는지 얘기할 필요가 없잖아요. 그러니까 이건 거짓말이 아니에요. 이 말은 다음에 얘기하려고 했었는데 말이 나와서 하는 거예요."

"지석 씨는 내가 이 일 하는 게 그렇게 싫어요?"

"싫다기보다는 일이 힘들잖아요."

"정말 그것뿐이에요? 제가 손님하고 너무 친하게 지낼까봐 아니, 손님이라도 만날까 그런 걱정을 하는 것은 아니고요?"

"솔직히 남자 손님들하고 친하게 웃으면서 그런 것도 싫어요. 내가 좀 고지식해서요. 우리 아버지 어머니는 옛날 사람들이라 쉽게 이해 못 할 수도 있어요. 물론 당신이 누구보다도 순수하고 깨끗한 마음을 가졌다는 것 알아요. 그렇지만 부모님들이 캐디라는 직업에 대해 얼마나 이해해줄 수 있을까요? 지난번에 큰 형 만났을 때 어떤 직업에 대해 비하하는 소리를 들었어요. 말도 안 되는 소리라는 것을 알려주려고 큰형과 대화를 해봤지만 씨알도 안 먹히던데요."

"그래도 전 좀 그래요. 저는 제가 하는 일에 대해 자부심을 느껴요."

"왜 이렇게까지 화내는지 이유를 모르겠어요."

"저도 지석 씨가 왜 거짓말을 정당화하는지 모르겠어요."

"정말 내 마음 모르겠어요?"

"이제 그만 가볼게요. 오늘 고마웠어요."

그녀는 뒤도 안 돌아보고 숙소로 들어갔다. 그의 자동차는 엔진소리를 심하게 내면서 골프장에서 멀어지고 있었다. 지아와 지석에게 작은 균열이 생겼다. 손은 한 겨울에 관리를 하지 않으면 트는 현상이 발생하는데 심하면 살이 갈라지기도 한다. 사랑도 마찬가지로 관리를 하지 않으면 버석거리고 틈이 생겨 출혈이 발생한다. 지아는 틈이 생기지 않으려고 노력했지만 가치관에 대한 한계를 실감했다.

그동안 경기과에서도 많은 일들이 있었다. 사람들이 들고 나가는 것은 흔했으며 직원 간의, 캐디 간의, 손님 간의 트러블도 끊임없이 일어났다. 진행 보는 사람도, 조장도 자주 바뀌고, 지아의 룸메이트도 바뀌었다. 새로 온 룸메이트와는 나이도 같고 코드도 잘 맞아 친하게 지냈다. 희정은 한동안 혼자 지내던 그녀를 외롭지 않게 했다.

"지아야, 요즘 좀 이상하다 어디 나가지도 않고. 남자 친구랑 싸웠니?"

"아니, 그냥 요즘 바빠서 그래."

"싸웠구나! 그래 어쩐지… 그래, 한 번쯤은 싸워야지. 그래야 그 사람의 진실을 알지."

"희정아, 우리 술 한잔 할까? 오늘 진짜 술 당긴다."

"그래 한잔 마셔 주지, 뭐. 친구가 괴롭다는데."

그들은 밖으로 나왔다. 지아는 안주가 나오기도 전에 술을 따라 단숨에 마셨다.

"얘가, 안주 나오면 먹어. 그렇게 먹으면 금방 취해."

"나 오늘 취하고 싶어."

지석을 그렇게 보내고 그에게는 어떤 연락도 오지 않았다. 그러기를 이틀, 지아는 불안해졌지만 왠지 먼저 연락하기가 싫었다. 그러면서 연락이 오기를 기다리면서 전화기를 손에 쥐고 놓지 않았다.

"무슨 사정이 있어서 그런 것은 아니겠지? 단지 나와 트러블이 있어서 연락을 안 한 거겠지?"

걱정이 가득한 얼굴로 말했다.

"그렇게 걱정되면 먼저 전화를 하든지 전화기 닳겠다. 근데 대체 무슨 일로 싸운 거니?"

"사실은 지난번에 지석 씨 부모님께 인사를 하러 갔었어."

"벌써? 오오, 금방 결혼하겠는데?"

"갔었는데 직업을 묻더라고 그래서 내가 얘기하려고 했는데 지석 씨가 골프장 사무직 직원이라고 말해버리더라고."

"그게 어때서? 여기 언니들 중에도 부모님께 얘기 안 하는 사람도 있어."

"나는 이해가 안 돼. 우리가 무슨 이상한 일을 하는 것도 아니고 왜 말을 못해?"

"네 남친 입장에서는 그럴 수도 있어. 뭐 아주 심각한 일도 아니네."

"그럼 미리 상의라도 하던가. 아무 말 없다가 갑자기 그러면 내가 얼마나 황당하겠어."

지아는 안주는 먹지 않고 술만 마셨다.

"그건 좀 그렇다. 어찌됐든 미리 얘기를 하는 게 맞지."

"그리고 자기가 잘못해놓고 전화도 안 하는 것 봐."

지아는 몸을 가눌 수 없을 정도로 마시고 들어와서 먼저 문자를 했다. 희정의 말이 맞는 것 같기도 하고 술이 취해서 그런지 너무 보고 싶었다.

〈지석 씨, 미안해요. 제 생각이 너무 짧았나 봐요. 당신의 입장에서 생각해봤어야 했어요.〉

문자를 보내자마자 바로 전화벨이 울렸다. 깜짝 놀라 거실로 나와 전화를 받았다.

"지아 씨! 내가 더 미안해요. 미리 상의하고 말했어야 했는데 제 생각이 더 짧았어요. 혹시라도 결혼 반대를 할까봐 그랬어요. 곰곰이 생각했는데 역시 지아 씨가 원하는대로 해야 할 것 같아서 용기 내서 부모님께 말했어요. 조금 언짢아하시기는 했는데 우리 결혼은 반대하시지 않으셨어요. 사실 말씀드리고 난 뒤 바로 전화하려고 했었는데 그놈의 자존심 때문에… 미안해요."

"솔직하게 얘기해줘서 고마워요."

"이제 우리 결혼하는 것만 남았죠?"

"네, 그러네요."

"그런데 결혼하기 전에 부탁이 있어요. 저도 양보했으니 꼭 들어줘야 해요. 나는 내 아내가 이렇게 힘든 일 하는 것 원치 않아요. 결혼하면 당분간이라도 집에서 쉬면 좋을 것 같아요. 우리의 예쁜 아기도 낳아야 하니까."

"아, 그건 좀 생각해 볼게요. 집에서 놀기에는 그런 것 같아요."

"그래요. 잘 생각해봐요. 나는 퇴근하면 아내가 앞치마를 두르고 문을 열어줬으면 좋겠어요."

"앞치마를 두르고 열어달라고요?"

"네, 꼭 그랬으면 좋겠어요. 사랑해요, 지아 씨."

지석의 말은 당황스럽지만 너무도 천진한 목소리에 누구든 허락을 안 할 수가 없게 만들었다. 그러나 결혼을 해서 자신이 앞치마를 두르며 문을 열어줄 수 있을까라는 의문이 들었다.

*

지아는 신혼여행을 마치고 돌아와서 새집에서 사진을 보고 있다. 거실 한 중앙에 커다란 하트 모양 화환 앞에서 서로 마주보고 있는 사진을 보며 생각에 잠겼다. 소파에 앉아 결혼 앨범을 봤다. 지인 촬영 사진에 마스터와 룸메이트인 희정과 초창기 동기였던 수정이도 있다. 결혼식을 위해 그동안 연락이 끊어졌던 친구들에게 청첩장을 보내 겨우 사진을 채울 수 있었다.

골프장 생활에서 남는 거라고는 돈 뿐이었다. 그렇게 활발하진 않았어도 친구가 아주 없진 않았는데, 골프장 생활을 한 뒤로는 그나마 있던 친구마저 만날 수가 없어서 서서히 멀어졌다. 소파에 머리를 기대고 생각에 잠겼다.

"부케는 수정 언니가 받아."

신부 대기실에서 수정에게 말했다.

"네가?"

"언니 남자 친구 있다며? 우리 마스터님이 받을 수 없잖아."

"우리 마스터? 부케 받고 빨리 결혼 못하면 안 되는데…"

"당장 내일 청혼할지도 몰라. 언니도 빨리 결혼하라고 던져 주는 거야"

"받고 싶지 않지만 던진다면 받아야지 뭐."

수정은 어쩔 수 없다는 표정을 지으며 말했다.

"어, 마스터님, 희정아, 왔어?"

지아는 대기실 밖에서 들어오는 사람들을 보면서 말했다.

"너무 예쁘다, 얘."

"이래서 여자들이 웨딩드레스를 입으려고 하는구나! 완전히 딴 사람 같아."

마스터와 희정이 웃으며 말했다.

"제가 그 정도예요, 마스터님?"

"아니야 너무 예뻐서 하는 소리야. 아참, 우리 사진 찍어야지?"

"수정 언니, 나 사진 좀 부탁해."

수정은 기꺼이 부탁을 들어줬다.

"하나 두울 치즈. 자 한 번 더 가요. 하나 두울 셋!"

"누가 캐디 아니랄까봐 사진도 열심히 찍네. 호호호"

신부대기실에서 깔깔거리며 웃던 기억을 떠올리자 얼굴에 미소가 저절로 나왔다.

"신랑 신부 친구 분들 모두 여기 보세요. 자, 갑니다. 하나 두울 셋."

카메라의 플래시가 계속 터지고 사람들은 환하게 웃고 있었다. 사진 속에서 사람들의 모습이 모두 행복해 보였다. 지아는 사람들의 행복이 사진처럼 영원하면 얼마나 좋을까 생각했다. 지석이 원하는대로 직장을 그만두고 살림을 했다. 남편을 위해 된장국을 끓이고 생선을 구웠다. 벨을 누르면 흰색 프릴 앞치마를 두르고 대문을 열어줬다. 굳이 번호 키가 있건만 지석은 아내가 문을 열어주기를 바랐다.

결혼 후 시간이 남아도니 대학시절 못다 한 공부를 하고 싶었다. 그동안 모아둔 돈이 있어서 그것으로 공부를 시작했다. 외국어를 유창하게 하고 싶어서 학원도 등록을 하고 새로운 것에 도전을 하며 자기계발을 열심히 했다. 그러던 어느 날, 마음속으로 우려하던 일이 현실에서 조금씩 걱정으로 바뀌어가고 있었다.

"벌써 1년 넘게 살았는데 왜 아이가 안 생기는 걸까요?"

"곧 생기겠지. 이렇게 서로 사랑하는데 좀 더 기다리자."

이즈음부터 지석의 말투가 바뀌어 있었다. 존칭을 하던 말투가 서서히 반말로 바뀌었다. 지아는 뭐 아무래도 상관없다고 생각했다. 말은 중요하지만 어쨌든 남편이니까 큰 상관이 없다고 생각했다. 주말엔 샌드위치를 만들어 가까운 공원으로 가서 산책을 했다. 여기저기 유모차들이 지나가고 아이와 손을 잡은 부모들이 행복한 웃음을 짓고 지었다. 지석은 유난히 아이들이 뛰어 다니는 것을 놓치지 않고 봤다.

"아이들은 지치지도 않나 봐요. 벌써 30분도 넘게 뛰고 있어요."

"그러게. 우리 어렸을 때도 그랬을까?"

"아마도 비슷하지 않았을까요?"

"당신은 우리에게 아이가 생기지 않은 이유가 뭔지 알고 싶지 않아?"

"좀 걸리는 게 있긴 한데 그래도 시간이 많이 지났으니까 그건 상관없겠죠."

"그러면 다행이고."

이때 한 아이가 지석의 주위를 맴돌고 있었다. 부모가 말리지만 계속 빙글빙글 돌고 있었다.

"죄송해요. 아이가 한시도 가만있지를 않아서요."

아이가 엄마의 손을 잡고 자리를 떠날 때까지도 지석은 아이의 뒷모습만 바라봤다. 지아는 갑자기 생각이 많아졌다. 그리고 예전에 수술했던 경험이 생각났다. 수술을 하러 가던 날도 지석이 옆에 있었다. 자신의 손을 꼭 붙잡고 놓지 않던 일을 기억했다. 자궁외임신으로 한 쪽 나팔관을 제거했지만 한쪽이 있으니 임신하는 데는 아무 문제가 없다고 했던 말이 생각났다.

그날 저녁 지석이 환자 보호자용 침대에 누워서 자고 있는 모습을 잊지 못했다. 새우처럼 누워서 고개를 틀고 잠을 자던 모습, 그가 얼마나 애처로웠는지를 기억해냈다.

"내가 너무 보채는 것 같아?"

"아니에요. 당신은 처음부터 아이를 빨리 갖고 싶어 했잖아요."

"지아 씨는 어때? 한 번도 빨리 낳자 라는 말이 없었잖아."

"글쎄요. 저도 당신을 위해서 빨리 갖고 싶지만 이건 너무 조급하게 군다고 해서 될 일은 아닌 것 같아요. 때가 되면 분명 생길 거예요."

"역시 나만 걱정하는구나!"

"걱정 말아요. 꼭 생길 거예요."

진심어린 표정으로 지석의 손을 잡았다. 밤새 고민 끝에 다음날 병원에 갔다.

"수술한 경험이 있으시네요."

여 의사는 차트를 보면서 말했다.

"네, 자궁외임신이어서 어쩔 수 없이 수술을 했어요."

"이것이 꼭 불임하고 관련이 있다고 보지는 않아요. 어떤 수술을 하느냐에 따라 다르긴 하지만요. 그럼 검사 먼저 해 볼까요?"

검사용 침대에 올라가 누웠다. 의사가 검사하는 동안 근처에 있는 작은 모니터에서 자궁이 희미하게 보였다. 의사가 화면을 가리키며 자궁이라고 말했기 때문에 알 수 있었다.

"한쪽 나팔관은 괜찮아 보이는데 혹시 나팔관이 막혔을지 모르니까 난관 조영술을 해야 할 것 같아요."

"그게 뭔데요?"

"나팔관이 막혀 있는지 여부를 확인하는 이유는 나팔관이 막혀 있으면 자연 임신이 잘 안 돼요."

여 의사는 장갑을 벗으면서 말했다. 지아는 몸을 정돈하고 의사 앞에 앉았다.

"배란일 체크해 가면서 임신하려고 노력 좀 해보시고 안 되면 조영술 해보시고 그때 봐서 다시 결정 해야겠네요."

다행이 다른 이상은 없었지만 어쩐지 임신은 안 됐다. 결국 난관 조영술까지 받게 되었다.

난관 조영술을 받고 난 뒤 청천벽력과도 같은 소리를 들었다. 나머지 한쪽 나팔관도 반 쯤 막혀서 임신이 어렵고 이것마저도 시간이 지나면 서서히 막힌다고 했다.

지아는 이대로 임신이 안 되면 어떡하나 하루하루 불안했다.

"그때 한 임신이 이렇게 큰 영향을 미칠 거라고는 생각도 못했어요."

"나도 마찬가지야."

지석은 어두운 표정으로 말했다.

"여보, 이제 어떻게 하죠?"

"아직 기회는 있으니까. 임신이 잘 안 되면 의사가 말했던 것처럼 인공수정으로 가야지."

"쉽게 되는 일이 없네요."

"지아 씨, 힘내요. 얼마나 예쁜 아이를 주려고 우리에게 이런 고통을 주는지 모르겠지만 꼭 임신할 거야."

지석의 표정은 반드시 성공한다는 각오가 있었다. 그들은 임신을 하려고 좋다는 것은 무조건 다 했다. 좋은 운동과 좋은 음식을 먹고 최대한 임신이 잘 되는 체위를 시도하기도 했다. 할 수 있는 만큼 다 하고도 딱히 효과가 없었다. 마치 결혼 후 행복이 임신에 달려있는 듯 매달렸다. 그 와중에도 여느 때처럼 학원도 다니고 동네에서 친해진 사람과 차도 마시고 시간을 여유 있게 보내려고 애를 썼다.

"그런데 자기는 아기 안 낳아?"

"저희는 천천히 갖으려고요."

"아이 그래도 애는 빨리 낳는 게 좋아. 나 봐 우리 애가 대학교 다녀도 40대야. 지금이야 좀 힘들어도 일찍 키워 놓으면 좋다니까."

"네, 그러겠네요."

지아는 목소리가 저절로 작아졌다. 차마 이웃들에게는 말하지 못하고 어디 가서 하소연도 하지 못해 우울하기만 했다. 어느 날부터인지 이웃들 만나는 점점 횟수도 줄어들었다. 고민이 생기기 시작하니 사람들 말이 귀에 거슬리고 할 말이 없었기 때문이다.

시어머니가 오는 날에는 기가 죽어 고개만 숙이고 있었다.

"얘, 너는 애도 없는데 살림이 이게 뭐니? 소파에 먼지 앉아 있는 거 봐."

시어머니는 투덜거리며 소파에 앉았다.

"아휴, 이러다가 애라도 하나 있으면 집안이 아주 엉망이 되겠어."

"죄송합니다. 어머니 근데 연락도 없이 어쩐 일로 오셨어요?"

"내 아들 집에 굳이 연락하고 와야 되니?"

"아니에요, 어머니."

"근데 너희 결혼한 지가 몇 년인데 아직 애 소식이 없니?"

"아, 그게… 아직…"

"직장도 안 다니면서 뭐 바쁜 일이 있다고 살림도 엉망이고 애 낳을 생각도 안 하고. 으이그, 우리 아들만 고생이지."

"저, 어머니. 뭐 마실 것 좀 드릴까요?"

지아는 잔소리를 피하기 위해 물었다.

"그래, 한 잔 가져와봐라."

차를 준비하는 동안 내내 찜찜하고 불편했다. 이 짧은 순간이 멈추길 바라는 마음이었다.

"너희는 정말 애를 안 가질 생각이냐?"

"아니에요, 어머니, 그냥 안 생기는 것뿐이에요."

"아니, 어떻게 그냥 안 생겨? 병원이라도 한번 가봐야겠구나."

아무 말도 할 수 없는 자신이 답답하기만 했다. 지금 상황을 사실대로 말한다면 무슨 말을 할지 뻔했기 때문이다. 시어머니가 내뱉은 강하고 거침없는 말에 기가 죽었다. 도저히 시어머니 앞에서는 입이 잘 떨어지지 않았다.

'이러다가 진짜 아이가 안 생기면 어떡하지? 지석 씨 성격에 나를 몰아세우지는 않겠지만 마음 아파하겠지? 이제 정말 인공수정으로 가야할 것 같아. 더 안 된다면 시험관까지 가야겠지만 그것까지는 생각하고 싶지 않아. 어쩌다 내가 이렇게 됐을까.'

지아는 결혼하면 지난날을 잊고 행복해질 줄 알았는데 현실은 파도, 파도 물 한 방울 나오지 않는 사막처럼 황량하기만 했다.

*

인공수정 준비도 하고 마음고생을 하며 지내던 어느 날, 언니에게서 전화가 왔다.

"지아야, 엄마가 많이 아파."

"어디가 어떻게 아픈데?"

"암이래. 아빠가 돌아가신 뒤부터 서서히 아프더니 지금이 상태야. 아빠 때문에 충격이 컸나봐. 너는 같이 안사니까 모르겠지만 사실 엄마는 그때 저녁에 잠을 잘 못자고 많이 울었었어."

"그랬구나. 어떡해. 우리 엄마…"

"몇 년이 지났다고 하지만 원래 깊은 상처의 후유증은 갑자기 예고도 없이 나타나는 법이니까."

"그럼 언제 수술 하는 거야?"

"근데 문제가 좀 있어. 수술해야 하는데 돈이 없어."

"엄마 보험 들어놓은 것 있잖아."

"그거 예전에 내가 유학 간다고 난리칠 때 보험 깨서 보태 줬었어. 그리고 나서 다시 보험을 들었어야 했는데 이미 가입하기에는 아픈 곳이 너무 많아서 들 수가 없었어. 그래서 말인데 너, 돈 좀 있니?"

"조금밖에 없어. 결혼하기 전에 모아 논 돈도 뭐 배운다고 써버렸거든. 그거라도 보태야지."

"나도 사실 모아 논 돈이 별로 없거든. 일단 너랑 나랑 돈 좀 합해서 어떻게든 해봐야지."

"무슨 일 나는 건 아니겠지?"

"수술만 성공적으로 한다면 아주 나쁘지는 않다고 했으니까 괜찮겠지. 그나저나 언제 올 거니?"

곧바로 병원으로 달려갔다. 지아 엄마는 병실의 침대에서 잠들어 있었고, 그 모습을 보고 눈물을 흘렸다. 한번 나온 눈물은 멈추지 않았다. 그동안의 겪었던 서러움과 엄마가 아프다는 소식이 마음을 흔들었다. 흔들리는 갈대처럼 바람이 불면 바람을 모두 맞아야 하는 운명에 서글픈 마음이 들었다. 코를 훌쩍이는 소리에 엄마가 깨어났다.

"왔니? 아이고, 우리 딸 울긴 왜 울어. 수술 잘 될 거니까 걱정 말고."

"아니야, 내가 뭘. 난 괜찮아. 엄마는 신경 쓸 것 없어."

잔뜩 울먹이는 소리로 말했다.

"김 서방은 잘 지내니? 요즘 무슨 일인지 통 전화도 안하더라."

"응, 요즘 외근도 많고 좀 바빠서 그래."

"난 또 무슨 일 있는 건 아닌지 걱정했네."

"우리가 무슨 일이 있겠어."

"저녁에 온다니?"

"응, 한 일곱 시쯤 올 거야. 언니는?"

"몰라 잠깐 나갔나보네."

"생각보다 빨리왔네."

말이 끝나기 무섭게 지수가 들어왔다.

"회사는 어떻게 하고?"

"일단 며칠 동안 휴가 냈어. 엄마 나 잠깐 동생하고 얘기 좀 하고 올게."

복도의 의자에 앉아서 얘기를 시작했다.

"지아야, 내가 회사를 계속 빠질 수가 없어. 근데 우리 형편상 간병인을 둘 수 없으니까 낮에는 네가 와서 있어야 할 것 같은데 괜찮겠니?"

"어쩔 수가 없지 뭐. 그럼 밤에는 언니가 있는 거야?"

"나도 어쩔 수 없지 뭐. 주말에도 내가 있을 거니까 너는 평일에 좀 부탁해."

"알았어."

"그나저나 네가 애가 없어서 다행이지 뭐야. 애가 있었더라면 영락없이 간병인을 구할 뻔 했잖아. 다행이야."

"정말 다행인가."

지아는 표정이 굳으면서 작게 중얼거렸다.

"방금 뭐라고 했어?"

"아니야, 아무 말도 안 했어. 근데 엄마 병원비는 못자라지 않겠지?"

"괜찮을 것 같아. 수술 잘 끝나서 재발 되지만 않는다면 괜찮겠지."

"계속 직장을 다닐 걸 그랬나봐. 지석 씨가 자꾸 못 다니게 하니까 오히려 무능력한 인간이 되는 것 같아."

한숨을 쉬면서 말했다.

"그래도 놀 수 있을 때 놀아. 나 봐 어쩔 수 없이 먹고 살려면 일 하잖아. 너는 그래도 신랑이 벌어다주니까 낫지. 나도 너처럼 그렇게 놀아봤으면 좋겠어."

"그럼 시집 가."

"미쳤냐!"

"그럼 어쩌라고."

"너한테 하소연하는 거지 뭐."

"그래도 다시 직장 다니고 싶다."

"너 혹시 무슨 일 있는 건 아니지?"

"무슨 일? 아무 일도 없어."

사실 모든 얘기를 하고 싶었지만 엄마가 아픈 바람에 입을 다물 수밖에 없었다. 괜히 신경 쓰이게 하고 싶지 않았기 때문이다. 지아는 계속 병원과 집을 왔다 갔다 하며 보냈다. 언니가 제 시간에 못 오는 날이 많아지면서 남편보다 더 늦게 집에 가는 날이 많아졌다.

"여보, 벌써 왔어요? 언니가 일이 덜 끝나서 미안해. 식사바로 차려줄게요."

지석은 늘 지아가 올 때까지 기다리고 있었다.

"장모님 이제 수술도 끝나고 거의 회복이 되신 것 같은데 병원에는 언제까지 계신데?"

"네에 조금 더 있어야할 것 같아요. 엄마 상태가 그렇게 좋진 않아요."

"그러면 어머니 간병인을 쓰는 것은 어떨까?"

지석이 조심스럽게 말했다.

"그게 무슨 말이에요?"

"아니, 당신 건강도 신경 써야 하는데 자꾸 병원에 왔다 갔다 하는 게 힘들까 봐 그러지."

"엄마가 아프신데 당연히 놀고 있는 제가 해야죠. 언니도 직장 다니면서 밤에 얼마나 고생하는데요."

"당연히? 당신에게는 당신 엄마밖에 안 보이는 거야?"

"당신 엄마라뇨, 무슨 말이 그래요?"

"미안해. 내가 말이 잘못 나왔어. 요즘에 집에 올 맛이 안나서 그래."

"그건 제가 미안해요. 근데 조금만 기다려주면 안 돼요?"

"전에는 당신이 직접 문도 열어주고 문을 열면서 나는 맛있는 냄새들이 그립단 말이지. 서서히 지쳐가고 있는 중이야."

"만약에 어머님이 아프셔도 이런 말 할 거예요?"

"무슨 말이 그래. 우리 엄마가 아프다니?"

"그렇잖아요. 자신을 낳아준 엄마가 아프다면 지금 이렇게 언쟁을 안 할 것 아니에요."

"나는 그냥 간병인만 부르자고 했을 뿐이야."

"누군 간병인 안 부르고 싶어서 안 부르는 줄 알아요?"

지아는 화가 나서 의자를 밀고 나와 버렸다.

베란다 문을 열고 나와 창밖을 보니 하늘에는 별이 거의 없고 멀리서 빛 몇 개만이 반짝거렸다. 지석이 화를 내는 것도 이해를 하지만 속상해서 미칠 것만 같았다. 엄마 때문에 인공수정 하는 것도 미뤄지고 임신은 먼 일처럼 느껴져서 불안하기만 했다. 이런 마음을 이해는 못해줄망정 화를 내는 남편이 원망스러웠다.

"나도 힘들어."

지석이 따라 나오면서 말했다.

"우리 임신 때문에 계속 노력하는데 그게 중단이 되니까 힘들단 말이야."

"저는요? 저도 마찬가지예요. 임신 안 돼서 스트레스 받아 죽을 것 같은데 돈이 없어서 간병인도 못쓰고, 돈이 있다 하더라도 내가 이렇게 놀고 있는데 엄마 간병하기 싫어서 간병인 쓴다고 하면 얼마나 웃기겠어요? 또… 아니에요. 엄마가 퇴원하고 나면 본격적으로 준비할 테니까 제발 절 좀 이해해 주세요."

"그래도 나는 이제 그만 갔으면 좋겠어."

지석도 창밖에 몇 개 남아있지 않는 별을 바라보면서 말했다.

그가 아무리 뭐라 해도 병원을 끝까지 다녔다. 마침내 엄마가 퇴원을 하고 본격적으로 인공수정 준비를 시작했다. 인공수정 할 때 자궁외임신이 많이 된다는 소리에 걱정도 했지만 선택할 수 있는 게 없었다. 그는 끊임없이 아이를 갈망했다. 다시 몇 달을 산부인과를 오고 가며 지냈다. 그래도 임신은 쉽지 않았다.

지아는 갑자기 다니지 않던 교회까지 다니면서 기도를 했다. 어느 날은 임신이 됐다고 착각까지 할 정도로 매달리고 또 매달렸지만 실패는 계속 됐다. 그렇게 1년을 보내고 귀가가 늦어지는 날이 많았다. 지아는 그 무렵부터 술을 먹기 시작했다. 임신도 임신이지만 남편의 태도가 예전처럼 다정하지 않아서였다. 아내가 해준 저녁밥을 기다린다던 그는 일찍 들어와도 형식적인 얘기 외에 아무 말도 하지 않았다. 점점 술의 늪에 빠지기 시작했다.

지석이 출근을 하고 나면 숨겨놓은 술을 꺼내 마셨다. 혼자 미친년처럼 히히거리며 음악에 맞춰 춤을 추다가 울다가 잠들었다. 잠에서 깨면 어느새 오후가 되고 그제 서야 방을 치우고 저녁 식사 준비를 했다. 그러던 어느 날, 아침에 마신 술이 깨지 않아 숙취 때문에 하루 종일 자버렸다. 술을 너무 많이 마셔 몸을 가누지 못하는 모습을 지석에게 들켜버렸다.

"지금 뭐하는 거야? 거실도 난장판이고 남편이 왔는데도 잠이나 자고 말이지."

지석은 소파에 누워있는 지아를 보며 말했다. 그러고는 무슨 냄새가 나는지 킁킁거리며 코를 벌렁거렸다.

"아이쿠, 이거 무슨 냄새야. 당신 술 마셨어?"

지아는 천천히 일어나서 소파에 앉았다. 술이 안 깨서 고개를 뒤로 젖혔다.

"당신 왔어요?"

"지금 뭐하는 거야? 당신 언제부터 이런 거야?"

"몰랐어? 나는 매일 취해있었는데… 마시지 않으면 미칠지도 몰라서 예방약을 먹은 것뿐이야."

"지금 제정신이야? 우리 아이는 어떡하려고 그래."

"아이. 방금 아이라고 했어요?"

지아의 목소리가 갑자기 커졌다.

"그래 그동안 얼마나 우리가 고생했니?"

"아이 낳고 싶은 사람이 매일 늦게 들어오고 집에 들어오면 한마디도 안 하고… 그렇구나! 당신 아직도 아이 갖고 싶은 거구나. 잘 됐네. 그럼 지금 갖자."

지아는 갑자기 옷을 벗기 시작했다. 발가벗은 몸으로 지석의 와이셔츠 단추를 풀었다.

"이거 뭐하는 짓이야?"

지석는 지아의 손을 떼어 놓으면서 말했다.

"뭐하는 짓이라니? 아이 갖자며, 아이를 갖으려면 섹스를 해야 하는 것 아니야?"

다시 한 번 지석의 옷을 벗기려고 했다. 그러자 그는 거세게 밀었다. 맨몸뚱이로 바닥에 고꾸라져있는 그녀에게 차갑게 말했다.

"옷이나 입어. 추접스럽게 행동하지 말고."

잠시 후 대문이 닫히는 소리가 들리고 거실에서는 울음소리가 들렸다. 아파트가 떠나가도록 펑펑 울었다. 소파와 테이블 사이에서 쭈그리고 앉아서 울다 지쳐 잠들었다.

'도대체 우리의 아기는 어디에 숨은 걸까?'

8부. 선택의 시간

*

명절이 되었다. 매서운 한파가 콧등을 스쳐가도 모를 만큼 몸과 마음속에 바람이 일었다. 설날이 되어 넓은 아파트에 지석의 형제와 그들의 가족들이 옹기종기 모여 있었다.

"어머니, 아버지, 새해 복 많이 받으세요."

다 같이 일어나 부모에게 절을 했다.

"얘들아, 올해도 건강하고 하는 일 잘 되길 바란다."

"그래 건강이 최고야. 그 다음은 아이들이 잘 돼야지. 암, 우리 토끼 같은 애들에게 앞길을 열어 주려면 너희들이 잘 해야 돼."

지아는 시어머니 말에 고개가 절로 숙여졌다. 식사를 하고 설거지를 끝내고도 부엌에서 정리를 하는 척했다. 지석은 자신의 아내가 거실에 최대한 늦게 나가려고 발버둥을 치는 것 같이 보였는지 못마땅한 얼굴을 하고 있었다.

"동서 뭐해, 이리 나와 봐. 같이 과일 먹자."

지아는 윗동서의 부름에 어쩔 수 없이 거실로 나왔다.

"어머, 형님. 이번에 인재가 이번에 학교에서 1등 했다면서요?"

"학교 1등이면 뭐하니? 대한민국 전교 1등은 해야지."

"형님도 1등이 어디 쉬워요. 우리 선재는 1등 한번 못해봤어요. 제일 잘했던 게 3등인가 한 번 하고 그랬죠. 우리 선재도 1등 한번 해봤으면 좋겠네요."

"동서도 참 애 듣는 데서 뭐하는 거야?"

"아이쿠, 내 정신 좀 봐."

둘째 동서는 뚱해진 선재를 보고는 입을 다물었다.

"아이고 형님들 자식 자랑 그만 하시고 티브이 좀 봐요. 외국인들도 한국 노래를 참 잘하네요."

"셋째 자네는 티브이 좀 적당히 보게. 자네가 자꾸 그러니까 애들도 따라서 티브이를 많이 보는 거야."

셋째 동서가 무안해하는 것도 잠시 동서들은 신나게 수다를 떨었지만, 지아는 할 말이 없어서 과일만 깎았다. 과일을 다 깎은 뒤에도 시선을 어디로 둬야 할지 몰라서 티브이를 바라보고 있었다.

"막내동서도 티브이 좋아하나 보네. 하긴 직장도 없고 딸린 애도 없으니까 많이 심심할 거야."

둘째 동서의 말에 모두들 고개를 들고 쳐다봤다.

"아니, 동서, 무슨 말을 그렇게 해."

큰동서가 둘째 동서의 옆구리를 찌르며 조용히 말했다.

"아니, 나는 뭐 사실을 애기한 건데요."

"동서!"

다시 한번 큰동서가 인상을 쓰며 말하자 갑자기 분위기가 급 가라앉게 되고, 지석은 방으로 들어가 버렸다. 거실에는 아이들과 티브이가 시끄럽게 떠들어대고 있었다.

"사실 둘째가 틀린 말을 한 것도 아닌데… 안 그러냐, 막내며느리?"

시어머니는 침묵을 깨뜨리며 불퉁거리듯 말했다.

"당신까지 왜 그래?"

시아버지가 눈치를 주며 말했다.

"사실 그렇잖아요. 쟤가 제일 팔자 좋지 않아요? 직장도 없고 그렇다고 애가 있는 것도 아니고 결혼한 지가 몇 년이나 됐는데 왜 여태 애가 없는지 모르겠다니까. 다들 결혼하기 무섭게 떡두꺼비 같은 손주를 안겨 주는데 이…"

"어허, 그만 하래도!"

"당신은 왜 자꾸 그래요? 다른 애들 봐요. 얼마나 열심히 사는데요. 큰애는 학교에서 애들 가르치고, 작은애는 사업하고, 셋째는 애가 셋이라 새끼들 키우는데 정성을 다하고 있잖아요."

시어머니는 시아버지의 말에 아랑곳하지 않고 구시렁댔

다. 갑자기 지아는 속이 메슥거렸다. 고개를 숙이고 있으니까 가슴이 답답하다는 생각이 들었다. 숨이 막혀 당장 뛰쳐나가고 싶었지만 그럴 용기가 나지 않았다.

'다른 때 같았으면 지석 씨가 옆에서 한마디 거들었을 텐데 오늘은 듣기 싫으니까 방으로 들어가 버렸어. 아무래도 그때 일은 내가 너무 심했던 것 같아. 내가 어쩌자고 그랬지. 술이 취해서 눈에 뵈는 게 없었나 봐. 다들 맥주 한 잔씩 하는 데 나는 먹을 수가 없어. 먹었다간 감당을 할 수 없을 것 같아. 아! 집에 가고 싶어.'

지석도 답답했는지 일찍 집을 나서서 친정집에 왔다. 그러나 지아는 친정집에서도 빨리 벗어나고 싶다는 생각을 했다. 시댁에 있을 때부터 속이 울렁거려 어디 가서 시원하게 토하고 싶다는 생각을 했다. 결국 집에 오자마자 화장실에 가서 토를 했다. 먹은 것이 거의 없어서 노란 위액만 나왔다. 지석은 화장실 변기를 붙잡고 앉아 있는데도 거들떠보지 않았다. 그대로 서재로 들어가 버리고, 지아는 냉장고 문을 열었다. 생수로 입을 축이고 의자에 앉았다.

지아는 남편과 대화를 하고 싶었다. 그런데 자꾸 자리를 피해 어떻게 붙잡고 얘기해야 할지 몰랐다. 일단 서재 앞까지 갔다가 다시 돌아왔다. 몇 번을 그렇게 하다가 마침내 이런 결론을 냈다. 술을 마시고 용기 있게 말해보자고 결심하고 베란다로 가서 몰래 숨겨둔 술을 찾았다. 그런데 아무리 찾아도 술은 보이지 않았다.

"술 찾는 거야?"

어느새 거실로 나온 지석이 말했다.

"아니야. 내가 뭘 찾는데 아무리 찾아도 없어… 어디 갔지?"

눈동자가 불안에 떨면서 다용도실의 물건을 헤집어 놨다. 분명이 자신이 지난번 난리를 치고 한 병 남겨놓은 게 있었다고 생각했다.

"여보!"

지석은 베란다에서 서성거리는 지아를 불렀다. 불안에 떨며 술 찾는데 정신이 팔려 아무 말도 들리지 않았다.

"지아야!"

지석이 문을 거칠게 열자 그제야 고개를 돌렸다.

"지금 도대체 뭐하는 거야!"

"뭐하긴… 뭐 찾는다고 했잖아."

"술은 없어."

지석이 냉랭하게 말하자 갑자기 고개를 들었다. 직감이라도 한 듯 남편을 무섭게 쩨려봤다.

"내가 다 치웠어. 정신 좀 차려!"

지석은 아내의 몸을 흔들었다.

"뭘 그만해. 나는 지금 술을 마셔야 돼. 빨리 내 술 도로 갖다놔!"

"너, 정말 왜 그래?"

"내가 왜 그러는지 몰라? 정말 몰라서 물어? 다 당신 때문이잖아. 그리고 당신 어머니도 똑같아. 모두 왜 나만 가지고 뭐라고 하는 거야!"

지아가 지석의 얼굴에 대고 소리를 지르자, 그의 손이 그녀의 뺨으로 날아왔다. 얼마나 셌는지 바로 푹 쓰러졌다. 너무 세게 넘어져 일어나고 싶어도 일어날 수가 없어서 그냥 누워버렸다. 등을 대고 누워 천장을 바라보면서 미친년처럼 웃었다. 지석이 나가는 소리가 들리고 밤에 들어오지 않았다.

'우리가 결혼한 지 얼마나 됐더라. 아, 벌써 4년이 넘었네. 술 마신 지는 1년도 채 안 됐는데 한 10년이 넘은 것 같다. 왜 이렇게 된 걸까? 천장이 날 비웃는 것 같아. 신은 천장에게 날 비웃으라고 했겠지. 그리고 실컷 욕해주라고 했겠지. 신은 천장만 생각하고 나를 생각하지 않는다. 내 몸에 아기가 설 땅을 주시지 않았으니까. 아기가 살 집을 가져가버린 신이 너무 미워. 그리고 대신 술을 줬지. 많이 먹고 취해버리라고. 아기에 취하지 말고 술에 취하라고. 어쩌다 이렇게 된 걸까. 만약 일을 하고 있었더라면 좀 나았을까.

취하라. / 항상 취해 있어야 한다. / 모든 게 거기에 있다. / 그것이 유일한 문제다. / … / 그러나 무엇에 취한다? / 술이든, 시든, 덕이든, / 그 무엇이든 당신의 마음대로다. / 그러나 어쨌든 취하라. / …

보들레르가 나보고 자꾸 취하라고 해. 나는 취해있지 않으면 미칠 것 같아. 남편은 이제 나를 사랑하지 않는 것 같아. 그가 원한 것은 나일까, 아기일까. 만약 나라면 아기에 집착하지 않았을 텐데… 확실한 건 나보다 아기를 더 원했던 거야. 나는 그가 돌아오지 않는 밤 내내 아까 쓰러진 자세 그대로 있어. 어느 순간 잠이 들다가 다시 깨어나도 일어나고 싶지 않아.

천장은 아침이 올 때까지 계속 나를 노려보고 있었어. 마치 남편처럼 시어머니처럼 그렇게 쳐다보고 있었어. 나는 두려움에 고개를 옆으로 돌렸어. 그러자 바닥에 뭔가 반짝거리는 것이 보였어. 결혼반지가 왜 여기에 있는지 기억을 더듬어 보았어. 내가 누워 있을 때 바닥에 뭔가를 던지는 것을 본 것 같았어. 그때 손가락에서 나온 반지가 거실 바닥 카펫 위에 떨어졌나봐. 나는 천천히 일어나 반지를 주웠어. 거울을 보니 머리는 귀신처럼 헝클어져 있었고 어제 입었던 옷 그대로 입고 있었어.'

지아는 옷만 갈아입고 안방으로 들어가 잠을 잤다. 몇 시간을 잤는지 모르고 일어나니 해가 멀리서부터 서서히 넘어가고 있었다. 거실로 나와 보니 지석이 부엌에서 앞치마를 두르고 있었다. 식탁에는 반찬과 수저가 가지런히 놓여 있었다.

"어, 지아 씨. 이제 일어났어?"

지석의 목소리는 하늘에 둥둥 떠 있는 구름처럼 맑았다.

"이게 뭐에요?"

"으응, 내가 어제 당신에게 너무 미안해서. 일단 자리에 앉아."

지석이 의자를 당기자 말없이 의자에 앉았다. 보글보글 끓어오르는 뚝배기를 식탁에 올려놓고 밥을 펐다.

"일단 밥부터 먹자. 된장찌개가 먹을 만한지 잘 모르겠어. 엄마한테 물어봐서 해봤는데 먹어봐."

지석의 눈이 반짝반짝 빛나고 있었다. 지아는 된장찌개를 한입 먹고 어머니 맛이 느껴져서 삼키기가 싫었지만 억지로 삼켰다.

"어때 입에 맞아? 어제는 정말 미안했어. 내가 너무 흥분했나 봐. 설사 당신이 술을 마시고 깽판을 쳤더라고 때리는 것은 아니라고 생각했어."

"어제는 어디에 있었어?"

"내가 갈 데가 어디에 있겠어. 엄마 집에 가기는 뭐하고 술 마시고 찜질방에 가서 잤어."

지석의 사과가 듣기에 거북했다. 자신에게 폭력을 가했다는 사실이 아직도 믿겨지지 않았다. 그리고 이렇게 일방적으로 먹기를 강요하는 것도 이해할 수가 없었다.

"자기야, 일단 밥부터 먹자."

지석은 며칠 굶은 사람처럼 맛있게 밥을 먹었지만, 지아는 밥알을 삼키는데 목이 꺼끌꺼끌 했다. 목이 막히자 기침이 나오면서 눈에 눈물이 고였다. 눈을 깜박거리자 눈물이 얼굴을 타고 목으로 흘러내렸다. 지석은 숟가락을 내려놓고 옆으로 와서 눈물을 닦아줬다. 이제는 아예 눈물이 폭포처럼 쏟아졌다.

"우리 이제 싸우지 말자. 아이는 다시 준비해서 가지면 되니까. 우리 천천히 하자. 그동안 내가 너무 무심했지? 정말 미안해."

눈물은 쉽게 멈추지 않았다. 눈물이 마르기도 전에 그는 그녀를 안아줬다. 눈물이 볼을 타고 흘러내리자 닦아주면서 이마에 입을 맞췄다. 이마를 지나 눈물자국이 남아있는 눈두덩에 입을 맞추고 입에 키스를 했다. 그녀는 촉촉이 젖어드는 키스에 몸이 마음과 다르게 나른해졌다. 그는 어느새 그녀를 안고 안방으로 들어갔다.

지아의 일기

J!

자꾸 과거가 나를 따라다니는 것 같아. 태환 오빠를 잊을 만하면 다른 얘기들이 나오니까 말이야. 태환 오빠가 부잣집 도련님이었다니 그러면 나랑 같이 입사했던 곳은 골프장에 입문하기 위해 다녔던 것에 불과한 걸까.

마스터나 해수의 일에서 느낀 것은 그들에게 빌미를 주지 말아야 한다는 거야. 어쩔 수 없는 경우가 있는 것을 제외하고는 그들에게 어떤 빌미를 주면 안 돼. 그러다 억울한 일을 당하면 약자만 손해야. 마스터와 해수의 태도가 잘했다고 생각하는 것은 아니지만 그들도 피해자인 것은 맞아. 그렇지만 세상은 그녀들에게 욕을 퍼부을 거야. 그녀들의 웃음이 세상의 비웃음거리가 되는 것은 시간문제야. 나는 내가 무딘 것도 있고 사람들에게 아부나 잘 보이려고 웃는 것은 천성적으로 안 맞아. 그렇지만 일 하나는 정말 열심히 하고 있어. 나에게 주어진 일은 누구보다도 잘하려고 노력해.

드디어 결혼을 했어.

나만 알고 있는 상처를 치료하기 위해 부단히 노력했지만 쉽지 않았어. 그런데 결혼을 하고 나니 그런 것은 아무 일도 아니었던 것을 알게 됐어. 그것보다 더 중요하고 심각한 일들이 생겼거든. 그것은 바로… 아기, 아기가 생기지 않았어! 아무리 노력을 해도 생기지 않았어.

신이 우리 사이를 질투하나봐. 왜 그런 말이 있잖아. 부부간의 금술이 너무 좋으면 하늘에서 아기를 점지해주지 않는다고 하는 말. 그런 걸까? 그런 것은 사실 말 만들어내기 좋아하는 사람이 하는 소리야. 나에겐 치명적인 약점이 있어. 그것은 나팔관이 없다는 거지. 한쪽이 있긴 한데 그것도 언제 막힐지 몰라. 즉 자연임신은 거의 불가능한 상태야. 내가 어쩌다 이런 상황까지 왔는지 몰라. 왜 이런 일이 생기는지도 모르겠고… 잘 모르겠어. 지금 너무 힘든 나날들을 보내고 있어. 그는 늦게 들어오고 나는 술에 절어서 살았어. 일기를 쓰는 지금은 많이 좋아졌어. 술은 거의 마시지 않으니까.

생각해보면 웃겨 우리가 결혼한 이유가 마치 아기를 낳기 위해서 한 것 같아 보이니까.

결혼을 하는 이유는 사랑하는 사람을 만나서 함께 있고 싶고, 서로 의지하고 싶기 때문이야. 이것은 반드시 아이가 있어야만 하는 것은 아니야. 있으면 당연히 좋지만 그것이 목적이면 안 돼. 그는 모자란 부분을 채우기에만 급급하고 지금 현재의 소중함을 모르고 있어.

폭풍이 지나간 뒤에 겉으로는 맑은 하늘인 것처럼 보여. 그 뒤에 어느 구름이 나타날지 모르지만 매일 싸우면서 살 수 없으니까 조용해진 것뿐이라고 생각해. 아이 타령이 계속되는 가운데 만약 아이가 생기지 않는다면… 전쟁은 언제 어디서 터질지 몰라. 그렇지만 당분간 잊으며 살아가려고 해.

인생을 평탄하게 걷는 방법이 없을까?

*

모든 사람들에게 마치 아무 일도 없었다는 듯 계절이 자연스럽게 지나갔다. 지아는 이제 술을 거의 마시지 않았지만 대신에 말수가 급격하게 줄어있었다. 그러던 어느 날, 마스터에게 전화가 왔다.

"오래간만이야."

"잘 지내셨어요?"

"목소리가 많이 좋아졌네. 요즘 뭐하고 있는지 궁금해서 전화했어. 그래, 남편도 잘 지내고?"

"네, 그냥 그래요. 집에서 계속 노니까 좀이 쑤시고 재미없어요."

"언제 한번 놀러와. 나 골프장 옮겼어."

"좋은 일로 옮기신 거예요?"

"그곳에 정이 많이 떨어져서 있는 게 힘들더라고. 계속 알아보고 있었는데 마침 좋은 골프장이 있더라고 연봉도 잘 얘기가 됐고 여긴 좋아. 시간되면 놀러와."

"그래요? 당장이라도 가고 싶어요."

며칠 뒤, 설레는 마음으로 마스터를 만나러 갔다. 유난히 해는 따뜻했고 바람이 조용히 불어와 가슴에 작은 파문이 만들었다.

"마스터님, 이게 얼마만이에요?"

지아는 광장에 나와 코스를 바라보며 말했다.

"오년이 넘었던가."

"오년이라는 시간이 흘렀는데도 잔디는 언제나 푸르네요."

"쟤들도 겨울이 되면 시드는데 뭐. 사람만 늙는 게 아니라 풀도 나무도 우리랑 같이 나이를 먹어. 잔디들은 해마다 봄이 되면 푸르고 가을에는 서서히 기운을 잃어가 그러다 겨울이 되면 자손을 남겨 놓고 죽어. 이듬해가 되면 그 자손들은 열심히 살아가지. 이런 게 자연 아니겠어. 시간이 흐르는대로 순리를 지키며 살아가는 것이 자연이지."

"우린 한창 잘나가는 잔디의 청춘을 보고 있는 거네요."

"맞아, 잘나가는 청춘."

"여기에 서있으니까 바람을 타고 온 잔디 냄새가 코끝을 스치고 지나가네요. 냄새가 좋아요."

"잔디를 밟아 본 사람들은 그 냄새를 그리워하지. 지아도 잔디가 그리웠나보네."

"이제 우리 들어가서 커피 한 잔 할까?"

"네, 아주 뜨거운 것으로 주세요."

마스터는 믹스 커피를 테이블에 올려놓은 뒤 의자에 앉았다.

"저번에 말고 한참 전에 전화했을 때는 다 죽어 가더니만 이제 괜찮아진 모양이야?"

"아, 그때요? 그때는 정말 폐인이었어요. 임신도 안 되고 남편과 시댁은 보채고 아주 죽을 맛이었다니까요."

"꼭 아이가 있어야 해?"

"지석 씨는 뭐랄까 소유욕이 다른 사람보다 더 있는 것 같아요. 자기가 원하는 것은 다 가지려고 하니까요."

"집에서 막내라고 했지?"

"네, 시어머니한테 애교가 얼마나 많은지 몰라요."

"막내니까 그럴 수 있어."

"시어머니는 나를 처음부터 못마땅하게 여겼어요. 뭐 당신

318

눈에는 내가 하나도 안 차 보였겠죠. 애가 없으면 일이라도 해야 될 것 아니냐고 계속 핀잔주고 그래요."

"그게 마음대로 돼? 아니, 그것은 자기 아들한테 따져야지, 안 그래도 속상한 애한테 왜 그런다니?"

"결혼생활은 딱 1년만 하는 것이 좋을 것 같아요. 1년을 매일 밤 사랑을 속삭이면서 노래를 불러줬던 그 사람이 이제는 노래도 부르지 않아요. 애정은 잠그다 만 수도꼭지의 물처럼 간신히 매달려 있어요."

"그럴 때는 방법이 있어."

"무슨 방법이요?"

"일을 해야지. 음, 자아성취랄까? 어떤 일에 집중하면 마음이 불안하지 않아. 자신감도 생기고 돈도 생기니까 나한테 너그러워지고 여유로워져서 성격도 밝게 변하지."

"저도 항상 일하고 싶어요."

"지금 네 모습이 어떤 줄 아니?"

마스터가 그렇게 말하자 자리에서 일어나 거울을 봤다. 얼굴은 부었는데 푸석하고 입술에는 버짐도 피고 눈빛이 꺼져 있는, 생기라고는 하나도 찾아볼 수 없는 모습이었다. 어쩌다 이렇게 된 것인지… 얼굴에는 술 마시고 비관적으로 살았던 지난날의 모습이 고스란히 묻어 있었다. 얼굴을 만지면서 한심하다는 눈빛으로 자신을 쳐다봤다.

"완전히 엉망이네요."

"탱탱하고 윤기 있는 피부는 모두 어디 간 거니?"

"저도 잘 모르겠어요."

"일을 다시 해보는 건 어떠니? 마침 여기에서 집까지 그리 멀지도 않고."

마스터는 다리를 꼬며 진지하게 말했다.

"차라도 있으면… 아니, 운전 면허증이라도 있으면 좋았을 것을요."

"차가 없으면 기숙사 생활을 하는 게 편한데. 남편이 있어서 기숙사 생활을 할 수도 없고."

"사실 저도 계속 이 일을 생각했었어요. 근데 남편이 들어줄지 모르겠어요."

"그래도 잘 설득해봐."

그때 누군가 경기과 문을 두드렸다. 마스터는 문 쪽으로 고개를 돌렸다. 문이 열리고 남색 바지에 흰 폴라에 조끼를 입은 캐디가 인사를 하며 들어왔다.

"안녕하십니까? 다녀왔습니다."

"은영 씨, 수고했어요."

"네, 수고하십쇼. 내일 뵙겠습니다."

"네, 내일 봐요."

지아는 무전기를 꼽고 근무일지 체크하고 나가는 캐디의 모습을 유심히 봤다.

"유니폼 예쁘네요."

"예쁘지? 내가 기존의 나와 있던 제품에서 더 보완을 했어. 맘에 든다고 하니까 기분 좋네. 사실 이 옷보면서 누구 생각이 나더라고. 전에 있던 골프장에 처음 왔을 때 꽤 청순했었는데 그때가 생각나. 이 유니폼을 지아가 입어도 잘 어울리겠다 생각했지."

"정말요?"

"그럼, 그리고 요즘에 고민거리가 생겼어. 여기에 가끔 외국 손님이 오는데 응대를 할 캐디가 없어. 생각해보니까 네가 지난번에 영어공부를 한다고 했던 기억이 나더라고."

"아, 그거요. 하다 말았어요."

"그래? 나는 어느 정도 되는데 내가 캐디를 할 수 없잖아. 영어 잘하는 캐디를 뽑아야 되는데 고민이야. 이 중노동에 영어까지 한다면 가치가 높아서 좋지만 영어를 잘하는 사람이 이 일을 할리도 만무하고 기존의 캐디가 영어공부를 한다는 것도 쉽지 않겠지."

"그러게요. 저도 영어를 하다말았으니… 아니, 그 보다도 제가 일을 다시 시작할 수가 있을지 모르겠어요."

지아는 가슴이 답답했다. 역시 처음부터 그만두면 안 됐었다는 생각에 미치자 후회가 물 밀 듯이 밀려왔다.

'마스터님은 언제나 이렇게 당당할까. 내 자신감은 차가운 시멘트 바닥으로 곤두박질치는데 부럽다. 커리어 우먼으로 당당한 모습이 보기 좋다. 나도 언제 마스터님처럼 세상 두려울 것 없는 자신감이 생길까.'

"무슨 생각을 그렇게 해?"

"아무것도 아니에요. 그냥 딴 생각한 거예요. 마스터님이 부러워서요.”

“꼭 있는 사람들이 엄살 부린다니까. 아무튼 진지하게 고
민해봐.”

마스터와 헤어지고 나서 집으로 돌아왔다. 오다가 찬거리
를 몇 가지 사와서 저녁밥을 지었다. 오후 6시가 넘어가면서
거실에 노을이 들어왔다. 식탁에 차려놓은 반찬들을 보자기
로 덮고 노을을 밟았다. 맨발로 노을을 밟는 기분은 환상적
이었다. 차가운 방바닥의 기운이 몸으로 서서히 퍼지면서 짜
릿한 기분을 느꼈다. 노을을 바라보며 중얼거렸다.

‘노을아, 이제 나는 어떻게 하니? 내가 할 줄 아는 게 없구
나. 시작은커녕 결심조차 내리지 못하고 있는 나를 비웃고
있는 것 같아. 나에게 아기는 없는 것 같아. 남편은 시험관
을 하자고 하는데 그렇게까지 아이를 낳아야 하는 걸까? 도
대체 누굴 위해 아이를 낳는 거니? 정작 나는 괴롭기만 하는
데… 길가에 있는 크고 작은 나무와 이름 모를 풀들도 제 씨
를 여기저기 뿌려 번식을 하는데 하물며 나는 어떻게 된 거
니? 난 저주받은 걸까 다시는 아이를 가질 수 없는 걸까. 제
발 아니라고 말해줘. 시험관까지는 하고 싶지 않아. 나는 앞
으로 나를 위해 살고 싶어. 그리고 다시 일을 할 거야. 노을
아! 날 좀 도와주겠니?’

시간이 지날수록 더 붉게 물들어가는 노을을 바라보며 눈
물을 흘렸다. 이때 누군가 벨을 누르는 소리에 노을이 사라
져버렸다.

"음, 맛있는 냄새."

지석은 코를 쿵쿵거리며 냄새를 맡았다.

"오늘은 컨디션 좋아 보이네?"

"네, 아주 좋아요. 일단 옷 갈아입고 손 씻고 와요."

지석은 평상복으로 갈아입고 식탁에 앉았다.

"와, 국물이 끝내주는데?"

"오늘 처음 도전해 보는 건데 맛이 괜찮다니까 다행이네요."

"응, 최고야, 최고. 음식 솜씨가 나날이 늘어나고 있어."

"여보 식사하고 우리 잠깐 나갔다 올래요?"

"웬일이야, 당신이 산책을 가자고 그러고"

"그냥요. 오늘은 밤공기를 마시고 싶어서요."

식사를 마치고 정답게 손을 잡고 아파트 단지를 걸었다. 어둠속에 묻혀있는 공원의 그네에 앉아서 이야기를 나눴다. 그네는 가슴이 답답한지 삐걱거리는 소리를 냈다.

"당신은 또 다른 생각하죠?"

어둠속에서도 지석의 표정이 어두워 보인다는 것을 알 수 있었다.

"여기에 아이를 앉혀서 태우고 싶잖아요."

"들켜버렸네."

"여보, 우리 당분간은 아이 생각하지 않으면 안 될까요? 아이가 생기는 것은 하늘에 뜻이라고 생각해요. 하늘이 아직 우리 부부에게 아이를 주지 않는 것은 우리만의 시간을 더 가지라는 뜻이 아닐까 생각해요 아이가 생기면 우리만의 시간을 갖기가 힘들잖아요."

"그래도 나는 아이가 있었으면 좋겠어."

"안 낳겠다는 게 아니잖아요. 여보, 제발 나 좀 봐주면 안 될까요?"

"노력을 안 하겠다는 것은 아니지?"

"노력할게요. 당분간만 제발 당분간만 우리 좀 편안하게 지내요. 그런데 여보, 나 한 가지 부탁할 게 있어요."

지아는 뜸을 들이면서 말을 했다.

"뭔데?"

"운전면허증 따고 싶어요. 다른 사람은 다 있는데 나만 없어요. 면허증이라도 따서 생활의 활력도 찾고 싶어요. 나 이제 술도 거의 안 마시잖아요."

"그건 생각해 볼게."

"이참에 아예 술 끊어버릴까요?"

"면허증을 꼭 따고 싶구나!"

자신에게 능력이 없어서 남편에게 부탁해야만 한다는 사실이 마음 아팠지만 달리 방법이 없었다. 스스로 일어날 수 있도록 남편의 도움을 받는 것뿐이라고 위안을 삼고 숨겨둔 자존심을 꺼냈다. 자존심을 꺼내서 쓰레기통에 던져버려야만 하는 이유는 오직 돈이 없기 때문이라고 생각했다.

*

　지아는 버스에서 내려 면허증을 신기하게 쳐다보고 있다. 서른이 넘도록 운전의 필요성을 못 느끼다가 이제 와서 딴 것이다. 지갑 속에 면허증을 넣고 뿌듯한 마음이 들었다. 이 참에 영어도 다시 배우리라 마음먹었다. 면허증을 받자 뭔지 모를 자신감이 생겼기 때문이다.

　몇 달이 흐르고, 정말 열심히 공부해서 어디든 취직할 수 있는 준비를 마쳤다. 골프장 외에도 다른 취직자리를 알아보러 다녔다. 나이도 있고 사회 경력은 대학중퇴에 골프장에 다닌 것 밖에 없어서 그런지 생각보다 취직은 쉽지 않았다. 요즘 딴 면허증 외에 어떤 자격증도 없었다. 자신의 가치를 높여 수입을 높이자는 생각은 침몰하고 있는 배처럼 끝도 없이 가라앉고 있었다.

　전문적으로 뭔가를 더 배워야할 것 같다는 생각을 했다. 아니면 배운 것이 도둑질이라고 골프장으로 가는 수밖에 없다고 생각했다. 사실 마음이 골프장으로 가 있는데 다른 데에 취직될 리 만무했다. 뭐든지 자신이 원하는대로 흘러가기 마련이다. 자신의 마음에서 안 될 거야라든지, 불가능하겠지, 그래 역시 거기밖에 없어 라는 마음을 미리 깔고 들어갔기 때문이다. 그리고 이렇게 골프장에 집착하게 된 이유는 특별한 사정이 생겼기 때문이다. 엄마의 병이 재발해서 수

술을 해야 했다. 지수는 주식에 빠져 버는 족족 그곳에 밀어 넣어서 전혀 도움이 되지 않았다. 어떻게든 지아가 모든 것을 해결해야 했다.

"여보, 저 당신한테 할 말이 있어요."

어느 날 남편과 대화를 위해 맥주와 안주를 준비했다.

"무슨 일인데 맥주까지 준비하고 그래?"

"제가 요즘 공부한답시고 바빠서 당신하고 오붓하게 앉아서 얘기한 적이 오래돼서요."

"마침 잘 됐네. 나도 당신한테 할 말이 있었는데."

"그래요? 일단 앉으세요. 제가 한 잔 따라드릴게요."

"음악도 켜놓고 분위기도 아주 좋은데."

지아는 두 손으로 맥주에 거품이 생기지 않게 조심스럽게 따랐다. 서로 눈빛을 주고받으며 잔을 부딪쳤다.

"여보."

"지아야."

동시에 서로를 불렀다.

"당신이 먼저 말하세요."

"음, 그럼 내가 먼저 얘기할 게. 있지 이번에 우리 시험관 해보는 건 어떨까. 충분히 쉬었을 거라고 생각하는데… 당신 생각은 어때?"

"시험관요?"

"뭘 그렇게 놀래? 이제 우리도 아이가 있어야 할 때가 됐어."

"하지만 여보, 그거 돈이 많이 들어간다고 그러던데요?"

"돈은 상관없어. 적금 깨고 또 모자라면 엄마한테 얘기하면 되니까."

"여태까지 그렇게 노력해도 안 됐는데 시험관은 잘 될까요?"

"무슨 소리를 하는 거야? 그런 마음은 절대 안 돼."

"아니, 그냥 저는 서로 힘들까 봐 그러죠."

"이제까지는 뭐 안 힘들었나."

"그러지 말고 여보 우리 아이 입양하면 안 될까요?"

"뭐, 입양? 말 같지도 않은 소리 하지 마. 나는 순수하게 당신과 나의 피가 섞인 아이를 갖고 싶단 말이야!"

지석의 목소리가 커졌다.

"여보, 미안해요. 화내지 마요. 저는 그냥 잘 안되니까 쉽게 포기하는 마음이 생겨서 그랬어요."

지아는 한숨을 쉬면서 말했다.

"자꾸 왜 그래. 내 맘 좀 이해해 주면 안 되겠니? 나도 원하지만 매일 엄마한테 시달리고 아주 죽을 맛이라고."

"어머니는 처음부터 저를 싫어하셨잖아요. 그런데 애까지 생기지 않으니 얼마나 밉겠어요."

"그러니까 우리가 좀 더 노력해서 아이를 낳으면 엄마 마음도 누그러지지 않겠어?"

"글쎄요, 장담은 못하겠지만 어느 정도 나아지겠죠. 그보다 여보, 더 중요한 일이 생겼어요."

"더 중요한 일이라니?"

"저… 저기… 제가 돈이 좀 필요해요. 이 상황에서 할 말은 아니지만 급하게 돈이 필요해요."

지아는 떨면서 조심스럽게 말했다.

"무슨 돈?"

"엄마 수술한 게 재발됐어요. 급히 수술을 해야 하는데 돈이 없어요."

"장모님 병이 재발하셨다고? 하아!"

지석은 깊은 한숨을 쉬었다.

"산 너머 산이에요."

"처형은? 처형은 좋은 회사 다니면서 돈 없대?"

"언니 알잖아요."

"아휴, 또 주식한데?"

"지난번에도 엄청 까먹었는데 이번에도 돈이 주식에 다 묶여있나 봐요."

"처형도 참. 장모님 신경 쓰지 말라고 할 때는 언제고 정작 본인은 책임감 없이 굴고 있어."

"여보, 언니만 딸은 아니잖아요. 그래서 말인데요… 저 돈 좀 빌려주세요. 공짜로 달라는 얘기가 아니에요. 제가 벌어서 갚을게요. 다음에 취직해서 꼭 갚을게요."

"뭐, 취직을 한다고?"

"네. 저 사실 말 안 한 것이 있는데 지난번에 골프장 다녀왔어요. 그냥 놀러간 것이었는데 가서 잔디냄새를 맡으니까 그립더라고요."

"그깟 잔디가 뭐가 좋다고 그리워."

"제 마음이 그랬어요. 거기 다녀온 후 다시 일해 보면 어떨까 생각했는데 당신이 싫어할 것 같아서 얘기를 못했어요."

"그래서, 지금 애기 낳아서 키워도 늦은 나이에 다시 캐디를 하겠다고 말하는 거야? 당신 미쳤어!"

"여보, 미치다니요. 제가 지금 큰돈이 필요해서 일을 하겠다고 하는 거라고요."

"당신은 어떻게 당신만 생각해? 나는 당신한테 없는 거야?"

"그러지 않아요. 당신이 얼마나 저를 사랑하는지도 알고 잘해주는 지에 대해서도 아주 잘 알아요. 그런데 지금은 엄마가 너무 아파요. 수술을 안 하시면 돌아가신단 말이에요."

지아는 감정에 복받쳐 눈물을 흘렸다. 지석은 아내가 눈물을 흘리는 모습을 보며 화를 가라앉히려고 애꿎은 오징어를 갈기갈기 찢고 있었다.

"돈은 내가 마련해볼게."

"미안해요. 시험관하려면 돈도 많이 필요한데 저까지 이런 부탁을 해서…"

"어쩔 수 없지 뭐. 아픈 사람이 먼저니까. 근데 일하는 것은 반대야."

"그냥 잠깐만이라도 일하면 안 될까요. 엄마가 이번 수술이 잘 된다고 해도 돈은 계속 필요할 것이고 그때마다 당신에게 손을 벌릴 수는 없잖아요."

"꼭 일해야 한다면 어쩔 수 없지만 캐디를 다시 하는 것은 싫어. 차라리 다른 것을 알아봐."

"아니, 왜 안 되는데요? 캐디가 뭐가 어때서요?"

"처음에 당신이 거짓말하면서 결혼하는 것은 싫다고 해서 부모님께 다 말하고 결혼했는데 몹시 언짢아 하셨어. 그런데 그 일을 다시 한다고 하면 내가 입장이 어떻게 되겠어?"

"당신은요? 당신은 내가 캐디 하는 게 그렇게 싫어요?"

"응, 싫어!"

지석은 자리에서 일어나면서 말했다. 남편이 가버린 자리에 혼자 남아 한숨을 쉬며 맥주를 잔에 따랐다. 맥주를 마시려고 잔을 잡았는데 마실 수가 없었다. 몸이 굳어버린 것처럼 꼼짝을 할 수가 없었다.

남편과의 관계가 위태위태하게 유지되고 있는 어느 날, 현주의 셋째아이가 태어났다는 소식에 축하 인사를 하러 갔다.

"언니, 축하해."

"하이고, 내가 미쳤다고 또 낳는지 몰라. 애들 뒤치다꺼리에 그렇게 힘들다고 해놓고선… 앞으로 어떡하면 좋냐."

"언니는 정말 대단해!"

"야, 이게 무슨 자랑이라고 대단한 거니? 너도 나중에 낳을 거지만 낳으면 고생 시작이야. 그래 지석 이는 잘 지내고? 요즘에 내가 이래서 통 연락도 못해봤어."

"항상 똑같지 뭐. 워낙 착하고 바른 사람이니까."

"근데 시어머니는 좀 깐깐하시지?"

"원래 그러시는데 뭐."

"너도 빨리 애를 가지면 좋을 텐데… 너희 부부 사이가 좀 좋니? 하느님이 질투할 만도 하지. 왜 그런 말이 있잖아 부부 금실이 지나치게 좋으면 신이 질투를 해서 아이를 주지 않는다고 하잖아."

지아는 부부금실이 좋아서 아이를 안 주는 건지 자신이 전생에 뭘 잘못해서 안 주는 건지 알 수 없다는 생각을 했다. 현주의 말이 불쾌한 것은 아닌데 불편했다.

"아, 미안해. 내가 괜한 말 했나 봐."

"아니야, 언니. 사실 포기한 지 한참 됐는데 어떻게 해야 할지 몰라 그냥 시간만 보내고 있어."

"그럼 일을 하지 그러니? 너 그러다 우울증 생기겠다."

"안 그래도 일하고 싶다고 지석 씨한테 얘기했어. 이번에 엄마 아픈 것 때문에 돈 빌리면서 그때 말했어."

"아참, 내 정신 좀 봐. 고모는 괜찮니?"

"이제 괜찮아. 급한 고비는 넘겼어."

"그래도 정말 다행이다 얘. 근데 지석이가 순순히 일하라고 그래?"

"완전 고집불통이야."

"걔가 그렇게 고지식할 줄 몰랐어. 그리고 너 지난번에 운전면허증도 따고 무슨 공부한다고 하지 않았었니?"

"영어공부. 예전에 친하게 지내던 마스터님이 다른 골프장으로 가셨는데 거기는 외국어 할 줄 아는 사람한테는 캐디피도 더 준다고 그러나 봐. 어쨌든 영어공부를 해놓으면 써먹을 데가 많을 것 같아서 공부했지."

"잘했다 얘. 근데 지석이가 골프장에서 일한다고 하면 싫어하지 않을까?"

"맞아, 엄청 싫어하더라고. 그래서 고민이야."

"다시 한 번 진지하게 얘기해 봐. 걔가 고지식하긴 해도 너라면 깜박 죽잖아."

"지금은 옛날이 아니야."

현주와 만나고 난 그 주에 시어머니가 갑작스럽게 방문을 했다. 갑자기 방문한 것도 놀랍지만 시어머니의 표정이 상기되어 있었다.

"너, 이리 좀 앉아 봐."

시어머니는 다짜고짜 화를 내며 말했다.

"에미 너, 너무 한 거 아니냐?"

"네 무슨… 말씀이세요?"

"너희들 시험관하기로 했다고 하던데 왜 미룬 거냐?"

지아는 시어머니의 무서운 표정에 기가 죽어 말을 할 수가 없었다.

"사실은 다 알고 왔다."

"네에?"

"아니, 애도 못 가지면서 뭐가 그렇게 잘난 거냐? 이래서 사람은 근본을 봐야 하는 건데… 너희들이 말 안 하면 내가 모를 줄 알아. 적금 깨서 친정엄마 병원비 다 썼다고 그 러던데."

"너무 급해서요. 그건 제가 다시 갚을 거예요.

"시험관 하는 데 돈도 많이 들고 여러모로 스트레스가 많 고 힘든데, 너는 너희 엄마밖에 눈에 안 보이냐? 그리고 네 가 무슨 수로 갚아. 직업이 있어 따로 재주가 있어 가진 거라 고는 달랑 몸뚱이 하나면서 어떻게 갚을 건데."

"죄송합니다."

"나도 네가 가진 것 없지만 착하고 지석이가 많이 좋아해 서 받아들인 건데 이 상태라면 이제 생각을 좀 해봐야 되지 않겠어?"

"그게 무슨 말이세요 생각을 하다니요?"

"단도직입적으로 말하마. 우리 지석이 아직 젊어. 너 때문 에 인생이 꼬이는 것을 원하지 않아. 갈라서라."

"어머니, 무슨 말씀을…?"

지아는 놀라서 시어머니의 얼굴을 빤히 쳐다봤다.

"이제는 내가 도저히 못 참겠다. 지난번에도 얘기했었는 데 너한테는 아무 말 안한 것 같아서 직접 온 거다. 알겠냐?"

단호하게 잘라서 말하는 시어머니 앞에서 지아는 어떤 말 도 할 수가 없었다.

"사실 시험관까지 하면서 너를 받아들이려고 했어. 근데 친정엄마한테 돈을 갖다 준 것이 도저히 용서가 안 된다. 그 게 어떤 돈인데…"

"그래도 어머니 이건 저와 지석 씨 문제예요."

"아이 낳는 것은 그 집안의 문제야. 네 개인의 문제가 아니라고."

*

시어머니가 다녀간 이후에 저녁 식사도 준비를 하지 않은 채 혼란에 빠져 소파에 그대로 앉아 있었다.

'말도 안 돼. 어떻게 그런 말을 할 수가 있지? 내가 일부러 아이를 안 갖는 것도 아닌데 나보고 어쩌라고 저렇게 나오는지 모르겠어. 이런 거는 티브이에서나 나오는 얘기인 줄 알았는데… 몸이 움직이지 않아. 아무것도 할 수가 없어.'

한참을 망부석이 된 사람처럼 있었다. 겨우 몸을 움직인 건 휴대폰이 울렸을 때였다. 누군가 물어보는데 아무 것도 들리지 않았다. 지금 자신이 대답을 하고 있는 건지 뭘 하는지 모를 정도로 가슴이 답답했다.

"지아야, 내 말 듣고 있니?"

사촌언니 현주였다.

"왜 대답이 없어 무슨 일 있니?"

"아니야, 아무것도. 방금 청소를 했더니 지쳐서 그래. 어쩐 일이야?"

"그냥 전화해봤지. 잘 지내는지 궁금해서 전화했어."

"언니, 나 좀 피곤한데 나중에 내가 전화할게."

귀찮아서 전화를 끊으려고 하는 순간에 현주가 말했다.

"사실은 며칠 전에 지석이가 찾아왔어."

"왜?"

"너 다시 캐디 한다고 하니까 걱정이 돼서 왔지 뭐."

"날 설득하라고 얘기한 거야?"

"아마도 아무튼 걔는 네가 캐디 하는 것이 죽도록 싫은가 봐."

"난 지석 씨가 이해가 안 가. 직업이 무슨 상관이라고 그렇게 반대를 하는지 모르겠어."

"그게 아니라 두려운가봐. 네가 그 일을 다시 시작하면 자기를 떠날 거라고 생각하는 것 같아."

"그 사람은 항상 내가 집에 있기를 바랐어. 어렸을 때 시어머니는 장사 하느라 바빠서 늘 집에 없었대. 형들이 있었지만 항상 어린 아이 취급하면서 놀아주지 않아서 외로웠다고 그랬어. 그래서 집에서 늘 누군가 자기를 기다려주기를 바라는 것 같아."

"나는 그 정도까지인 줄 몰랐어."

"때때로 우리는 어떤 사람을 안다고 생각하지만 정말 모르는 경우가 많아. 언니도 잘 몰랐을 수 있지."

"네가 많이 답답했겠구나! 더군다나 아이까지 생기지 않고 있으니 말이야."

"언니, 이 얘기는 정말 안 하고 싶지만 언니가 주선자니까 이왕 이렇게 전화한 김에 얘기할게. 몇 시간 전에 시어머니가 왔다 갔어. 근데 나한테 뭐라고 한 줄 알아?"

"또 너한테 뭐라고 한 거니?"

"헤어지래."

말이 끝나기 무섭게 눈에 눈물이 고이기 시작했다.

"뭐라고? 그게 무슨 말이야? 당신이 뭔데."

"아이도 못 낳으면서 친정에다 돈 갖다 주고 도저히 용서 못 하겠데. 언니, 내가 그렇게 잘못 한…"

말문이 막혀서 대화를 이어갈 수가 없었다.

"아니야, 너는 잘못한 것 하나도 없어. 내가 죄인이다. 정말 미안해."

"아니야, 아니야…"

"이 일을 어쩜 좋으니… 그래도 일단 네가 좀 참아보면 안 될까? 21세기 어쩌고저쩌고 해도 이혼녀가 되는 것은 그리 좋은 일은 아니잖니."

"언니는 잘 몰라. 내 입장이 아니니까."

"나는 다른 것은 잘 모르지만 고모가 충격 받을 거라는 것쯤은 알아."

"언니!"

통화가 끝나고 나서도 한번 흘린 눈물은 멈추지 않았다. 소파에 누워 멍하니 천정을 보고 있는데 현관에서 벨소리가 울렸다. 온몸에 본드가 발라져 있기라도 한 것처럼 움직일 수가 없었다. 그러자 삑삑거리는 소리와 함께 현관문이 열렸다. 잠시 후, 지석이 들어왔지만 지아는 여전이 누워있었다.

"있는데 문도 안 열어주고 뭐…"

지석은 말을 잇지 못했다. 아내의 표정이 여느 때와 달라도 너무 달랐기 때문이다.

"여보, 오늘은 정말 피곤한데 저녁식사 그냥 시켜먹으면 안 될까요?"

지아는 지석을 보지 않고 말했다.

"또 무슨 일인데 누워만 있지 말고 말을 해봐."

지석은 어이가 없는지 서있는 채로 말했다.

"여보, 우리 이혼할까요?"

"내가 캐디일 하지마라고 해서 심술 난 거야?"

지석은 외투를 벗으면서 소파 끝에 앉았다.

"아니에요. 그냥 오늘 문득 그런 생각이 들어서요. 제가 이 집에서 할 수 있는 것은 아무것도 없어요. 전 배운 것도 없고 식충이고 둔해요."

"무슨 말을 그렇게 해? 그건 나를 욕하는 거라고."

"맞아요. 나 지금 당신 욕했어요."

지아는 순간 벌떡 일어났다.

"당신은 당신 자신 밖에 몰라요. 내가 그동안 얼마나 답답했는지 알아요? 당신이 원하는 건 내가 아니라 아이잖아요. 나는 그저 당신의 장난감처럼 얌전히 있어야 하고 아이를 낳기 위해 있는 것에 불과하다고요."

"미쳤어! 내뱉는다고 다 말이 되는 줄 알아?"

"내가 너무 무식해서 그런 것을 어쩌겠어요. 당신은 아주 잘났으니까."

지아가 얼굴을 들이대면서 말을 하자 순간 지석의 손이 위로 올라갔다.

"왜, 또 때릴 거예요?"

순간을 놓치지 않고 바로 말했다. 손은 내려갔지만 지아의 얼굴은 분노로 가득했다. 지석은 부엌으로 가서 물을 벌컥벌컥 마셨다. 지아는 소파에 앉아서 남편의 뒷모습을 노려보고 있었다. 잠시 뒤, 지석이 방으로 가자 긴장했던 몸이 풀리고 눈에서는 눈물이 한 방울 볼을 타고 흘러내렸다.

며칠 뒤, 지아는 쪽지 한 장 달랑 남겨놓고 짐을 싸서 골프장 기숙사로 들어와 버렸다. 지석이 이혼을 원하든 원하지 않았든 더 이상 그곳에 있고 싶지 않았다. 메모 한 장으로 모든 것을 말할 수는 없겠지만 그것이 최소한의 예의라고 생각했다.

자초지종을 들은 마스터는 그녀를 받아줬다. 동반교육 마지막 날 마스터는 말했다.

"다시 돌아와서 기뻐. 도저히 참을 수 없을 때는 뛰쳐나와 버려야 돼. 그런 상태로 계속 있었다면 아마 우울증에 걸렸을지도 몰라."

"감사합니다, 마스터님. 갑자기 온다고 했을 때 받아주신 것 정말 감사합니다."

"아니야, 감사는 무슨. 난 사실 언제라도 오길 바랐어. 물론 이혼은 생각해본 적도 없었지만. 이번에 인생 경험 톡톡히 치렀다고 생각하고 마음 굳게 먹었으면 좋겠어."

"네, 이제부터는 정말 열심히 살아보려고요."

"서류 문제나 이런 것은 차츰 생각해보고 우선 이 골프장에 집중하자. 5년 넘게 쉬었으면 감각이 떨어질 수가 있어. 신입이라고 생각하고 일해야 돼. 알았지? 그렇다고 해서 너무 무리하면 안 되고."

"감각을 찾으려면 열심히 해야죠."

"근데 영어 회화는 좀 되니?"

"매일 연습한다고 하는데 이제 더 분발해야죠."

"오늘 동반 마지막 날이네. 그동안 고생했어. 이제 돈 버는 일만 남았어. 그리고 코스가 익숙해지면 외국인 손님도 나갈 수 있어. 그때까지 더 열심히 하자."

지아는 잠을 줄여가며 공부를 했다. 갑자기 대학시절로 돌아간 느낌이 들 정도로 열심히 했다. 지석에게는 문자 몇 개만 오고 따로 연락이 없었다. 차라리 연락이 없으니까 속은 편하다고 생각했다. 그러던 어느 날 집에서 전화가 왔다.

"이지아! 어쩌면 우리하고 상의도 안 하고 집을 나가버리면 어떡하니?"

지수는 흥분을 하며 말했다.

"미안, 언니. 생각이 정리되면 말하려고 했어. 근데 엄마도 알고 있어?"

"엄마는 아직 몰라. 그렇지 않아도 몸도 안 좋은데 말하면 쓰러져서 안 돼."

"잘했어, 언니. 고마워. 내가 나중에 찾아가서 직접 말할게."

"근데 너 서류정리도 안 하고 그냥 나온 거라던데 나중에 어떻게 하려고 그래?"

"어떡하긴 나중에 서류 보내서 끝내면 되지 뭐."

"아휴 너도 참, 네 마음 충분히 이해하겠는데 그래도 아니다 아니야, 내가 무슨 자격으로 너한테 말하겠니? 내가 주식한다고 돈을 까먹지 않았으면 너한테 이런 일도 안 생겼을 텐데… 근데 정말 아무 미련 없이 정리할 수 있겠니?"

"미련은 무슨… 그냥 정리하고 나왔어야 했는데 너무 답답해서 와버렸어. 조금 있다가 서류 보낼 거야."

"진짜 일말의 여지는 없고?"

"이제 정말 열심히 살고 싶어. 하루 종일 남편을 기다리며 시간을 낭비하고 싶지 않아."

"현주한테 들었는데 시어머니 찾아왔었다는 말 왜 남편한테 말하지 않니?"

"그것까지 얘기했어?"

"제부가 현주 찾아와서 하소연 하는데 아무것도 모르는 것처럼 그러더래. 그래서 현주가 다 얘기해줬다는데."

"그게 언젠데?"

340

"오늘이지. 현주가 너무 놀라서 나한테 전화한 거야."

"뭐, 아무래도 좋아, 누가 얘기했건."

"어쨌든 네 마음은 변함이 없다는 거네."

"언니, 나는 절대 돌아가지 않아."

나는 돌아가지 않아.

돌아가지 않을 거야.

새가 되어 하늘을 날아보는 거야.

더 멀리 더 높이 날아가 그곳에는 흰 구름, 검은 구름, 회색 구름만 있다고 생각하지 마.

내가 만든 초록 구름, 빨강 구름, 노랑 구름을 보여줄게

우리의 인생은 구름을 걷는 것처럼 쉬운 일이 아니야.

어쩌면 구름을 걷는다는 것은 아무도 할 수 없는 일인지 몰라.

그동안 발을 담그면 푹푹 빠지는 수렁처럼 다시는 도망쳐 나올 수 없는 길을 걸었어.

그러나 나는 도망칠 거야.

구름 위를 걸을 수 없다는 고정관념에서 도망치고 말 거야.

나만의 날개를 달아 걷다, 뛰다, 날아가는 거야.

모두 내가 날아가는 모습을 한번 볼래?

9부. 새로운 날개

*

　지아는 골프장에 복귀한 지 몇 개월이 지난 후에 지석과 합의이혼을 했다. 이혼 후 사이버 대학에 등록을 했다. 대학교 때 하고 싶었던 공부를 다시 하려고 마음을 먹었다. 전공과목은 다르지만 열의는 대학생 못지않았다. 그녀는 배움에 목말라하고 있었다. 황량한 길을 걷다 어두운 산을 넘어오니 어느 길에 우물이 보였다. 달려가 우물의 물을 마셨다. 시원함은 이루 말할 수가 없었다. 그녀의 심정은 가까스로 찾은 우물을 물을 마시며 갈증을 해소하는 것처럼 개운함을 느끼고 있었다.

　매일 일을 마치고 난 뒤 기숙사로 바로 가서 공부를 했다. 마스터는 그런 그녀를 특별히 배려해서 방도 혼자 쓰게 했다. 모든 조건이 공부에 몰두할 수 있게 만들었다. 그러던 어느 날 마스터에게 제안을 받게 됐다.

"지아야, 네가 공부하는 진짜 이유가 무엇인지 물어봐도 되겠니?"

"처음에는 영어회화를 유창하게 캐디 피 더 받아서 돈을 더 벌고 싶었어요. 그러다 보니 갑자기 대학 졸업 못한 게 생각나더라고요. 사실 대학 졸업 못한 것은 지금도 후회가 돼요. 어떻게 해서든 졸업은 해야 했어, 라는 생각이 계속 들었어요. 그래서 사이버 대학에서라도 졸업장을 따자고 생각했어요."

"그럼 혹시 예전에 나한테 경기과 일 하고 싶다고 한말 기억나? 예전에 다리가 아파서 경기과 일을 하고 싶다고 했잖아."

"아아, 네에 그때 제가 그랬죠. 지금도 하고 싶긴 한데 급여문제도 그렇고 제가 먼저 나서서하기가 그래서요."

"그래서 하고 싶었단 얘기지?"

"네, 해보고 싶어요."

지아는 조심스럽게 고개를 끄덕였다.

"내가 생각한 게 맞았어."

"뭘 생각하셨는데요?"

"나는 네가 그냥 캐디로 머물러 있지 않을 거라고 생각했어. 영어실력도 꽤 되고 지금 공부하는 게 경영학이잖아. 나한테 말을 해주진 않았지만 어렴풋이 느낄 수 있었어."

"역시 마스터님은 속일 수가 없어요."

"내년에 부 마스터가 그만 둬. 그래서 말인데 그 일을 네가 해보면 어떻겠니?"

"하고는 싶은데… 근데 연봉이 어떻게 돼요?"

"연봉? 사실 캐디 하다가 부마 하면 돈 차이가 너무 심해서 좀 하다가 다시 캐디로 돌아가는 사람도 있어. 연봉 문제는 본부장님하고 상의를 해봐야할 것 같아. 일단 하는 걸로 알고 있을 게. 나도 다른 사람 구해서 서로 맞춰서 일하는 게 쉽지가 않아."

"아무래도 그렇겠죠."

"아, 다행이다. 그래도 내 제안을 긍정적으로 받아줘서. 그리고 좀 익숙해지면 마스터도 되고 팀장도 돼서 골프장에서 할 수 있는 한 제일 높은 직책까지 올라가 보는 거지."

"제일 높은 직책요?"

"그럼, 사람은 높은 꿈을 가지고 있어야 하던 일을 끝까지 할 수가 있어."

지아는 사실 꿈이 있었다. 사이버 대학에 들어간 것도 그것 때문이었다. 이혼 후, 이왕 캐디 일을 다시 시작한 거면 경기과 최고의 자리까지 한 번 가보겠다고 결심했다. 대학은 굳이 안 가도 되지만 자기 자신이 허락하지 않았다. 대학 졸업에 대한 갈망이 있었고 경력이 얼마나 중요한지 알고 있었기 때문이다.

이제 엄마에게도 숨길 필요가 없다고 생각하고 말했다. 지아 엄마는 모든 것을 알고도 화를 내지 않았다.

"그동안 우리 딸이 얼마나 고생이 많았니. 많이 힘들었지?"

"엄마 미안해. 미리 얘기도 안하고 멋대로 군 것."

"이혼한 건 미안하지 않고?"

"응, 그건 미안하지 않아. 만약 엄마랑 상의했더라도 나는 이혼했을 거야."

"우리 딸 많이 컸네. 언제 이렇게 컸을까."

지아 엄마는 딸의 얼굴을 보면서 웃었다.

"근데 우리 엄마는 왜 이렇게 늙었을까?"

"이제 좀 살아났나 보네. 그나저나 대학도 들어갔다면서?"

"응, 대학이라기보다는… 그래도 대학이지 뭐, 사이버대학."

"잘했다 잘했어. 나는 내내 네가 대학 졸업 못한 것이 한이 됐어. 네 인생이 복잡해진 것도 학교 때문이라고 생각했으니까. 그런데 이제 학교를 다닌다니 너무 기쁘다 기뻐."

엄마는 딸의 머리를 쓰다듬으면서 말했다. 지아는 엄마에게 털어놓으니 묵었던 감정이 해소되면서 많이 편해졌다. 이제 걱정은 끝나고 앞으로 전진 하는 일만 남았다고 생각하니 힘이 솟았다.

얼마 후, 읍내의 한 식당에서 부 마스터가 된 지아를 위해 축하 자리를 마련했다. 고기가 기름을 토해내며 노릇하게 구워질 때 사람들은 술잔에 술을 가득 채웠다.

"여러분, 이지아 부 마스터를 위해서 모두 건배를 합시다."

마스터는 사람들을 향해서 말을 했다. 사람들은 모두 잔을 들고 건배를 외쳤다.

"부 마스터 되신 걸 축하드립니다."

"축하드립니다. 부마님."

조장들이 웃으며 축하해줬다.

"지아 씨는 아주 잘 할 거라고 생각합니다. 저는 원래 이 친구를 초보시절부터 알았는데 성실함과 열정이 넘쳐있어 요. 물론 지금도 마찬가지고요. 때로 경기과 일에 대해서 조금 서툴더라도 이해해주세요. 누구나 처음에는 실수를 할 수 있으니까요."

마스터가 말했다.

"당연히 그래야죠."

한 조장이 말했다.

"모두 감사합니다. 제가 경기과 직원이 처음이라 여러분이 잘 도와주셨으면 합니다. 앞으로 여러분들과 함께 경기과를 잘 꾸려 나가도록 노력하겠습니다."

"자, 모두들 박수!"

다른 조장이 외치자 박수소리가 방 안을 울렸다. 지아는 모두 자신을 향해 박수를 치고 환호를 해주자 열심히 해야겠 다는 생각을 했다.

"경기과 발을 들이게 된 걸 축하해."

"이게 다 마스터님 덕분이죠."

"네가 다 잘해서 그렇지 뭐."

마스터는 술을 단숨에 마시고 말했다.

"제가 한 잔 따라드릴게요."

"오케이, 거기까지만. 지아는 잔에 정을 너무 많이 채운다니까."

마스터는 넘치려는 잔을 보며 싱글거렸다.

"그런데 마스터님, 외국인 손님을 어떻게 하죠? 지아가 아니, 부 마스터님이 주로 나갔었는데 이제 직책이 바뀌었으니까 못하실 것 아니에요."

다른 조장이 물었다.

"아아, 내가 그것을 얘기를 안 했었나 보네. 외국인 손님 중 중요한 분들이 오시면 부 마스터가 일을 나갈 거예요. 부마가 워낙 영어실력이 좋아서 회사에서도 아까워하고 있는 부분이 있어서 이번에 본부장님과 상의해서 그렇게 하자고 했어요."

마스터가 말하자 모두들 고개를 끄덕거렸다.

지아는 다행이라고 생각했다. 일주일에 한두 번 정도 외국인 손님 나가면 그래도 일정 부분 소득이 맞춰질 거라 여겼기 때문이다. 지아는 자신도 모르게 술을 많이 마셨다. 식사가 끝났지만 2차로 모두 노래방에 가서 노래를 불렀다. 노래방에 가는 것을 별로 좋아하지 않지만 어쩔 수 없이 갔다. 사람들은 처음에는 춤을 추며 신나는 노래가 부르더니 어느 순간부터 발라드를 부르기 시작했다. 그러다 조장이 진추하의 노래 on summer night을 불렀다. 전주곡이 나오는 순간 과거가 순식간에 머릿속에 들어왔다. 노래가 시작되자 과거는 더 선명하게 떠올랐다. 처음 만났던 카페, 아름답다고 했던 말, 차 안에서 첫 키스가 가슴을 후벼 팠다. 잊고 지냈던 일들이 떠오르면서 참을 수 없는 통증에 구토를 느꼈다. 급히 화장실로 뛰어가 토를 했다. 위에서 나올 것이 다 나왔건만 계속된 메스꺼움에 화장실 바닥에 주저앉고 말았다. 누군가 지아를 이끌고 룸 안으로 데려와 자리에 앉았을 때는 다른 노래가 흘러나오고 있었다. 마스터는 걱정하는 표정으로 바라봤다.

"힘들어요. 가서 쉬고 싶어요."

마스터가 운전을 하고 둘 다 술이 너무 취해 음주운전인지 자각도 하지 못한 채 시골의 도로를 달리고 있었다.

"오늘 너무 무리하게 마신 것 같아."

"아니에요. 이까짓 것 못 마실게 뭐예요. 근데 왜 그렇게 도로가 흔들리죠? 바람이 부나 봐요. 전에도 이런 날이 있었어요. 바람이 많이 부는 오후였어요. 그 사람과 손을 잡고 걷고 있는데 바람이 자꾸 우리를 때리는 거예요. 바람 때문에 입고 있던 코트가 뒤집어지려고 발버둥을 치니까. 그 사람이 지퍼를 올려 줬어요. 몸을 흔들거리면서요. 우린 카페로 들어왔어요. 바람이 모든 것을 쓸고 가버리는 것을 창문으로 보고 있었어요. 두려웠지만 우리는 지금 안전한 곳에 있으니까 밖의 모습은 마치 영화의 한 장면처럼 현실이 아닌 것처럼 보여 지는 거예요. 그리고 지금 이 사람, 내 앞에 이 사람이 나를 보호해줄 거라는 안심을 했어요. 근데 지금 그 사람은 없어요. 저는 혼자 가야돼요. 이제 아무도 없이 혼자 가야돼요."

"지아야, 너무 걱정하지 마. 내가 있잖아. 과거는 과거고 지금 현재에 충실하게 사는 거야."

"그래야죠 현재에 충실하게, 현재에 충실하게…"

*

다시 몇 년이 흘렀다.

지아는 아직 얼음이 깨지 않는 강물을 보며 낚시를 즐기는 사람들 사이로 먼 곳을 바라보고 있었다. 이곳은 그녀의 아빠가 뿌려진 곳이다. 유일하게 남겨진 유서에서−유서라고 하기 보다는 메모− 몸을 태워서 이 강에 뿌려달라고 했다. 강을 따라 여행을 하며 먼 바다로 나가 해외여행을 하고 싶다는 문장을 보고 어찌나 어이가 없었는지 지수는 몹시 흥분을 했고 자신도 속상했다. 낳아준 아빠를 이해해 보려고 해도 이해할 수가 없었다. 그러다 결혼도 하고 이혼도 해보니 어느 정도 기분은 알 것 같았다. 떠나고 싶다는 말을 이해할 수 있을 것 같다는 생각까지 했다.

아빠는 사람들로부터 그렇게 떨어져서 지냈으면서도 죽어서도 어디론가 떠나고 싶어 했다. 그것은 어떤 사람들은 역마살이라고 하고, 어떤 사람들은 정신이 반쯤 나갔다고 했다. 아빠는 자신이 지석과 고통스러운 시간을 보내고 있을 때와 같은 심정으로 모든 것이 고통스러웠을까 생각해봤다. 사람이 느끼는 감정들은 지극히 개인적일 수밖에 없어서 자신의 고통이 제일 크다고 생각하는데 자칫하면 이것은 이기적이 될 수 있다고 누군가 말했다. 지아는 아빠 편에 서서 한편으로는 그런 마음이 조금은 이해가 갔다. 인간의 이기적인 감정을 조금은 알 것 같았다.

'아빠는 여행을 재밌게 하고 있을까. 아름다운 곳을 찾아서 혼자만의 휴식을 취하고 있는 것은 아닐까.'

"지아야!"

멀리서 지수가 불렀다.

"뭘 그렇게 생각하니? 생각 너무 많이 하면 골치 아파."

"그냥 이것저것 엄마는 어디에 있어?"

"엄마는 차 안에서 쉬고 있겠대. 차 타고 오는 게 힘들었나 봐. 그러게 뭐하고 오자고 그랬어? 이젠 슬플 것도 없고 아쉬울 것도 없는데 말이야."

"그냥 오고 싶었어. 예전에 그 사람이 우리 아빠 보고 싶다고 했는데… 그래서 여기에 같이 오기로 했었거든. 이제는 모든 게 늦어버렸네."

지석의 얘기가 나오자 지수가 빤히 쳐다봤다.

"뭘 그렇게 봐? 그런 것 아니야. 그냥 생각났을 뿐이야."

"그냥 생각난다는 것은 약간의 감정이 있다는 건가."

"그런 것이 아니고… 어쩌면 그럴 수도 있겠네. 정도 들었으니까."

그들은 잠시 강을 바라봤다. 물결은 잔잔하다가 간혹 물위에 뭔가 튀어 오르기도 했다. 어디에서든 살아있는 생명은 그들만의 방식으로 숨을 쉰다. 지나간 곳은 언제나 흔적이 남는 법. 동그랗게 원을 그리며 물결이 흔들렸다. 지아는 왠지 서글퍼지려는 감정을 추스르고 말했다.

"언니는 앞으로 뭐할 거야?"

"뭐하긴 회사 잘 다니면 되지 뭐. 그러는 너는?"

"나도 잘 다녀야지."

"너, 무슨 딴 계획 있니?"

"음, 나 사실 엊그제 마스터 됐잖아. 근데 팀장까지 가고 싶어. 근데 팀장까지 가고나면 그 위는 없나 싶은 생각이 들어. 그게 끝이라고 생각하니까 갑자기 허무하다는 생각이 들어서 말이야."

"팀장만 해도 괜찮을 것 같은데 너는 더 높은 곳으로 오르고 싶단 말이지."

"오른다기보다는 캐디로 할 수 있는 한 끝까지 가보고 싶어."

"꿈은 꾸라고 있는 거지. 그렇지만 그건 일단 팀장이 되고 생각해보는 것은 어때?"

"그냥 생각만 하고 있어."

"나는 네가 생각한다고 할 때가 제일 무섭더라. 그럴 때마다 넌 뭔가를 했으니까."

"그렇지만 고작 결혼에, 이혼에, 마스터 된 것 밖에 더 있어?"

"고작이라니? 난 결혼도 못해봤는데."

"그건 언니가 원해서 그런 것 아니야?"

"그렇지. 내가 원했지. 그래도 결혼은 해도 후회 안 해도 후회라는데 해 볼 것 그랬나."

"지금이라도 늦지 않았어."

"사양하겠습니다."

지수는 장난스럽게 고개 숙여 인사를 했다.

"너는 다시 남자 안 만나니?"

"싫어. 누가 나 같은 사람 좋아할라고?"

"네가 뭐 어때서? 이제 어엿한 직장도 있고 혼자 지내기에는 아직 젊잖아."

지수가 말을 더 하려고 하는데 옆 사람이 외치는 소리에 고개를 돌렸다.

"월척이다!"

물고기가 낚시 대에 매달려 허공을 빙글빙글 돌고 있었다.

지아는 고물 자가용을 끌고 회사로 돌아왔다. 자가용은 덜덜거리며 늘 불평불만을 했지만 그것을 새로 바꿀 마음이 없었다. 중고차 시장에서 차를 보러 갔을 때, 구석에 방치되어 있는 것을 보고 자신과 신세가 비슷해보여서 산 것이다. 연식은 그리 오래 안 됐지만 전 주인이 차를 험하게 몰아 꽤

나 낡은 모습이 안쓰러워서 견딜 수가 없었다. 그렇게 시작된 인연(?)으로 몇 년을 함께 지냈다. 그런데 힘이 없는지 늘 회사 앞 오르막 도로에서는 숨을 헐떡거리며 간신히 기숙사에 도착한다. 덩달아 지아도 힘에 부치는 표정이었다. 숙소로 들어와 잠깐 씻고 정리하는 사이에 해는 산으로 들어가기 시작했고 남아있는 빛의 여운이 창에 스며들어 바깥이 어슴푸레했다. 창문을 열고 커피를 마시며 산을 바라봤다. 그때 기숙사 주차장으로 차가 얕은 기침소리를 내며 미끄러지듯이 들어왔다. 누구일까. 뚫어지게 바라보니 팀장이었다. 마스터가 팀장이 됐을 때 자동으로 부마도 마스터 자리에 올라갔다. 지아는 창밖으로 손을 내밀어 불렀다.

"팀장님, 저 왔어요."

"어, 마스터. 잘 다녀왔어?"

팀장은 지아의 창문 쪽으로 다가오면서 말했다.

"식사는 하셨어요?"

"회사에서 먹고 오는 거야. 마스터는?"

"저는 생각 없어요."

"그래 그럼 푹 쉬어."

오늘 저녁은 피곤하니까 그냥 잠만 자자 생각하고 일찍 누워버렸다. 막 잠이 들려고 하는데 문자가 왔다.

〈낼 다른 부서 팀장들과 모여서 함께 식사하기로 했는데 같이 갔으면 좋겠어.〉

〈네, 근데 팀장님들끼리 만나는 것 아니에요?〉

〈본부장님이 마스터도 같이 오라고 했어.〉

〈왜요?〉

〈나도 몰라. 같이 오라고 하면 그냥 무조건 가야지 뭐.〉

영업팀장은 둥근 얼굴에 눈이 작으며 통통한 몸매를 가졌다.

코스팀장은 약간 각진 얼굴에 날카로운 눈매, 적당히 균형 잡힌 몸매를 가졌다. 식음팀장은 통통한 얼굴에 배가 많이 나온 남자다. 팀장과 지아는 청바지에 운동화를 신고 머리는 일할 때와 똑같이 단정하게 묶고 영업팀장의 차에 올라탔다. 차는 국도를 신나게 달리다가 어느새 국도를 지나 좁은 산길을 향해 가고 있었다. 마치 비밀의 왕국에라도 들어가는 것처럼 조심스럽게 바퀴가 굴러가고 있었다. 아주 잠깐이지만 지아는 긴장하는 표정을 지었다. 마침내 차는 정원이 잘 가꿔져 있는 음식점에 도착했고 아는 사람만 올 수 있는 곳처럼 은밀해 보였다.

문을 열고 들어가니 머리를 단정하게 올린 젊은 여자가 길을 안내했다. 여자는 주방과 방 사이를 지나 오른쪽으로 꺾어 들어가 사과나무라고 쓰여 있는 방을 가리켰다.

'사과나무 방 준비하세요.'라고 여자는 무전을 했다.

지아는 딱 봐도 이렇게 고급스러운 곳에서 회식을 한다는 것이 이상해서 팀장에게 눈짓을 했다. 팀장은 눈을 깜빡거리며 그냥 앉으라고 시늉을 했다. 잠시 앉아 있자 본부장이 들어왔다. 모두들 일어나서 인사를 했다.

"자, 앉아요. 앉아. 다들 오느라고 수고했어요."

본부장이 자리에 앉고 누군가를 기다리는 표정으로 있었다.

"혹시, 누가 또 올 사람이 있어요?"

눈치 빠른 영업팀장이 물었다.

"사실 오늘은 여러분에게 당부할 말도 있고 맛있는 것 사주고 싶어서 불렀는데 갑자기 회장님도 오신다고 연락이 왔어요. 곧 도착하실 때가 됐으니까 조금만 기다려요."

본부장이 그렇게 말하자 다들 불편한 기색이 역력했다.

"다들 표정이 왜 그래요? 워낙 즉흥적이신 분이라 나도 어쩔 수 없어요. 그렇지만 우리 회장님처럼 정이 많으신 분은 없어요."

"맞아요. 회장님 같은 분은 없죠."

"때론 정이 불처럼 넘치죠."

"때론 정이 너무 많아 얼음처럼 굳기도 하죠."

"그렇지만 형평에 어긋나지는 않아요."

마지막에 유 팀장도 한마디 했지만 지아는 아무 말이 없었다. 본부장이 빤히 쳐다보자 마지못해 말했다.

"좋으신 분 같습니다."

말이 끝나기 무섭게 방문이 열리고 남색점퍼를 입고 머리가 벗겨진 남성이 들어왔다. 모두들 재빠르게 일어나 인사를 했다.

"안녕하세요, 회장님."

"오셨어요?"

"모두 나를 기다렸군. 다들 앉자고."

회장이 자리에 앉자 다들 앉았다.

"내가 오늘 이 자리에 나올까 살짝 고민을 했는데 여러분이 내 흉볼까 봐 흉 못 보게 나왔지. 다들 내가 와서 불편한가? 본부장 얼굴은 그렇게 쓰여 있고만."

"무슨 말씀이세요? 회장님."

"농담이고 얼른 먹세. 여기 고기가 아주 맛있거든."

작은 석쇠에서 고기가 구워지고 영업팀장은 모두에게 술을 한 잔씩 따랐다.

"자, 모두 잔에 술이 채워져 있지요. 건배 한번 합시다."

본부장의 말에 따라 건배를 외쳤고 다들 고개를 돌리며 술을 마셨다.

"카, 술맛 좋고 고기 맛 좋고 오늘 기분도 좋고."

"회장님하고 함께 마시니까 더 좋은데요."

본부장이 말했다.

"예끼, 이 사람아. 아부는 그렇게 하는 게 아니야. 아부는 진짜 칭찬처럼, 칭찬은 아부처럼 해야지. 자네는 나 따라오려면 아직 멀었네."

"네, 회장님."

회장이 웃자 본부장도 따라 웃었다.

"근데 회장님 L시에 지어지는 골프장은 언제쯤 오픈 계획이세요?"

식음팀장이 물었다.

"내년 봄에 가 오픈해도 될 것 같은데 문제는 사람이지. 쓸 만한 사람 구하기가 여간 어려워야 말이지. 여기는 이렇게 안정이 돼 가는데 새로 오픈한 곳도 좋은 사람이 들어와서 일 해주면 얼마나 좋을까 모르겠네."

"여기보다 홀이 더 있다고 들었습니다."

코스 팀장이 물었다.

"27홀에 콘도도 짓고 있지. 여기는 너무 작아. 36홀 만들려고 했는데 땅 문제가 해결되지 않아서 일단 27홀 오픈하고 나중에 9홀 증설할 계획을 세우고 있어. 작은 것은 내 성격에 안 맞아. 나는 말이지 일단 뭐든지 크고 봐야 돼. 사람의 그릇도 커야 되고 외모도 큼직큼직한 게 좋지."

"27홀이면 캐디도 많아야 되겠는데요."

영업팀장이 말했다.

"그래 항상 캐디 수급이 문제야. 여기는 우리 유 팀장이 워낙에 잘하고 있으니까. 사람 걱정은 없지."

"감사합니다, 회장님."

팀장은 고개 숙여 인사했다.

"근데 자네는 일 경력이 얼마나 되나?"

갑자기 회장은 지아를 보면서 말했다.

"네, 경기과 경력 5년 됐습니다."

"그래 열심히 하고. 들어보니 영어를 잘한다면서?"

"네, 조금 합니다."

"겸손하기까지 하는군."

"네, 감사합니다."

회장은 식사 내내 지아를 유심히 쳐다봤다. 그런 회장을 팀장은 유심히 바라보고 있었다.

'이제 과거는 잊고 앞만 보고 가는 거야. 나에게는 미래만 있을 뿐 과거는 없는 거야. 너는 무엇이 되고 싶니? 왜 그렇게 여기에 다시 돌아오고 싶었니? 돈을 벌고 싶어. 그리고 기회만 된다면 경기과에서 일해 보고 싶어. 마스터님처럼 똑똑하고 현명하게 살고 싶었어. 우리 열심히 살자. 최고까지 가보는 거야. 대학도 다시 가는 거야. 일단 졸업하고 돈도 차근차근 모으며 살자.

그에게 전화가 오지 않는다. 차라리 잘 됐다. 그가 빨리 정리할수록 나는 편하다. 그래도 좀 서운하다 사랑한다고 속삭이는 것을 봐서는 골프장까지 바로 쫓아올 줄 알았는데 사랑이 아니었나 보다. 나를 사랑했다는 말은 나를 차지하기 위해 형식적으로 한 말에 불과한 것 같다.

조장이 되었다. 마스터님은 나를 정말 많이 배려하신다. 사람들에게도 얼마나 친절하고 배려가 깊은지 모르겠다. 조장이 되면 특혜가 좀 있다. 다른 조원들이 싫어할 수 있지만 무보수로 사람들 관리하고 통제하고 가끔 배치까지 보는 것에 대한 배려를 해준 것이다. 이것은 다른 골프장도 마찬가지이다. 시간에서 자유로워졌으니 일을 좀 덜하더라도 공부하는 시간을 좀 더 가져야겠다.

협의 이혼을 했다.

오늘은 유난히 시어머니의 투막하고 거친 말투가 생각났다. 오랜 장사를 하면서 나오는 거친 말투가 거슬렸지만 시어머니니까 참았지만 지금 그 말을 들으라고 하면 도망갈 것 같다.

이것이 끝이라고 착각하지 말자. 나는 아직 구름 근처에도 가지 못했다. 구름을 지나 태양이 숨 쉬는 뜨거운 희망이 있는 곳으로 나아가자. 나의 꿈은 이제 한 발 내딛었을 뿐이다.

언제나 만족하게, 그러나 채찍질을 거두지 마라.'

지아는 일기를 쓰면서 그간의 일들을 정리했다.

*

유효림 팀장은 1부 티업이 끝나고 어느 정도 정리가 되고 난 후 책상에 턱을 괴고 생각에 잠겼다.

'어제 저녁 회장님이 지아에게 한 말의 의미가 무엇일까. 점 찍어 두고 있다는 건가. 나도 잘 되길 바라지만 어쩌면 나 보다 더 높은 곳으로 가게 될지 모른다는 생각이 들어. 주임시절 지아를 처음 알았지. 순해 빠진 얼굴로 나에게 물었어. 운전 못하면 일 못하냐며 약간은 바보스러울 정도로 심각하게 물어봤었는데, 지금은 어디 내놔도 당당함이 넘치지. 내가 먼저 발전을 하고 있을 때 지아는 천천히 걸음마를 떼고 있는 단계였어. 걸음마를 떼자마자 조장이라는 타이틀을 쥐어주니까 더 빨리 성장했지. 그러다 결혼을 하고 다시 돌아오는 과정에서 많이 성숙해졌어. 지금 누구보다도 많이 성장했어. 꾸준한 자기계발을 통해 자신에게 몇 겹의 힘을 입히고 있는 중이지.

이제는 내가 천천히 발걸음을 내딛고 있어. 지아의 발걸음을 따라갈 수가 없어. 이제 술 좀 그만 마시고 미래를 위한 공부를 해야겠어. 내가 이 회사에 온 건 어쩜 행운이었을지도 몰라. 전 회사 새로운 상사와 트러블이 심해지면서 도저히 견딜 수가 없었던 것이 이렇게 좋은 기회를 줬어. 성추행 일을 알게 된 후 정도 많이 떨어진 상태였어. 이 회사는 현재 골프장을 통해서 사람들에게 많이 알려지게 됐어. 그리 크지 않는 건설 회사를 갖고 있는 회장은 골프장에 애착을 가지며 지었어.

처음 회장님을 뵀을 때 골프장에 대한 자부심이 크다는 것을 느꼈어. 정말 외국의 어느 골프장보다 더 멋지게 조경을 했고 난이도는 보통보다 조금 높아 일반 골퍼들도 아주 좋아해. 대회도 매년 열려. 회사 측에서 싫다고 해도 서로 사정해가면서 할 정도야. 처음에는 회사를 많이 알리려고 시작한 것이 성공적으로 이어져서 여기까지 온 거야.

내가 왔을 때는 좋은 골프장이긴 했지만 손님이 그렇게 많지 않았었어. 지금은 예약시간이 없을 정도로 내장객이 늘었어. 외국인 손님 유치도 한몫을 했어. 우리 회사는 글로벌

마케팅을 슬로건으로 내세우면서 외국 손님을 끌어들이는데 애를 썼어. 그러려면 실력 있는 캐디들이 필요했어. 나는 캐디들에게 다른 골프장과 다른 교육을 시켰어. 그건 바로 자신의 가치를 높이는 일이었어. 잘난 체 하거나 거만 하라는 얘기가 아니라 철저히 실력으로 승부하면서 살아 라는 의미지. 전문직으로서 당당하게 꿀리지 않게 살려면 자신을 가꾸어 가치를 높이는 일밖에 없다고 생각하니까. 그러면 손님들도 인정하며 따라와 줄 거라고 믿고 있어.

여기 온 것은 나에게도 기회였지만 지아가 나와 같이 일한 것은 인생에 있어서 전환점이 된 거야. 우린 여기하고 아주 잘 맞아. 특히 지아는 고객 평판도 아주 좋았어. 그녀를 보러 온 손님도 있을 정도니까. 마스터가 된 다음에도 가끔 오시는 외국 손님들이 찾을 정도로 좋아하지. 이제 그녀가 떠나면 누구를 의지하며 살아야 하는지 걱정이 돼. 내 촉은 언제나 잘 들어맞아. 아마 이번에도 맞을 것 같아. 안 보내고 싶지만 앞길을 막을 수 없을 것 같아.'

지아는 이상하게 머리가 아팠다. 그래서 머리를 꽉 붙잡고 일어났다. 어제 저녁에 마신 숙취가 아직 풀리지 않아 계속 관자놀이를 눌렀다. 오늘도 팀이 풀로 꽉 차 있어서 출근을 안 할 수가 없는 상황이었다. 그런데 이런 기분이라면 일을 망칠 수도 있을 거라는 생각을 했다. 마스터라고 아프다고 함부로 쉴 수 있는 상황은 아니었다. 그래서 기숙사에 사는 주임과 근무 시간을 바꿔 늦게 출근했다. 사실 어제 저녁에 잠을 거의 자지 못했다. 식사자리 같은 사적인 자리에서 회장님을 뵐 일이 거의 없는데 어제는 일부러 초대된 것 같다는 생각이 들었다.

본부장이 일부러 초대를 했는데 마침 회장님이 왔다고 생각하지는 않았다. 이건 어딘가 말이 앞뒤가 맞지 않은 것 같은 생각이 들었고, 자신과 같은 말단이 오라면 오고 가라면 가는 거라서 그냥 나간 것뿐이었다.

어제는 깜짝 놀랐다. 회사에서 추진하고 있는 골프장이 있다는 건 알았지만 이렇게 빨리 지어질지는 몰랐기 때문이다. 그리고 지금 직원 모집 중이라는 말이 귀에 솔깃했다. 캐디 모집도 하고 있을 것이며 신입들 뽑아서 몇 개월 교육도 시키고 하려면 서서히 준비를 하고 있을 거라 생각했다.

지아는 자신이 왜 자꾸 신설골프장에 대해 생각하고 있는지 모르겠다고 생각했다. 어제 식사가 끝나고 난 후 답답해서 먼저 나왔다. 바깥을 구경하면서 일행이 나오기를 기다리고 있었다. 가만히 서서 입김을 부니까 입김이 마치 담배 연기처럼 올라왔어. 그 모습을 보고 회장이 말했다.

"마스터도 담배 피나."

놀라서 뒤를 돌아봤다.

"아, 아니군. 내가 오해했네. 입김 모양이 담배 연기하고 왜 그렇게 똑같은지 원. 나는 옛날 사람이라 아무리 사회가 개방 됐다 해도 여자들이 아무 데서나 담배 피는 것을 못 봐주지. 그런 면에서 자네는 참 착실한 것 같으이. 듣자하니 일

하면서 대학도 졸업했다며?"

"그냥 별거 아니에요. 사이버 대학인걸요."

지아는 미소 지으면서 말했다.

"아무리 그래도 쉽게 할 수 없지. 자네처럼 열심히 일하는 것을 다른 사람도 본받으면 얼마나 좋아. 그래서 말인데 자네는 우리 회사를 어떻게 생각하는가."

"아름답고 멋진 골프장이라고 생각합니다."

"새로 지어진 골프장은 이것보다 더 멋지게 지어질 걸세. 어떤가? 거기 구경하고 싶지 않은가?"

"네… 네?"

"잘 생각해보게."

지아는 어제 자신을 일부러 부른 것이 틀림없다고 확신했다. 유 팀장에게 당장이라고 말하고 싶었지만 자신이 결정할 때까지 미루기로 했다. 또다시 이런 저런 생각에 잠기다 다시 잠이 들었다.

몇 달이 지난 후, 지아와 유 팀장은 새로 지어지고 있는 골프장을 방문했다. 이제 가 오픈이 얼마 남지 않아서 박차를 가하고 있는지 여기저기 공사하느라 정신이 없어보였다. 경기과 직원들이 나와서 그들을 맞이했다. 그들과 함께 함께 카트를 타고 코스를 둘러봤다. 지금 골프장과는 사뭇 분위기가 달라보였다. 훨씬 섬세하게 만들어져 공을 들인 흔적들이 보였다. 바닷가 쪽이라 물을 연상시키는 느낌을 주는 코스와 로고도 인상적이었다. 카트가 그늘 집 앞에 잠시 정차

했다. 티 그라운드 앞에 해저드가 있고 그 뒤에 바로 그린이 있는 Par3 홀이었다.

"이제 손님들이 와도 무방할 정도로 거의 마무리가 돼 가고 있어요."

현직 마스터는 말했다.

"마스터님이 애 많이 쓰시겠어요."

"아니에요, 팀장님. 애들이 힘들죠 뭐. 원래 첫 기수가 힘들잖아요."

"그래도 마스터가 아주 잘하고 있다는 소문이 있어요."

"감사합니다, 팀장님."

"우리 마스터도 아주 잘해요."

유 팀장은 지아를 보며 말했다.

"네, 익히 들어서 알고 있어요. 일이면 일 성격이면 성격 모두 합격이라고 그러던데요."

현직 마스터는 말했다.

"네? 너무 과찬이세요."

"지난번 회식 때 본부장님이 여기 오셨거든요. 어찌나 칭찬을 하시던지."

"본부장님도 참 쓸데없는 말을 하셨네요."

"마스터는 좋겠어."

팀장은 어깨를 치면서 말했다. 카트는 코스를 따라 유유히 이동하고 있었다. 높은 자리에 위치한 한 코스는 바다가 고스란히 펼쳐져 있었다.

"팀장님! 여긴 정말 멋진데요. 에메랄드 빛 바다가 하늘을 품고 있는 것 같아요."

"정말 멋있다."

"여긴 회장님께서 특별하게 설계하셨다고 해요. 저쪽에 있는 작은 정자와 조각품을 만드느라 고생 꽤나 하셨다고 그랬어요."

마스터는 왼쪽의 정자를 가리키면서 말했다.

"포토 존으로도 손색이 없겠네요."

팀장이 말했다.

"근데 조각상 얼굴이 누구 닮은 것 같아요."

"누구?"

"물속 투혼의 선수."

지아는 그 사진을 잊을 수가 없었다. 어떻게 잊을 수가 있을까라고 생각이 들 정도로 인상 깊었던 사진이었다.

"어머, 마스터님 바로 알아보셨네요. 회장님이 엄청 팬이시거든요."

"그래요? 저도 엄청 팬이에요."

지아는 은근 뿌듯해하며 말했다. 돌아오는 차 안에서 먼저 말을 했다.

"팀장님, 제가 잘 할 수 있을까요?"

"아이고, 팀장님, 뭐가 그렇게 두려우세요?"

팀장은 놀리면서 말했다.

"그러지 마세요. 저 사실은 좀 떨린단 말이에요."

"떨 것 없어. 원래 하던대로 하면 돼."

"팀장님… 서운하지 않으세요?"

"서운하긴 잘 돼서 가는 일인데 그리고 어디 멀리 외국 나가는 것도 아니고 몇 시간 운전하면 올 거리인데 뭐가 서운해."

"치, 난 서운한데."

팀장은 한동안 말없이 운전만 하다가 숙소에 도착하자 비로소 말했다.

"지아야, 거기에서 더 올라갈 준비는 되어 있는 거지?"

뜬금없는 말에 지아는 자신의 속을 들킨 것이 부끄러웠다.

"팀장님은 저에 대해 모르시는 게 없다니까."

기숙사 앞에서 노을이 유난히 붉게 타오르고 있었다.

*

경기과 직원 모두가 예상했던 대로 지아는 새로 오픈하는 골프장 팀장으로 취임했다. 아직 안정이 안 된 골프장의 팀장으로 취직된다는 것은 쉬운 일이 아니었지만 두렵지도 않았다. 새로 시작한 곳에 자신만의 스타일로 정비를 한다면 그것도 좋을 거라고 생각했다. 그래서 경기과 입구에 작은 현수막을 걸었다.

'매너 있는 캐디가 골프장을 만든다.'

지아는 며칠 동안 보다가 어쩐지 불공평하다는 생각이 들어 현수막을 하나 더 만들었다.

'매너 있는 골퍼가 골프장을 만든다.'

다시 몇 년이 흐르고 골프장도 안정을 찾아가고 있었다. 지아는 그해 겨울 매년 열리는 신년의 밤 행사에 참석하기 위해 미용실에서 머리까지 하고 왔다. 결혼식 할 때 빼고는 이렇게 정성들여 머리를 해보지 않아서 어색했다.

"팀장님, 저 괜찮아요?"

"아이고, 본부장님. 왜 저한테 높임말 쓰고 그러세요. 부담스럽게."

"자꾸 놀리실 거예요? 저 지금 엄청 떨린단 말이에요."

"그러겠지요. 많은 사람들 앞에서 연설해야 하니까."

팀장은 지아의 긴장이 풀어지게 장난스럽게 말했다.

"너무 긴장 하지 마. 그냥 준비한대로 물 흐르듯이 말해."

"물 흐르듯이 준비한대로."

지아는 팀장의 손을 꼭 잡았다.

행사는 사회자가 나와서 인사를 하는 것부터 시작됐다.

"안녕하세요! SG-블루원 컨트리클럽 신년의 밤 행사에 오신 것을 환영합니다. 오픈하고 세 번째 맡는 행사인데 이번에는 특별히 회사를 위해서 제일 애쓰시는 캐디 분들과 함께하게 되었습니다. 함께 하게 되어 영광입니다. 이 회사가 이렇게 발전을 하게 된 것은 여기 모이신 모든 분들의 덕이라 할 수 있겠습니다. 먼저 회장님 말씀이 있겠습니다."

무대로 회장이 나와서 연설을 하고 뒤를 이어 여러 사람들이 단상을 오르락내리락 했다.

"이번 순서는 올해 본부장님으로 취임을 하신 이지아 본부장님을 모시겠습니다. 여러분도 잘 아시겠지만 본부장님은 캐디 출신으로 여기까지 오셨습니다. 자, 이제 박수로 맞이해 주세요."

지아는 사회자의 말에 박수 소리와 함께 조심스럽게 단상으로 올라갔다.

"여러분, 안녕하세요? 반갑습니다.

요즘 날씨가 많이 추워졌는데 이렇게 많이 참석해 주셔서 정말 감사합니다. 저는 어제부로 본부장으로 취임을 했습니다. 오늘 캐디 분들도 많이 오셨는데 캐디 분들을 보니까 제가 처음 일했던 것이 생각나는군요. 저는 90년대 말 처음으로 골프장에 캐디로 입사를 했습니다. 생소한 용어와 넓은 코스 그리고 같이 일하는 동료들까지 모두 처음이었습니다. 처음은 누구나 그렇듯이 낯설고 힘들죠. 저 또한 마찬가지였습니다. 일을 열심히 하다가 잠깐 쉬기도 했었는데 그렇게 쉬었던 것이 저에게는 인생의 큰 전환점이 되었습니다. 복귀를 한 뒤 일도 열심히 하고 못다 한 공부를 하면서 지냈습니다. 공부를 하면서 부 마스터가 되었고 마스터가 되었습니다. 그리고 며칠 전까지 이 골프장에서 팀장으로 일을 했습니다. 그리고 지금은 본부장이 됐습니다.

여러분! 저는 어떻게 이 자리까지 올라왔을까요?

저는 이 회사와 아무런 연관이 없는 사람입니다. 그냥 평범한 캐디였죠. 대학을 중퇴했고 나중에 일하면서 사이버대학을 졸업했습니다. 늘 시간이 부족했지만 시간을 만들려고 노력했습니다. 누구나 기회는 있다고 생각합니다. 다만 목표를 가지고 목표에 대한 공부를 꾸준히 한다면 반드시 기회는 찾아옵니다. 목표가 없는데 헛된 운만 쫓는다면 안 될 것 같습니다.

이런 말이 있습니다.

성공한 사람은 삼심(三心)이 있다.

그것은 초심, 열심, 뒷심입니다.

초심은 무엇을 하든 처음 시작할 때의 마음을 잊지 말자는 겁니다.

작심삼일이라는 말은 처음에 가졌던 마음을 쉽게 포기하는 건데요. 항상 초심을 잃지 않는다면 무슨 일을 하든지 끝까지 해낼 수 있겠죠?

열심은 어떤 일에 대해 온 정성을 다해 마음을 쓰면서 열과 성을 다하는 것입니다.

개인이든 회사든 어려운 일이 언제든지 올 수 있습니다. 그런 상황이 일어나지 않도록 열심히 뛰면 좋을 것 같습니다.

마지막으로 뒷심은 어떤 일을 할 때 끝까지 성실하게 임하는 것을 말합니다.

무슨 일을 하건 마지막이 중요합니다. 처음에는 잘 했는데 뒷마무리가 안 된다면 원하는 결과가 나오지 않습니다. 어떤 사람이든 끝까지 포기하지 않고 밀고 나간다면 반드시 원하는 것을 얻을 수 있을 것입니다.

저는 여러분에게 자신의 일에 대해 자부심을 느끼는지 묻고 싶습니다.

저는 처음 캐디를 했을 때부터 자부심이 있었습니다. 캐디는 일인 다역의 역할을 하며 일을 하는 사람입니다. 한마디로 만능인이 되어야 합니다. 골프장에서 캐디는 정말 중요한 존재입니다. 그런데 그렇게 생각하시지 않는 분이 많아서 좀 쓸쓸하다는 생각이 듭니다. 다른 사람들은 몰라도 캐디 분들 자신이 그런 생각을 한다는 것은 잘못됐다고 생각합니다.

남들과 비교했을 때 자신이 하찮게 보인다고 생각을 하며 사십니까? 그래서 자신을 비하만 하고 있지 않습니까? 제가 말하고 싶은 것은 지금 현재 자신이 하고 일을 사랑하지 않는다면 인생이 너무 허무해질 거라고 생각합니다. 무슨 일이건 이 일은 당신이 선택해서 한 일이고 이 일을 함으로써 생계도 이어가고 삶을 살아가게 되는 겁니다. 그러니 자신의 일에 대해 자부심을 갖고 성실하게 열심히 살아봅시다.

앞으로 제가 회사를 잘 이끌어 나가려면 여러분의 도움이 필요합니다. 저와 함께 열심히 일해 봅시다. 저와 함께 일한다면 모두 푸른 날개를 달아드리겠습니다. 여러분이 원하는 푸른 날개를 말이죠."

박수소리가 쏟아지고 인사를 계속 하면서 내려왔다. 곧이어 사회자의 목소리가 들리고 지아는 가슴을 쓸어내렸다. 연회장을 빠져나와 눈이 덮인 산을 바라보았다.

'조금 있으면 언제 그랬냐는 듯이 또 푸르게 변하겠지.

푸르게, 푸른 날개를 펼치듯.'

에필로그

　지아는 며칠 간 휴가를 내어 새로 이사한 집에 다녀왔다. 엄마를 위해 언니와 함께 돈을 모아 대출을 해서 아파트를 샀다. 좀 무리를 했지만 엄마가 좋아하는 모습을 보니까 흐뭇했다.

　마침 현주도 아이들과 함께 놀러왔다.

　"언니! 잘 지냈어?"

　"나야 뭐, 보시다시피."

　세 명의 아이들은 뛰고 돌아다니느라 정신이 없었다.

　"야! 박 은빈, 조용히 안 해. 내가 니들 때문에 못살아."

　지아는 소리 지르는 현주의 모습을 보면서 웃었다.

　"왜 웃니?"

　"언니도 참 많이 변했네."

　"그래, 내가 어떻게 안 변할 수 있니? 저렇게 엉망인데."

　"그래도 언니가 제일 사람답게 사는 것 같아."

"원래 남의 떡이 더 커 보인대."

"그런가. 우리는 언니나 나나 뭐 이 모양이니."

"아참, 너, 승진했다며? 축하해! 요새 잘나가네."

"잘나가긴 아직 멀었어."

"이런 말해도 될지 모르겠는데… 지석이 이번에 애 낳았다고 초대장 보내줬어."

현주는 눈치를 보면서 말했다. 지석이 결혼했다는 소식은 몇 년 전에 들었지만 애 낳았다는 소식을 들으니 마음이 씁쓸했다.

"축하해야겠네. 그렇게 애 낳고 싶어 하더니 잘됐네."

"그 집안 씨가 부실한가봐. 어렵게 가져서 낳았다고 하니까."

"그러거나 말거나 난 별로 관심 없어."

"둘 다 어쩜 그렇게 무심한 것도 똑같니."

"이제 그 사람 얘기 안 알려줘도 돼. 나 관심 없어."

"알았어. 난 또 네가 궁금해 할 줄 알았지."

현주는 늘 소식을 가지고 다녔다. 마치 발목에 편지를 묶어 날아다니는 새처럼 늘 새로운 소식을 가져다줬다. 어떤 것은 너무 일상적인 일이라 이야깃거리도 못되지만 언제나 진지하게 얘기하는 모습을 보면 순진하다는 생각이 들었다. 현주를 보면서 자신의 인생이 바뀐 건 어떤 사람 때문이 아니라 현실을 대처하는 방식이 잘못된 것을 이제야 깨달았다.

"엄마, 만화 보고 싶어. 텔레비전 틀어줘."

갑자기 현주의 아이가 칭얼거리며 말했다.

"안 돼. 다 큰애가 만화만 보면 어떻게 해? 가서 책 봐."

"언니, 그러지 말고 틀어줘."

"네가 몰라서 그래 쟤가 얼마나 텔레비전을 많이 보는 줄 아니? 공부는 어떡하라고."

"그러지 말고 오늘만 봐줘. 우리 집에 쟤가 읽을 만한 책도 없잖아."

"오늘은 이모 때문에 텔레비전 보는 거다. 집에 가서는 절대 안 돼."

현주는 아이에게 인상을 쓰며 텔레비전을 틀었다. 현주가 만화 채널을 돌리려고 할 때 익숙한 단어가 들렸다.

"언니, 거기 잠깐만 멈춰봐."

지아는 텔레비전에서 낯익은 얼굴들을 봤다. 카메라 플래시를 터뜨리는 기자들 앞에서 당당하게 걸어 나오는 사람들이 있었다. 아나운서의 심각한 목소리와 함께 자막이 떴다.

"속보입니다. 요즘 어느 분야에서든지 미투가 확산되고 있는 가운데 일주일 전 M군의 Y골프장 회장이 캐디 성추행 및 폭력을 행사했다는 제보가 들어왔었습니다. 정 회장은 자신의 친구인 S사의 이 씨와 조카인 서모 팀장과 함께 상습적으로 캐디들을 성추행 및 폭행했다고 진술했습니다. 그동안 사실 여부와는 상관없이 인터넷으로 사건이 커지자 피해 여성들이 추가로 접수되었다고 합니다. 피해여성들의 인터뷰내용을 듣겠습니다. 이미리 기자."

지아는 뉴스 속에는 기자들에 둘러싸여 있는 회장과 태환을 보며 쓴 웃음을 지었다. 그리고 모자이크 처리된 여자들이 누구인지 대충 짐작이 간다는 듯 쳐다봤다.

"아이고, 미친놈들! 돈 있으면 다야. 다, 처넣어야 한다니까. 지아야, 혹시 너 예전에 다녔던 골프장이 M군에 있었다고 하지 않았니?"

"언니, 살다보니 이런 날도 오네요."

푸른 날개

김서원 지음

발행처 · 도서출판 **청어**
발행인 · 이영철
영 업 · 이동호
홍 보 · 천성래
기 획 · 이용희
편 집 · 방세화
디자인 · 이해니 | 이수빈
제작부장 · 공병한
인 쇄 · 두리터

등 록 · 1999년 5월 3일
(제321-3210000251001999000063호)

1판 1쇄 인쇄 · 2019년 4월 20일
1판 1쇄 발행 · 2019년 4월 30일

주소 · 서울특별시 서초구 남부순환로 365길 8-15 동일빌딩 2층
대표전화 · 586-0477
팩시밀리 · 0303-0942-0478

홈페이지 · www.chungeobook.com
E-mail · ppi20@hanmail.net
ISBN · 979-11-5860-637-4(03810)

이 도서의 국립중앙도서관 출판시도서목록(CIP)은 서지정보유통지원시스템 홈페이지
(http://seoji.nl.go.kr)와 국가자료공동목록시스템(http://www.nl.go.kr/kolisnet)에서
이용하실 수 있습니다.(CIP제어번호: CIP2019011756)